谨以此书献给

所有关爱玄冰的亲友和博友

当生命可以预期

用生命实录抗癌的心路历程

运用『姑息疗法』提高生命质量

根据方玄冰的博文整理而成

图书在版编目(CIP)数据

当生命可以预期 / 方玄冰著. —杭州：浙江工商大学出版社，2015.7

ISBN 978-7-5178-1152-7

Ⅰ. ①当… Ⅱ. ①方… Ⅲ. ①随笔－作品集－中国－当代 Ⅳ. ①I267.1

中国版本图书馆 CIP 数据核字(2015)第 155744 号

当生命可以预期

方玄冰 著

责任编辑	任晓燕
责任校对	穆静雯
装帧设计	罗信文
责任印制	包建辉
出版发行	浙江工商大学出版社 (杭州市教工路 198 号 邮政编码 310012) (E-mail:zjgsupress@163.com) (网址:http://www.zjgsupress.com) 电话:0571－88904980,88831806(传真)
排　　版	杭州朝曦图文设计有限公司
印　　刷	浙江云广印业股份有限公司
开　　本	710mm×1000mm 1/16
印　　张	14.25
字　　数	210 千
版 印 次	2015 年 7 月第 1 版 2015 年 7 月第 1 次印刷
书　　号	ISBN 978-7-5178-1152-7
定　　价	38.00 元

浙江工商大学出版社营销部邮购电话 0571-88904970

序言

《当生命可以预期》是先生方玄冰的一部遗作，是一部生命实录之作，也是先生一生中最精彩的心灵之作，讲述了他与癌症共处的心路历程，坦然深入地探讨许多癌症病人关心却又回避的话题。

先生于2007年4月1日得知自己罹患晚期肝癌，被国内很多医学专家宣布最多只有半年的“活头”，这犹如把人生的棋盘打翻，接下来如何是好？他在恐惧中没有停留太久，而是积极寻求治疗，并在生命已经进入倒计时之时，蘸着生命之血开始写作，一直坚持与病魔抗争五年，直到生命的最后三天才罢笔。他虽然走了，但其作品和精神将永远陪伴我们。

读《当生命可以预期》，是在一次次与先生进行着心灵对话，这是怎样的五年呀！死亡每时每刻都在威胁着他，每天晚上入睡后，他都不知道第二天早晨是否会睁开眼看到阳光，可他心中的太阳偏偏始终就那么明亮，他活出自己的美丽。

先生头脑聪慧，他的事业始终离不开“创意和点子”。对抗病魔，他依旧施展着自己的智慧去抗击癌症，将生命掌握在自己手中。他面对现实，不过度治疗，采取适合自己的“姑息治疗”法，从而提高了生存质量和延长了生命。同时他乐于与人分享，常常为病友提供无私帮助。

先生生性幽默，尽管有时也有呻吟，但更多的时候是在微笑，给人播撒快乐。面对病魔的折磨，他依然乐观诙谐，更加热情地去生活。他旅游，寄情于山水之间；他作画书法，修身养性；他写博客，追问生命真谛；让疾病放慢脚步，留下欣赏生命的机会。

先生胸怀通达，想得开，也放得下，曾几番病情加重走向死亡边缘，但一直都没有放弃对生命的信念，有时他像一位诗人在吟诵人生，有时又像一位智者在独语感怀生命。他对生命的尊重，对病痛的淡定，对离去的从容，合奏了一曲生命之歌。

就差32天，先生没能挺过2012年的愚人节，没能给他庆祝抗癌五周年的纪念日，但他已经创造了生命的奇迹。

在此感谢段正山老师的辛苦付出，下载整理了先生的博文，值先生离世三周年之际出版发行，以此表达对先生深深的敬意和怀念。

妻于2015年3月

目录

第一章 陷入生命的幽谷

2007年4月1日的这个愚人节，却以愚人的姿态给了我一个真实的打击——我真的患肝癌了。术后两个月的复发转移再次把我推向死亡的边缘，即使用世界最好最贵的化疗药也无济于事，难道三个月的存活真的应验了吗？

一 愚人节生命的烙印

（2008 年 12 月 28 日）

愚人节，大家都知道，在这个节日里，没有约束，没有等级，没有大小，放松心情地疯玩一把，尽情地发挥你的创意，制造骇人听闻的假象，去愚弄别人，别人都不会指责你，也不会记恨你。

在这个节日里，我记忆最深刻的就是我的兄弟杨浪，他竟敢冒天下之大不韪在《中国青年报》上发了一篇文章，说可以生第二胎了，当全国人民欢呼之时，也在纳闷：是不是国家的基本国策修改了？过后人们才发现这一天是愚人节。人们可以一笑了之，但领导是不可以原谅他的。从那天起，愚人节在我的记忆中留下了深刻的印象。

2007 年 4 月 1 日的这个愚人节，却以愚人的姿态给了我一个真实的打击。将我从天堂拉进地狱门口，使我从富有变为贫穷，将我快乐炽热的工作热情降到痛苦的冰点。因为我接到了一张来自医院的“传票”。

那天下午 2 点，我正在准备去南昌的讲课稿，朋友孙杰问我体检报告单拿来没，我说最近忙，没时间去拿，再说检查时我也问过医生，当时就说没事的。不过他还是再三催促我放下手头工作去拿一下，我说我马上要出差去，真的没时间，就挂了电话。

过了一会儿，他打电话来问我要我老婆的电话号码。接着我老婆就来电话了，说我的身体检查出有问题，叫我快去拿体检报告，我说马上要去出差没时间，还叫她别打扰我的工作。

紧接着陆军疗养院的体检中心主任来了电话，说我的身体问题很严重，我说等我出差回来后再说吧，他说不行，要立马去医院作进一步检查，我说问题有那么严重吗？他说：“是的，很有可能是肝癌！是你老婆让我有话直说的，不然不会引起你的重视。”

我笑笑说：“哈哈哈，今天是愚人节，我真的很忙，出差回来后一定请你们吃饭。”这一下他急了：“没时间跟你开玩笑，什么愚人节不愚人节，不骗你，老方，你还是来一下，要不，你在哪儿，我给你送过去。”

我说：“不用，还是我去你那里吧。”

当我拿到体检报告时，主任指着超声检查报告跟我说：“就这一条，肝内于右肝内可见一偏低回声团块，大小约 7.5cm×6.1cm，边界不清，内部回声不均，呈结节状，边缘可见‘声晕征’，CDFI 示其内可见血流信号。还有肿瘤因子检查表明，甲胎蛋白（AFP）是 150ng/ml，而正常的是 0.24—20 ng/ml。”

然后我就问：“到哪里检查最好？”他说：“去上海东方肝胆医院，我马上帮你联系院长吴梦超，你连夜就去上海吧。”我说：“好的，我回公司准备下。”

坐在办公室，我呆呆地看着放在桌子上的那一本体检报告单，然后将报告反过来看，又翻开看看，心想又没有确诊，会不会搞错了，呵呵，今天是什么节日？是愚人节嘛！他们不愚我，很有可能是老天在愚我。拍了一下脑门又一想，谁来愚你，是你自己在用愚人节借口愚弄自己，真是阿 Q 啊！

于是叫来秘书吩咐说：“通知客户，我不能去南昌了，换成总经理带队去。另外，帮我重新泡一杯茶。”我喝了一口，平时这茶喝起来非常清香，回甘淳厚，可现在觉得这茶的味道却很苦很苦。

肝癌，我患肝癌了！这可能性不大，我不会患肝癌的，一定不会，复查后结果也许只不过是让人一场虚惊？

二 哥，你的确得了肝癌！

（2008 年 12 月 28 日）

当晚我就驱车前往上海，在车上打了一通电话，处理了一下工作上的事情，说好的事不能如约办到，有些客户有些不理解，我以可能患肝癌的理由搪塞他们，可他们听我说话的中气，感觉不像生病，他们也就将信将疑。说实在话，我也不信自己会生癌的，所以情绪还没有大的波动，不就是去上海作检查嘛。

车开得很稳，这时我的心也静了下来，该处理的事都已经处理完了。没多久发动机在“嗡嗡”地叫，又让我心神不安，会不会我真的患上肝癌了？假如是真的，那我该怎么办？公司不就完了？苦苦坚持了十年的心血，不就付之东流了？

今年正好是公司爆发性成长的一年，手头的单子来不及做，还有一些大公司主动找上门来，要把单子给我做。可现在公司的规模已经没有力量承担了，而我又是一个追求完美的人，多年来一直秉承一个原则：单子要么不接，要接，一定尽最大能力做好，让自己满意，让客户满意，所以我只能对客户说，先跟踪了解一下整个产品销售情况，与公司做个磨合，单子到年底再接……

呵呵，还想那么多，命都不要了。

肝癌意味着什么，是死亡！老婆怎么办？老婆会很苦的，她本性就是一个多一事不如少一事的人，父母双亡，也没有几个朋友，她会很孤独的；儿子怎么办？儿子要到美国读书，硕士两年，需要50万元，还有我以后的医疗费用，钱从哪里来？

资产重组！对，将资产做一次优化组合。还好老婆会理财，有闲钱她不存款到银行，自己也没有一件像样的饰品，有钱就知道按揭买房，一遇上家庭开支短缺就卖房，有闲钱又按揭买房，倒是来来回回把原来赚的辛苦钱翻了几倍。看来这次病灾要花大钱咯，保住杭州现在的自住房，转让老家和上海的房产，所获得的现金，用于还房贷和孩子的读书费用，以及自己的医疗费用。

公司可不能卖，这是我的命啊。公司很有生气，业内的知名度很高，口碑也很好，再说，员工都跟我很多年了，都是很有才干的专家。如果公司没了，他们怎么办呢？我要对他们负责的。

想到这里，我定了定神，决不能胡思乱想，我不会生病的，一定不会，我一定能撑着这个公司和这个家，光荣和梦想并存。

突然，对面一道强光刺来，打断了我的思绪。我朝窗外看了看，打开车窗一阵风猛烈地吹进车来，把驾驶员吓了一跳，我急忙又把车窗关了起来，可这阵风把我吹清醒了许多。

对了，我还是问问我妹妹，她是学中医的，在老家专门治疗癌症的，于是我拨了她的电话，告诉她我的体检报告情况，她很久很久没有说话。我以为断线了，又重拨了一次，其实没断线，刚才是她被我报过去的指标吓呆了。

妹妹很无奈地告诉我："哥，你的确患了肝癌。"

我妹妹的话，我信了。这时，我呆呆地将头靠在靠背上，脑子一片空白，像泄了气的皮球一样瘫在那里。

此刻，任何光荣与梦想，再也吹不起这个皮球了。

三 求人办事，真难！

（2008年12月28日）

第二天早上起来，等待杭州陆军疗养院体检中心主任的电话，他帮我联系上海东方肝胆医院吴梦超院长，听主任说住进那家医院挺难的，我老婆等了很长时间还是没有来电，心急如焚地一个劲打电话在催，对方说已经派人在联络，不要急，不要急。

我傻傻地坐在沙发上，心里空空的，就起来沏了一杯明前龙井茶，茶色很晶莹，喝了一口，味道很甘洌、很醇厚，心想：人要是真的闲下来，与世无争，也未尝不是一件好事，可以"焚香煮茗不听客去，弹琴咏风自足于怀"。

正在我自得其乐之时，突然茶杯的水溢满茶几，原来我老婆在帮我沏茶水，由于心情急躁，手有些发抖，就控制不了水位了，老婆转身就去拿布擦去茶几、地上的水。

我看看老婆魂不守舍的样子，提起杯喝了一大口茶，生怕自己不小心再次溢出来，会增添老婆的麻烦，但这口茶喝下去，感觉淡淡的，一点味道都没有，再喝一口还是这样。我知道现在我已经没有心情喝茶了。

为了放松一下心情，我出门去徐家汇走走。我家离徐家汇不远，走过去大约10分钟，回来时买了一叠报刊，有《经济观察》《经营报》《新民晚报》《上海画报》和一本财经杂志。

回家后，老婆用急促的语气对我说："电话已经打来了，说是院长在北京开会，明天下午才能回来，也就是说住院检查的事，要等到明天下午才能有结果。"于是老婆趁这个空当上网查了上海东方肝胆医院以及吴梦超院长的一些资料，觉得选择吴院长还是满意的，和我商量了一下，我们觉得他值得我们等待。

儿子回来了，他一会儿帮我沏茶，一会儿帮我削苹果，看他们俩那个急，真可以用热锅中的蚂蚁乱窜来形容。我真的想笑出声来，怎么会这样呢？我不是好好的吗？与上个周末回来有什么两样呢？只是一个信息，就可以扰乱一家之心。

他们俩一有空就上网查关于肝癌的资料，越查心里越害怕，一会儿把我的体检报告拿去核对一下，什么3cm以下的属早期肝癌，3cm以上的属中晚期肝癌，结果确诊我就是属中晚期肝癌病人。

我走过去看看，他们借着由头让我在沙发上坐着，见他们越看越紧张，紧张得两个人对视老半天，匆匆将电脑关上了。我估计他们看到了——早期肝癌病人怎么死的，中期肝癌病人怎么死的，晚期肝癌病人怎么死的，存活率是怎么一回事。这些我早就看到过了，呵呵！他们还装得那么神秘，好让我蒙在鼓里，心里打击会小一些。殊不知我早已心知肚明了。

难熬的等待，老婆闲来无事就去附近的中山医院看了一下，听说那里治疗也很不错。儿子呢，早早起来帮我烧水沏茶、买报纸，忙个不停。看见儿子懂事的样子，心里又高兴，又有些不自然。儿子已接到美国旧金山音乐学院的吉他硕士专业的录取通知，我让他坐一下，与他聊聊，也不知道咋的说了很多很多话，一遍又一遍，借用我老妈的话叫“吩咐落棺材”，而儿子却装模作样地听得很认真，要是平时早就走开了。

老婆回来，打听到中山医院在治疗肝癌方面很有水平，但为了找最好的医院和最好的医生为我治疗，决定还是选择东方肝胆医院。回头又打了一通电话，对方敷衍说了一些理由，就是要等待。老婆认为这种病是等不起的，于是决定自己去东方肝胆医院。当晚就准备了住院用品、现金、电脑(是我要带)，还有一些礼品，总之，该准备的全准备齐，再不行回来拿也是很方便的。打定主意后，一家人开始安静了许多，特地与我说点开心的事。真是难为他们了。

一声叹息！求人办事真难。大家一定要明白，遇事要有一个程序，先归零自己做，才是最便捷、最完善的。千万不要把希望寄托在别人身上。因为托人做事是不可控的，而自己做一切尽在掌控之中。

四 排了 12 小时的队挂上专家号 (2008 年 12 月 28 日)

2007 年 4 月 3 日，当老婆叫醒我，准备去医院的时候，她已经从东方肝胆医院挂号回来，我这才知道，她是天不亮就先去医院排队挂号了。

她脸带微笑对我说：“大约 10 点能看上，我们必须早点走，从家里去医院需要 40 分钟。”我知道她是尽量强装欢颜，为了不影响我的情绪。

和老婆对看一眼，感到老婆仅仅两天就憔悴了许多，心里一阵酸楚，我为自己生病而感到悲哀，为老婆不顾白天黑夜为我操心而感到愧疚。

当天我住进了615病房，一个房间住四个病人，连同病人的家属，房间里有十来个人，看上去很挤。卫生间在我隔壁病床正对面，由于卫生间不大，又没窗户，再加上用的人多，门一开一关，就会有一股味道。

住在我隔壁病床的老师傅是个东北人，他介绍说："三年前，已经在沈阳医院做过一次手术，而手术大夫就是现在的管床大夫，这个大夫技术很好，在他们当地很有名气，前两年调到了这家医院，所以这一层住的一半是东北人，都是冲着这位大夫来的，这次我肝癌复发了，特地来上海找到这位大夫治疗。"

"你呢，小伙子？"他又问我。

"我是进来做检查的，很有可能，也得了肝癌。"我说。

"指标呢？"

"什么指标？"

"AFP，就是甲胎蛋白啊。"

"噢，是150。"当时我也不清楚这个肝癌指标，后来才知道，这个指标对于肝癌患者来说很敏感。

"肝里面有多大啊？"

"7.5cm×6.1cm。"

"那有可能就是肝癌，明天做检查等报告出来再说吧，不过，你不要紧张，现在技术好，能治好的。"是啊，能治好的，我知道老师傅在安慰我。

我躺在病床上，眼睛呆呆地看着发黄的房顶，心想：我这下子完了，患了肝癌就等于什么希望都没了，等死吧。但反过来又想想，这怎么可能呢，我现在不是很好吗？

老婆回来了，她了解了这家医院的一些情况告诉我："有两位著名的大夫，一位叫杨广顺，一位叫杨甲梅，这两个都是吴梦超院士的高才生。杨甲梅曾留学过美国，现在负责特需病房，我们可以找杨甲梅做手术，一来，他技术好，安全系数高一点；二来，特需病房的住院条件也好一些，我上去看过了，一个房间两个床位，而且整个楼面也特别干净。明天上午在这里做CT检查，后天就可以请他看病了，到时候我们再转病房。"

杨甲梅大夫门诊是在周二上午，他的号很难挂到，前些日子可以从黄牛那里转手买到号，但最近刚好在大检查，挂号只能排队。

那天晚上，儿子说下面已经有人在排队了，老婆马上就叫儿子先去排在那里。我一看才 7 点不到。10 点左右我下去看看，排队的人很多，儿子排在第三位，如果到明天上午 7 点需要排 12 小时的队，乖乖，够辛苦的。儿子安慰我说："你放心吧，先回去，下面冷。"一股暖流突然涌上我心头，以前总觉得孩子不懂事，长不大，今天感觉他突然长大了。

病房里是不允许家属过夜，老婆就在车上躺了一会儿，与儿子交换着排队，折腾了一夜，总算挂到一个 9 号，听说前几号是网上挂号的。不生病不知道，生了病才知道网上也可以挂号，但还是排队挂号来得踏实，万一网上出现漏挂，那不就又要等一周了吗？没办法，老思想，哪能与 80 后比啊！

上午就要看病了，昨天做的 CT 片还没拿出来，按规定下午 2 点才能取片，如果拿不到片子，杨主任是不会接收病人的。我老婆转身去找昨晚排队时混熟的保安，说明情况给了一点小费，很顺利 9 点就拿到了片子。杨主任看病时，只有患者才能进去，其他人都被护士挡在门外。

终于，护士叫到了我的号，杨主任问我："哪里来的？"顺便就把我的片子插进读片器。

"杭州。"我说。

"怎么养得这么大啊？"他身体侧向读片器，仔细地将片子一格一格地看，边看边对我说。

"我也不知道，营养好呗。"

"你这东西部位长得不好，肿瘤压迫到门静动脉了，谁都不敢做你的手术。"他指着片对我说。

这时的我，开始紧张起来，原来不以为然的样子荡然无存。杨主任又转回身子笑笑，很肯定地对我说："只有我能，算你找对人了。"

"那我先谢谢您，谢谢您。"

"不用。你有钱吗？"

"还可以。"

"我上面是特需病房，费用很高的。"

"没事。"我说。

"还有床位吗？让他上去。"他对助手说。助手回应："还有两个床位。"并快速将住院单填上。

"你先去办住院吧，上去再说。"杨主任对我说。

我拿着住院单，心里很释然，就好像捏到一根救命稻草似的。一来是，我找到了传说中最好的医生为我治疗。二是，杨甲梅这个人值得信赖，四方的脸，浓眉大眼，身材不高，但很魁梧、很威严，不管助手还是护士，都对他小心翼翼的，从他身上强烈地透出一种精气神。三是，他自己对医术很自信。所以病人托付给他，从感觉上就很放心。

我拿到住院单笑眯眯地出来，接着就去找原来的医生办理出院手续，再去住院窗口办理费用结算，转而又去办理住院手续，真是好事多磨啊。

回头想想，求人不如求己。有些事去做了，也就做到了，根本不需要将期望寄托在别人身上。这不，我已经躺在上海东方肝胆医院的特需病房里，并且接受最好的医生为我治疗。所以遇到重大疾病时，千万不要把期望寄托在别人身上。找医院、医生完全可以自己搞定，不就是排个队吗！

五 生命就像一块泥

(2008 年 12 月 28 日)

我躺卧在宽敞的特需病房里，心里才感到有些对得起自己，毕竟咱大小也是一个老板，生起病来不舍得花钱干什么呢！钱是身外之物，花掉了还可以赚嘛，不是还有业务单子在那里等着吗？呵呵，只要不是癌，是一个良性肿瘤，那么什么事都没有，不就是割一刀，拿掉那该死的东西，然后缝回去就好了。呵呵，又可以继续快乐地工作啰！

通过这场灾难，我的一些想法也许更成熟了，我还能将浙江共同公司带向辉煌，成为在健康产业中没有竞争对手的营销策划公司。而就公司现在的情形来看，要达到这一目标，只需要两年时间就足够了，呵呵，有失必有得嘛，躺在床上我越想越开心。

门外一阵喧哗，我好奇地出去看看，在我的病房边上有一个病人休息空间，大家可以在这里闲聊。因为我刚来，与他们也不熟悉，就没去凑热闹。

我转到医生办公室，看见办公桌上放着病历，我顺手找了一下我自己的病历，很容易就找到了，打开偷偷地看着，心脏“扑通扑通”地激烈跳着，越往下看，跳得速度越快，“嘎——”心脏跳动停止，我看到了初步诊断和最后诊断结果是一样的：

1. 原发性肝癌(右叶)

2. 肝炎后肝硬化

3. 乙肝病毒携带者

主治医生：谢峰

自己不知道什么时候回到了病房，心里很失落，仅有的一点希望也破灭了，一头扎在沙发上，双手用力擦着脸。

肝癌，而且是大肝癌，完了，彻底完了，不知可以活多长时间，一个月，两个月，三个月？不可能的，像我目前这个状况，活一年总该没问题吧。

同房的病友回来与我打了一个招呼，打断了我的思绪。病友是温州人，在中学教书，上个月是在这里做的手术，这次来是做介入的。他看我的样子很难看，就问我：“你怎么了，哪儿不舒服？”

“没有，心里不舒服。”

“有什么不舒服的，既然碰上了，就坦然面对。”

“我始终认为是良性的。”

“哈哈，不可能的，癌就是癌，我也是，没什么大不了的，上个月刚开掉。”

“你的多大。”

“3cm。”

“小是有治愈的可能，但我太大了，病历写着是9cm×9cm×8cm。”

“哇，你是大肝癌了，不过看一下你的包膜怎么样，包膜好就没什么问题。”

“我的包膜还可以的，边界也比较清楚。”

“那就没事，只要包膜完整，大小就不是关键了。放心吧，你没事的。”

“托你的吉言，但愿如此吧。”

我起来想去书店看看，买点关于肝癌的书，书店也不知道在哪里，出大门我往右走，路过体育馆，铁栏上立着一些防肝癌、抗肝癌的宣传牌。我一块一块读过去，读一块心凉一截，当读到 5cm 以上的肝癌，一般发病后生存时间仅为 6 个月时，我已经是从头凉到脚了。我傻傻地站在那儿不知所措，好端端的人却一下子全身无力，真想有人扶我一把。

其实我知道这些宣传牌是商家做的，带有强烈的恐吓性。这是行业惯用的手法，其策略就是恐吓，恐吓，再恐吓，目的就是为了引起患者和患者家属的注意，向你推销产品。此刻我这个业内老手也被这些文字所迷惑。反过来想想，觉得自己也很可笑的。

但是有一点是必须要正视的：肝癌是我国常见的恶性肿瘤之一，是我国位居第二的癌症“杀手”。因其恶性度高，病情进展快，病人早期一般没有什么不适，一旦出现症状就诊，往往已属中晚期。故治疗难度大、疗效差，两年存活率不到 20%，人称“癌中之王”。全球每年有 62 万人死于肝癌，其中中国人占 45%，死亡率最高。

面对死亡，的确有一些恐惧，但是既然命运如此安排，又不可能去逆转，恐惧又有什么用呢，还不如开开心心活在今天就行了，至于明天会怎么样，想都不要去想，管它呢。

不过可以提醒大家一下，生命就像一块泥，趁湿的时候，可以尽情地捏，想捏什么就捏什么，千万不要等到干的时候，还想去捏一个什么，晚矣！

六 一个病友，一个故事 （2008 年 12 月 28 日）

早晨病友们都会集中在病区东南的休息大厅里，有的刚开完刀，身上挂着七管八管，手上提着输尿袋，弯着腰自己一个人一步一步往这里挪；有的由老伴扶着小心翼翼被移到这里；有的开刀后恢复得不错，自己用手捂在刀口上，驼着背走到这里。我和内蒙古的老张、启东的老大等几位，因为还没有做手术，所以行动自如。

大家只要碰在一起，就有说有笑，也许我是属于最不安分的一个，还经常去调侃人家，引起了阵阵笑声，我们全然不像一群患了肝癌的病人。

最开朗的要数内蒙古老张了，他是一个公务员，他的工作是一天到晚陪人家喝酒，当然自己也喜欢喝，他的哥哥是当地军区的司令员，入院时他就没像我需要排队，他只是让哥哥打个电话就住进来了，他的身材很魁梧，肝上的癌却不大，只有3cm，他经常会带着笑容说着内蒙古的普通话安慰别人："摸(没)问题。"

没有表情的小伙子苏明，是我们病友中最小的一个，今年才28岁，是个软件设计师，以前在韩国某企业工作，去年才刚刚在这里开了一刀，取出来一个3cm大小的肝癌，才一年肝上又长了几个，最大的有3cm，杨主任让他再开一刀。他是属最痛苦的一个病友了，他对自己的过去很懊悔，千不该万不该去韩国打工，太苦太累了，几乎天天加班，最长的一次加班是持续了四天三夜。当时是想自己身体好没什么问题，在国外多赚点钱，回来可以买房子、结婚、生孩子，过平静生活，没有后顾之忧。可是回来后还没来得及结婚，在去新公司上班前体检时发现了问题，当时就懵了，赚那么多钱干什么用呢，所以他的表情一直是欠他多还他少的样子，看上去实在有一些不忍心。

糊里糊涂的老大，他的名字我都忘了，因为他的肝癌比我还要大，是10cm×11cm，有他垫底，我很开心，所以我就叫他老大，叫久了，就连他的姓名都忘了。他是江苏启东人，启东是我国肝癌高发区，但他是在上海创业的，很多年来一直是在上海接工程做。公司做得很不错，自己也有很多钱，一天到晚只知道工作，没有休息的日子，自己对身体的感觉也很好，从来不生病，连感冒都不会有。他也很注意爱惜自己，一些保健品和营养品经常会让老婆弄给他吃，天天精力充沛，干劲十足。由于忙，没有时间去医院做体检，来医院前有个朋友去看他，朋友懂点医术，看他脸色不十分好，让他躺下，给他肝部检查一下，结果发现很大一个硬块，就提醒他去医院做检查，他自己还觉得身体状况不错，还是拖了好几天才去，去医院B超一做，就发现大肝癌，叫他马上住院治疗。这个马大哈与我没什么区别，呵呵，只不过我是马二哈。

在我们中间还有一位小姐徐徐，呵呵，很年轻，也很漂亮，肝癌生在谁身上都可以，真不应该生在她身上。大男人们都喜欢与她进行交流，想办法鼓励她，我也不例外。一次我很关心地问她："你多大啊？"她睁大眼睛朝我看看，白白的脸涨得通红，轻轻地告诉我："28。""多少？"我不相信自己的耳朵反问道。“28!”她以很不情愿的口气重复了一遍,我吓了一跳,比我大三倍啊。我失声重复一遍:“28,这么大。”“你喊什么!”她边说边朝四周看看,发现没人,接着说:“有什么奇怪的!你们不是都比我大吗?这里我是最小了。”“哪有,这里最大的就是老大,才10cm,你比他大多了。”这时,她一下子明白了什么,一只手遮住咧开的嘴,笑个不停,我也傻乎乎地跟着她笑,当她缓过气来时,双手撑在笑痛的肚子上,断断续续地说:“我……还以为你……问我年龄……呢。”这时我才反应过来,再次笑了起来,笑声引来了许多病友,病友也莫名其妙地跟着傻傻地笑,其实他们也不知道我们在笑什么。

还有一个病友是值得尊敬的,她是位大姐,性格很爽朗,以前在东北一家外贸公司工作,与老公处得不好,一气之下抱着孩子,拖着一个旅行箱就离开了家,只身去了美国,在那里生活很艰难,先是帮餐厅洗碗度日,把孩子用绳子绑在床上,在他身边挂着个奶瓶,就由孩子怎么哭怎么闹了。工作间隙会冲回去看一眼,然后抹着眼泪赶去上班。由于洗碗收入不高,生活没办法维持,她又应聘去了一家夜总会当经理,老板怀疑她不行,她就说:“你可以一周内不付我薪水,看看我到底行不行再说。”结果她工作很出色,老板也很开心,不但补足了她的薪水,还加了薪。这样她每月就有了3000美金的薪水,从此,生活条件改善了许多。当孩子慢慢长大了,也渐渐懂事了,之前老妈一直瞒着孩子在夜总会工作,怕名声不好,孩子心灵受到伤害,所以她辞去了夜总会的工作。接着她就开始做饺子卖,每天清晨一盒一盒装好送到公园去卖,当人们锻炼好身体,就顺便买一盒饺子吃。由于自己做的手工饺子好吃,生意还是不错的,她就在社区租了一个老年活动室,不但提供一些老年娱乐项目,还卖可口新鲜的饺子,日子一天比一天好。在美国最困难的日子就这样熬过去了,手头上也有了一些积蓄,再说孩子长大上了大学,学习成绩很好,也很听话,她要为孩子考虑了,于是她将老年活动室转给别人,自己又开始做下一步打算,她用一些积蓄投资房产,买了一幢二手房,自己动手装修,什么都自己干,从泥工、水电工、木工、油漆工,再到买旧家居翻新、做窗帘,一切的一切都是自己做完。然后将焕然一新的二手房转租给别人。以后的几年她都按这样的二手房翻新模式,做起了房东太太,每年的租金收入呈几何数字增长。去年她风风光光回国探亲,顺便体检,结果查出了肝癌。我见到她时，她已经动完手术，但状态非常不好，肝有腹水。她很孤独，因为儿子，没有再嫁，儿子在美国工作，又不能长时间陪护老妈，动完手术后儿子就回美国了。唉，人哪……

一个病友、一个故事，说起来总有一些心酸：你日子好了，事业有成了，忽然间你就患病了，运气不好，你患的是重大疾病。因为你比常人在精力上、学习上、工作上、身体上付出得更多。当常人看完两集电视剧准备睡觉时，你还在带领大家在加班；当常人在清新早晨舒展筋骨时，你还在睡觉；当常人在吃饭时，你还在饿着肚子开会。归根结底一个字——忙。但忠告大家，忙只是一个借口而已，实质上是自己的生活和工作习惯不好，是自己不会安排工作，不会劳逸结合。看上去你是多么敬业的、有责任心的一个人，其实你是一个对社会对家庭不负责任的人。要知道，这种不良的工作和生活状态一直持续，久而久之，就会积劳成疾，人的抗病能力就会下降。如果你的免疫细胞抵抗力不够，这时就会出现病变——癌细胞就乘虚而入，所以啊，一定要改变不良的工作和生活习惯，不然后悔莫及。

七 手术是我重生的希望

（2008 年 12 月 29 日）

手术前的所有检查和营养补充完毕后，2007 年 4 月 12 日，我开刀手术。

前一天一早，“方玄冰——”护士叫我。我立即应声转过身来。护士递给我一包东西说：“明天你上午手术，准备一下，这是被皮工具。”说完她就离开了病房。

什么是被皮啊？我对医疗专用术语有些不解，我撕开包装袋，里面有一块纱布、一支药膏和一把我老爸 70 年代使用的 T 字形刮胡刀。

病友小叶说：“是用来刮肚毛的，你可以享受特需服务，由护士小姐帮你完成，我就是让她们帮我的。”说完他很热情地按了呼叫铃，护士小姐立即就来了，并问：“有什么要帮忙的？”小叶说：“老方需要你为他被皮。”“好的，床上躺好，把裤子脱掉。”护士边说边去打水。这时小叶很诡异地看了我一下，突然笑了起来，而且越笑越疯狂。

这时我才意识到被皮就是将阴毛刮去，我难为情地对护士说不用帮忙了，自己来。这个看上去老实的小叶，竟然也会搞恶作剧。我当时真的没想到肝部开刀连阴毛都要刮掉，我也跟着笑了起来。

第二天一早醒来，我心里显得有一些紧张，脑子一片空白。计划7点半为我手术，却等到8点半还没动静。后来才了解到我被安排在第二台手术。心里有些不舒服，病友都对我说："手术最好安排在当天第一位，医生精力最集中的时候。"想想事已至此，就听天由命吧。

10点半的时候，终于等到了手术……

"醒醒，醒醒，醒来了。"我隐隐约约地感到有人在叫我，而且声音越来越大，同时也感到有人在拍我的脸，我终于睁开眼睛，好几个护士笑眯眯地对我说："好了，手术完成了，很成功。"

我迷迷糊糊地知道手术做完了，坐在我身边的小医生让我动动手脚，此时我已经神智清楚，下意识地动了动手，小医生给了我一个肯定的眼神，但脚不听使唤、动弹不得，小医生笑着说："没事，再来，再来。"这是小医生在检查我麻醉后是否清醒。

一切恢复正常，我的心很坦然，但身体感到有些不舒服，颈部留有输液管，背部有一条很粗的针管，是用来做麻醉的，从手术口导引出来好几条管，是作引流用的，还有一条是尿流管，身上几乎插满了管子，躺在手术推车上，动弹不得。

过一会我被护士缓缓地推出手术室，我老婆、儿子、哥哥和我小妹就涌了上来，扶着推车一边走一边与我在说些什么。我身体很虚弱，没力气与他们说话，只能给他们一点微笑，仅仅这点微笑就让他们很高兴，身心如释重负。要知道，他们在手术室门口紧张焦急地等待了四个小时。

而我只知道进出手术室的过程，全然不知手术的时间。遇到重大疾病需要手术时，自己一定要有足够的心理准备。我的经验是：首先，要充分了解自己的病情，做好最坏的打算，分析一下自己能从手术台上下来的概率有多大。其次，对自己要充满信心，相信自己有信心有能力抵御疾病。当时我就认为自己身体状态与住院前没什么区别，手术只不过将病原体清除掉，使身体更加强壮起来。再次，是要请最好的外科医生（如果有条件的话）来为你做手术。外科医生技术的高低完全取决于他的知识水平、临床经验和所处城市。例如两个海归医学博士，一个在地区级城市医院工作，另一个在上海大医院工作，那么他们的临床经验就会有一定区别的，因为大城市和小城市患者群体是不同的，医生所积累的临床经验就不同，如果你选择在地区城市医院做手术，当然也是可以的，但手术风险要比大城市医院大，我始终记住杨甲梅医生对我说的话："你的刀只有我能开。"我认为他不是随随便便说的，是技高人胆大。所以整个手术过程我的内心很平静。没有害怕、没有牵挂。当麻醉师让我狂吸一口氧气时，我连想的时间都没有就失去了知觉。原来我吸的不是氧气，而是麻醉剂，我想这东西要比 K 粉猛多了，呵呵。

八 "手术红包"，是给还是不给？ (2008 年 12 月 29 日)

手术后七八天，医生和护士一起来到病房说要给我拆线，我很紧张，问要不要打麻药，医生说不用，不会很疼。

医生让我躺下，把胶带一条一条撕开，露出了一条像高尔夫球杆一样的刀痕，刀痕最下端有个口子连着两三条导引管。我吓了一跳，没想到刀痕有那么大，医生从上到下将线剪开，剪一针，然后用镊子拔出线头。当时我死死咬着牙，想承受拔线时的疼痛，医生和护士笑着说："你放松了就不疼。"我放松了些，果真好多了。正当我放松警惕之时，突然，感到一阵难以忍受的剧痛，全身发抖，并大声呼叫，连泪水都涌了上来。隔壁病房的病友也都跑了过来，以为发生了什么事。原来医生在拔我刀口中的导引管，由于导引管已经与肉粘在一起，这下可好，连肉带管一起拔出，那个痛可想而知。我那杀猪一样的叫喊声，非但没有得到医生护士的安抚，还笑我说："没见过大男人这么怕疼的。"大男人怎么了，大男人也是人，也有痛觉……其实事后想想，我自己也觉得好笑，挺难为情的。

手术后身体一天一天地恢复，心情也一天比一天好，但是导引管拿掉后留下一个大大的口子一直没有愈合，于是医生决定对口子做再一次缝合。医生叫我去换药房，让我躺上小床，说要给刀口补缝一针，我说我很怕痛的，打一针麻药吧，医生说打一针痛一下，缝一针也是痛一下，不如你忍一忍就过去了，我听了也有道理，就没再坚持。

但是，承受缝合时那种剧烈的痛，比上次连着肉拔出导引管时更痛苦难忍，这次为了不让医生见笑，我是咬紧牙关，没有让自己喊叫。可是我很后悔没有坚持让医生打麻药，疼得满腹怨言："缝一针必须痛两下，一针进去然后停顿一下再一针出来。"两个医生笑着安慰我："不错不错，坚持一下不就过来了。从刀口看一针还不能使刀口自然缝合，还要补一针。"

天哪，还要痛一次！没办法只能任人宰割了。一位医生已经将我的腿抱住，另一位医生强行又给我缝了一针。这时我把墙上的扶手都拉掉了，身上的内衣也湿透了，一点力气都没有，瘫在了床上。

不知隔了多长时间回到病房，正好护士来找我，由于我的思维还停留在小手术的状态中，她跟我讲了很多，可我一句都没听进去。末了，她把一个信封放在床上就走了，我老婆打开一看全是钱，马上意识到这是手术前送给杨甲梅的"手术红包"。大家都知道做外科手术有个潜规则，手术不管大小，都要意思一下，一来患者自己心里踏实点；二来期望医生会对你认真点。

关于"手术红包"，我是吃过亏的。2002 年我老婆在成都体检时发现一个肌瘤，医生说必须手术，就住进了医院。主任来病房几次谈起手术安排的事，我当时就没向医生表示，还傻傻地认为医生做手术是工作范围内的事。结果说好是主任做的手术变成是实习生做了，而且用了很多高价药。羊毛出在羊身上，到头来吃亏的还是自己。

这次我们有了经验，手术前我们先从病友处打听"手术红包"是怎么给的，主刀给多少？助手给多少？麻醉师给多少？然后我老婆还想出手更大方些，她认为像杨甲梅这种拥有高超技术的医生应该得到较高的报酬。打定主意，老婆一连等候了几天才将"手术红包"送到位，之后我们也就安心静等手术了。

今天杨甲梅却叫护士将钱退了回来，而且做得非常人性化。如果当时就退回"手术红包"，我们一定会胡思乱想，担心手术的成败。所以他就等到我手术恢复差不多时，才将"手术红包"退还给我们。说实在话，我们很感激，我想并不是每一个医生能做到这一点。

九 因为释放，所以快乐！

（2008 年 12 月 30 日）

根据治疗方案，手术后一个月做一次介入治疗，于是我在 2007 年 5 月 8 日第二次住进了上海肝胆医院。

做介入的主任医生来到病房与我及家属沟通时，我才了解到什么是介入。介入治疗是在 X 线、CT 和超声设备的导向下，利用特定的穿刺针、导丝或导管等器械进行治疗的技术。介入治疗是肿瘤治疗的重要组成部分，特别是肝癌的介入治疗疗效甚好，介入疗法具有组织创伤小、病人痛苦少、操作简便、恢复期短等优点。为了巩固手术的成果，所以在手术后会以介入作为治疗肝癌的组合方式。

其实说起来我也不懂，该怎么样就怎么样吧。我一被推进手术室，心一下子就悬了起来。一台很大型的医疗器材和一些电脑显示器，看上去很复杂，也很恐怖。主任走到我身旁，在准备着什么，一边问我今年多大岁数，家里有什么人，儿子几岁，在哪读书。他一边漫不经心地问，我漫不经心地回答着。我突然想到他是在分散我的注意力，想在不知不觉中下重手，这引起了我高度的警惕，一而再再而三地问主任麻药打了没，因为上次刀口补针就没打麻药，我受尽了折磨，现在的我就像惊弓之鸟。主任说："介入根本用不着麻药，一点都不痛，你放松好了，不必紧张。对了，你刚才说你的儿子在哪儿读书？"主任转个弯问我。我说："在美国旧金山。"主任又问："读什么专业？"我说："读吉他演奏专业。"

"那要花很多钱吧！"没等我回答，穿刺针管已经进入了我的大腿动脉。手术还是能忍的，就是在肝区注射药时有点难受。介入完成后，我整个身子被白被子裹了起来，医生和护士一起将我平平地抬上担架车，我像一具僵尸。

介入后必须绝对卧床 10—12 小时，并严格限制手术一侧大腿的活动，保持伸直不可弯曲。24 小时内患者不得起床，大小便要在床上进行。我很害怕在床上大小便，就是做手术的那些天我都会忍着痛挣扎起来小便，可今天不允许我起来小便，只能在床上完成。于是我就不喝水，可吊针还是往身体输入大量的液体，上午 10 点多做好的介入，三小时后我就有尿感了，我忍，我再忍，实在忍不住了，只好让老婆拿尿壶试试看，很想尿，却尿不出来，我很沮丧。

同病房的老兄忍不住在笑，他自己拿个尿壶放进被褥给我做起示范来，一会就发出“嗞嗞嗞”响声来，然后还将尿壶拿出来在我面前晃荡晃荡，使我更急了，心急、尿急，什么都急。

我按了按小肚，硬邦邦的。这时我老婆叫来了护士，护士叫我老婆用热毛巾敷在肚子上，可敷了老半天还是尿不出来，护士没办法，只好提出要插输尿管，我害怕那样，太痛了，护士教我注意力不要集中在尿上，把尿壶放好，看电视试试吧，我照她的方法试了许久，还是尿不出来。此时已经是下午3点了，这泡尿我已经憋了3个小时。

痛苦啊，天下没有比这更痛苦的事了。老婆看着我这种状态，也像热锅上的蚂蚁束手无策。我突然想了一个办法，小孩子尿尿，大人都会发出“嘘嘘”声音来引导尿尿。于是我让老婆打开卫生间所有的水龙头，听着哗啦啦流水的声音，也许我的尿能出来，可还是不行。懊恼啊，肝还没治好，可别急出肾病来。

在这种情况下，医生必须采取措施，准备为我插输尿管，我很害怕，我想在他们来之前做最后努力，于是我与同房的病友商量，让他先到走廊里去待一会，把家人也都赶了出去。这时，病房里只剩下我一人，有了隐秘感，心情放松了许多。

我将身体稍微立起一点，默默告诫自己：再不行就要插尿管了！然后想着小时候与小朋友一起比赛撒尿比谁撒得远，快乐啊好快乐。尿真的出来了，可是只有几点而已，因为担心医生和病友会突然进来，所以又缩了回去。我大声叫老婆，老婆很开心以为我完成了，我却交代她看好门，所有人都不得入内。这下我安心了许多，又开始根据前面的程序重复了一次。来了来了出来了，我偷偷地在笑，越笑越冲动，忍不住发出笑声，最后达到了我自己无法控制的地步，哈哈大笑了起来，痛快啊，天下最痛快的事，莫过于此！

他们都进来了，被我笑得莫名其妙。是啊，这个高兴，这个痛快啊，只有我自己能感受到。

寻找快乐其实很简单，就像此刻的我，因为释放，所以快乐！这时的我早已把病魔抛到九霄云外，光顾着高兴，尿壶偏了，洒了一床，老婆将尿壶从被窝里拿出来一看,我的妈啊,满满一壶。这泡尿把同房的病友晾在外面走廊半个多小时,他半开玩笑半埋怨说:“都这把年纪了,还怕羞,我在外面腰都站酸了!”

我笑个不停,说:“对不起,对不起!”这时护士来到病房,见我笑得很开怀,知道我解放了,完成重大任务了,并鼓励说:“下次一定行!”

十 健康,假如还在

(2009 年 01 月 13 日)

介入手术回家后的一个晚上,我站在 19 楼的阳台上看徐家汇的夜景。很美,港汇广场的双子楼银白色的灯光射向夜幕,东方商厦门前的大型电子广告牌在不断地闪烁着五彩缤纷的光束,美罗城标志性的玻璃圆球建筑上,霓虹灯通过光源的自动控制变幻着赤橙黄绿青蓝紫,从圆顶一层一层交替发出亮丽的光芒。

阳台对面就是均瑶国际广场,整个建筑轮廓用彩色的灯线勾勒出来,顶部是超大的霓虹灯,以均瑶牛奶五角星的标识为图案,上面闪烁着“均瑶国际”四个字,很是壮观。作为中国民营企业家的代表,王均瑶创造了许多令世人刮目的财富传奇。他是我国民营包机第一人,后参股东方航空武汉责任有限公司,成为国内首家参股国有航空运输业的民营企业;同时他的“均瑶”乳业生产基地遍布全国,“均瑶”牌牛奶也早已成为许多普通百姓一日三餐的一部分。2002 年,王均瑶再次投入 5.5 亿元从上海久事公司手中收购了一幢位于徐家汇的 32 层高,总面积 8 万平方米的商务“烂尾楼”。一年之后,“上海均瑶国际广场”闪亮登场,成为徐家汇标志性建筑,他亲手打造了均瑶集团的帝国大厦。然而,命途多舛,王均瑶因结肠癌突然辞世,年仅 38 岁。还没来得及歇歇,他就匆匆地走了,给我们留下了太多的遗憾。健康,假如还在,王均瑶也许能成功实现像李嘉诚那样的光荣与梦想。

一阵风扑面而来,心中不寒而栗。假如自己健康还在的话,2007 年自己的公司就能爆发性成长,公司业务至少能翻一番,照此发展,公司很有可能成为中国药品营销界最具竞争能力的顾问公司。由此积累资金,去建立自己的制药集团公司,编织自己的营销网络,创造自己的核心产品,让更多的消费者受益，也让公司获取更大利润。虽然我不能像王均瑶那样将企业做得如此之大，但在业内而言也许会是一个不错的公司。

健康，假如还在，我可以轻轻松松地去做自己的公司，可以忙里偷闲，闲中偷乐，一定会听从老妈的话，听老婆的话，听朋友的话，定期检查身体，并将猫的工作形态改变成为猪的生活方式。这样身体就不会出现问题，即使出现了问题，也可以早发现早治疗，不会威胁到生命。要知道 3cm 以下的肝癌，目前的医疗技术水平是能够治愈的。可是由于自己的“忙”，竟然两年多不去检查身体，使自己失去了治愈机会。

今天健康不在，后悔自己没有养成良好的工作状态和健康的生活方式，恨自己一意孤行不听亲朋好友的话去做身体定期检查。亡羊补牢，晚矣，羊都没了，补起来只能养猪了……

这时，风吹下了晾衣架上的衣服，刚好蒙上了我的头，黑暗中我一下子清醒过来，对我来说，根本没有假如，健康已经不在，还去想什么假如呢？

我下意识地用力捏了捏拳头，力量依然犹在，这次介入手术时检查的一切指标良好，给了我新的希望，我心里暗暗下决心，尽管健康不在，但至少能活过半年、一年。是啊，我一定能活过一年，在这一年里可以尽情享受美好生活，以前工作太忙，没有闲暇时间去感受生活，现在可以了，这一年可以顶过去十年。哈哈，塞翁失马，焉知非福。再说了搞不好一年还死不了呢，那不就赚了吗，窃喜。

健康没有假如，朋友们，可一定要吸取我的教训，养成良好的工作和生活习惯。千万不要以“工作忙”作为借口，要为自己的健康负责，要知道一切的一切都是身外之物，人啊，生不带来死不带去，对自己好一点，再好一点。

十一 从大妈那儿学会了勇敢 （2009 年 01 月 18 日）

经过一个多月的折腾，手术、介入都完成了，AFP 从 160 降至 13（20 以下是正常值），其他指标也都很正常，我说不出有多开心。

不过腹部在手术时还留下一个“尾巴”，原先刀口下角安放导管的口子还没有愈合，所以还得去医院进行包扎。正好我家的对面是中山医院，走过去换药也很方便。

早上我去中山医院肿瘤外科挂号就诊，排在我前面的是一位六十多岁的大妈，看上去很精神，她正与坐在她身边的人说话，声音也很洪亮。身边就诊的患者不时会被她的声音吸引过去，我也好奇地凑过去听她说几句。

这时来了一位大爷，身体很虚弱，旁边有两个人扶着他走过来，大妈见状，马上就站了起来让座给他，她正巧站在我的身旁，朝我笑笑，算是与我打了招呼，我也很礼貌地与她点点头。

“小伙子，哪里不好啊?”她看我拉着个脸在发呆，就问了我一句，我说：“是肝不好。”她接着问：“开刀了没?”我说：“开了。”

“小伙子，你不必担心，快乐一点，癌这东西没像医生说的那么严重。我是胃癌，当时一检出来就已经全身转移了，医生都说我没几天了，家人都吓坏了，特别我老伴，吓得晕了过去，气都透不过来，我一边用热毛巾敷在他的额头上，一边对他说：‘我没事的，很有可能医生搞错了，你看看我身体那么好，哪有病啊。’他缓过神来，眼睛发直地看了看我，但整个身体都不能动，我感觉不对头，马上打电话叫来120，救护车来了，我想扶他起来，可怎么也扶不起来，这时我意识到了事态的严重性，于是我就背着他往电梯口走，那时我不知哪里来的力气。上电梯后我想放下歇会儿，他却从我的背上滑了下去，我用尽全身力气再次将他扶起，这时救援人员已经等在电梯口，顺利地把我老伴抬上车。

“那时我已经彻底忘记自己是一个癌症患者，一路跟着车去了医院，在急诊室医生把我挡在门外，而我还得跑上跑下办理他的住院手续。这时医生找我问他以前的一些病历，我一边说一边与医生来到急诊室门口。从门的小窗口可以看到医生在忙碌着，不知过了多少时间，医生一脸无奈地通知我：‘你老伴不行了，你进去看看吧。’我脑袋一片空白，疯一般地冲了进去。

“老伴确实不行了，连一句话也没留下，说走就走了，我感到很内疚，老伴好端端却被我的癌症给活活吓死了。”

说完，大妈停了好长时间，缓了缓气又对我说：“人死了不可复生，活着就应该挺起来，好好地活，于是我开始帮老伴办理后事，一个人忙前忙后，总算把事情办完了。”

我说："您真勇敢。"大妈接过话："是啊，不勇敢都不行，一切都要靠自己了，办完老伴丧事的第二天，儿女们很孝顺，在商量如何轮流照顾我，而我以命令带生气的口吻让儿女们别管我，让他们都忙自己的工作，然后我就带了些日用品去医院住院，因为我的胃癌已经转移，不能进行手术，只能进行化疗，我断断续续做了三个疗程的化疗。当时我就想：不能说走就走吧，要挺住。我暗暗下决心，不能让癌症击倒，一定要勇敢地站起来。这不，我都挺过 6 年了，我现在不是好好的吗？小伙子，你不要害怕，癌症这东西，你不怕它，它就怕你，哈哈，我这么难，都过来了，所以你更应该勇敢去面对。"说到最后，大妈还用力捏紧拳头在我眼前做了个"勇敢"的示范动作。

说实在，癌症在谁身上，心里都会害怕的，我当然也不例外。尽管我外表看上去没将害怕表现出来，但内心深处还是很害怕的。毕竟，癌症是要人命的，像我这样的大肝癌，即使手术很成功，三年的存活率也只有 25%，所以，我经常想到死亡，想到不能享受奋斗所带来的快乐生活，不能看到儿子学成回国走上岗位的情形，也不能尽情阅尽人间美好的春色，一切的一切好像都与我无缘了，我心情当然也好不起来。

然而，大妈的抗癌事迹和爽朗的性格深深地感染了我，对我触动很大，也增强了我的信心，我下意识捏紧拳头学着大妈那勇敢的动作，心里默默念叨：老方，勇敢一点，像大妈一样勇敢，面对一切，战胜癌症。

十二 晴天霹雳不知家在哪里？ （2009 年 01 月 21 日）

哈哈哈，上海的治疗总算告一段落，沉重的心情一下子释放了，虚弱的身体感觉一天天在恢复，好像与患病前的状态没有什么区别。就像中山医院肿瘤外科的年轻医生说的那样，你已经争取到最佳的治疗时间，手术将病灶清除了，等身体一恢复就与从前没什么区别，到那时你该干什么就可以干什么了。原来癌症并没有传说的那么可怕。

我私下偷偷地想，身体是革命的本钱，不能忘乎所以，休息最要紧，至少先休息一个月，公司的事先由他们做着，观察一下没有我的日子公司运营到底会怎么样，做得好就让他们做下去，做得不好回头再去收拾……嗨，想那么多干吗，先养好病再说吧。对对对，放松，放松，什么都不用想，养病第一。

老婆还在整理物品时，我已经迫不及待拿着车钥匙下楼了，我刚将车发动，车库保安急忙赶过来让我停下，我以为发生了什么事，原来他们是关心和同情我的病情，生怕我累着，叫我下车，他来帮我将车倒出，我跟他们说我已经治疗好没事了，但他们还是不放心非要我下车由他们来倒车不可，盛情难却我只好下车。

回家啰，可以回到杭州的家了，我心情异常兴奋，坐在车上打电话催促老婆快点下楼。老婆拖着大箱小箱下了楼，保安又急忙帮助我老婆将大箱小箱装进了后备厢。我再一次发动车子准备出发，老婆说我不能开车，她来开，我朝她笑笑说没事。

那时我的精神状态出奇的好，心早就飞回杭州了。从家门口出发到徐家汇左转弯上沪闵高架直奔杭州，两个多月没有开车了，车感特别好，很轻松不知不觉就到 140 码，老婆让我开慢一点，我嘴上应着，脚上却没有半点松动。车呼啸向前奔去，我不停地左右变道，超越一辆又一辆车，老婆嘀嘀咕咕在对我说什么，我却一句也没听进去，心里反复在想：老方你真行。哈哈，我逞能吧！

两个多月没回杭州这个家了，坐在沙发上心里感到特别舒坦。老天这次与我开了个玩笑，一场灾难即将过去，迎来的将是崭新的生活。我要从这次灾难中学会如何生活、如何工作，彻底改变以前不良的生活与工作状态。从今天起什么都不想，好好养病，认真养病，制订一个养病计划，严格遵守养病条例，准时吃药，准时睡觉，该吃什么不该吃什么，一切的一切都得按照医嘱来做，小心，再小心。

老婆为我忙进忙出，一会儿在厨房为我做点吃的，一会儿又为我整理生活用品，一有空闲还去网上查阅一些康复资料，晚上还要看一些什么《肝癌的护理》《细节决定健康》《不一样的自然养生法》等书籍。我心里对自己有些指责，我怎么会摊上这种毛病，搞得我老婆也放弃了自己的事业，好端端地在上海的老总做不成，一下子就成为家庭主妇了。

说句实话我老婆比我强多了，她话不多但具有很强的管理能力和责任心。早在 1989 年,那个万元户还很稀罕的年代,她就被台湾德奎公司以 10000 美金的下海费和月薪 2000 美金,邀请去重庆、上海担任化妆品公司老总,当时整个老家县城都沸腾了,当地人才知道什么叫作人才,人才是那么的值钱。两年后因为放心不下 5 岁的儿子,她又回老家创业开办了浙江省第一家私营广告公司。后因我被三株公司邀请去北京工作,她又放弃公司和我一起去北京工作。在北京期间,她被养生堂农夫山泉公司聘为华北大区营销经理,一年内她从一个人发展成一百多人的销售团队,把第一瓶比油还要贵的水硬是做到了 5000 万瓶。而今天由于我的拖累,她却成了专业伺候员了,屈才啊屈才。现在唯一能解放老婆的办法就是我好好养病争取早日恢复,也好让老婆快点重新走上自己喜欢的岗位。

一个月的休养很快就到,遵照医嘱我必须去医院检查身体。

第二天我开车去医院检查,路上我打电话给我的朋友老杨,与他约好我从医院出来去他那儿玩。等拿到了化验单,血常规正常,生化指标正常,肝功能正常,一张一张显示正常的化验单蹦到眼帘,我心里有说不出的高兴,但最后一张我不由自主地大叫起来:“啊? AFP(甲胎蛋白)700?”我两腿突然发软,扶着墙勉强移到椅子上。

我的脑袋一片空白,很长时间才缓过神来,怎么会这样,怎么会这样?我已经很认真很认真地在养病了,怎么 AFP(甲胎蛋白)指标还会高起来。我怎么也想不明白,那时我的眼泪都要流出来了,我预感到情况不妙,AFP(甲胎蛋白)指标超过 20 就意味着我的肝癌要么是复发,要么就是转移。完了完了,我沮丧,我痛苦,我害怕。我感到从来没有像今天这样的害怕,我的全身甚至于每个细胞都在颤抖,怎么办?怎么办呢?

不知坐了多长时间,我恍恍惚惚站起来走出医院,来到停车场,走了几个来回才找到车子。我一脚重一脚轻地踩着油门,连闯几个红灯,差点撞到别人的车,车主摇下车门就嚷嚷骂人,这时的我还管他骂什么,可别把我骂急了,我现在连拼命的心都有。还好,那车主骂骂咧咧开车走人了,不然当时绝望透顶的我,还不知闹出啥事呢。

我开着车想尽早回家,可不知回家的路在哪儿,我满脑子的“恶化,转移;转移,恶化……”直到老婆给我打电话,她打的过来,才把我接回家。

十三 不想发生的还是发生了

（2009年02月02日）

2007年7月25日，我再一次住进了既熟悉又不愿意再去的地方——上海东方肝胆医院。

很快，医生就给我开出了一系列检查单，生化、血液、CT、骨扫描、核磁等，生化、血液、CT在本院就能完成，而骨扫描、核磁两个项目由于本院没有检查设备，得去对面的长海医院去做。我拿着检查单去长海医院做检查，找了老半天才找到做检查的地方，那里已经有很多人在排队，整个候诊的屋子里病人及家属坐得满满的，屋的西北边有一个长廊是供病人进出检查用的，正西有两个约60cm×60cm的小窗口，在窗口上放了个铁制的针筒架子，透过窗口可以看见一位护士，头上戴着铁制的头盔，在眼睛处开了装有玻璃的口子，身上穿着一件很厚的塑胶面的工作服，整个装备与杨利伟上天穿的航天服没有什么区别，就是比航天服难看多了，简直就像站着的穿山甲一样，很恐怖。好在透过眼眶玻璃能看到一双水汪汪的眼睛，还能给你带来一丝的安慰，心想剥下这身皮，显现在面前一定是一个如花似玉的美女。

“方玄冰——”广播里在叫我的名字，让我到小窗口去打针，可怕的护士带着笨笨的手套抓住我细细的手臂，手里费劲地拿着粗粗的针筒，两颗眼珠瞟了我一下，我紧紧闭着眼睛，咬着牙心里告诫自己：坚持！呵呵，出乎我的意料，其实没有想象中那么痛。打完针过了一会儿，一个护士从走廊里出来叫我进去做检查，很快检查就告一段落了。一个上午长海医院的检查项目全部搞定。

回到东方肝胆医院，我躺卧在床上发呆。不知过了多久，医生进来问我一些情况，我心不在焉地回答着医生的问话，然后很着急地问医生我最关心的问题：“指标为什么会突然升高？升高后的后果会怎样？”

医生告诉我有三种可能：

一是，肝癌患者的正常生理反应，再做一次介入就能排除。

二是，肝癌复发，指肝部又有东西长出来了，这也很好处理，2cm以下用酒精打掉就行了，上次住院时你的病友他们不是来住了几天院就解决了？

还有一种，就是转移，就是癌细胞从肝部转移到别的地方去了，这种结果是比较麻烦一点，不过从目前来看，你不会是第三种，因为你手术时肝癌包膜比较完整，转移的概率就比较小一点。一切都得等到明天检查结果出来才能知道。

谢天谢地，我转移的概率是百分之三十，也就是说我逃脱转移的概率有百分之七十。呵呵，老方我一定是命不该绝，首先我做人还不坏，还有我妈妈天天为我念经祷告，好人总是有好报的。孙悦不是有一首歌叫《好人一生平安》吗？我就是其中的一个好人。我是不是很像鲁迅笔下的阿Q，遇到事总是会自我安慰，小事小安慰，大事大安慰。

我这人不管做什么事，想什么问题，我总是喜欢往阳光的地方想，越想吧就越有希望，越有希望吧就越有盼头。要不然我早就像那些人一样吓都被吓死了。人啊一定要有点阿Q精神，它能带给你快乐。

可是现实中，很多事总是事与愿违，该来的不来，不该来的还是来了。长海医院的检查报告已送过来了，再加上本院的CT检查报告，结论已经很明显。医生叫走了我老婆。回来时我老婆和医生一起到病房，当他们在病房同时出现的一刹那，我从他们的表情中一切都明白了，我的病情很糟糕，很可能是第三种结果。

医生想说什么却欲言又止，我装着轻松的样子说："没事，你直言吧，我挺得住。"医生才慢慢地说出我的检查结果是第三种，癌细胞已经转移到肺部，而且更可怕的是我的转移不像别的患者转移到肺部是一两个，而我是一大片，最大的是3.5cm，小的有七八个。

这时候阿Q精神跑到了九霄云外去了，难道三个月的存活真的应验了吗？我极力想让自己镇静下来，可怎么也静不下来。

老婆跟着医生去医生办公室研究我下一步治疗方案。我非常清楚我已经没得治了，只能等待死亡预期一天一天地到来。

老婆回来后对我说："医生对我这种情况，建议用目前最新的进口化疗药'利比泰'试试，15天为一疗程。'利比泰'每支一万两千元，每次化疗需要一支半，医生说如果两个患者同时化疗的话，就可以合用一支，但现在没有同样的患者，我们只有买两支自己做，用一支半，浪费半支。"

老婆与我的想法一样，决定接受化疗。这药医院里没有，医生要到外面去拿。第二天药就送到了，两支药我老婆付了两万四千元。化疗的方式很简单，与输液没有什么区别，但必须住院输液并观察。

对这次化疗我还是抱有很大的希望，因为“利比泰”是目前世界最好最贵的化疗药，我这是在用钱买命。“生命是革命的本钱。”此外都是空的。

第一疗程过去了，在进行第二疗程前，需要重新做原来的一系列检查，但检查结果，让人大吃一惊，肺部转移病灶在扩展，AFP（甲胎蛋白）指标竟然涨到了 2000 多。这次我才知道，肝癌患者做化疗对杀死癌细胞是不敏感的，医生也是将我死马当作活马医而已。

对于我目前的病情，医生很无奈，老婆很无奈，自己也很无奈。

我走到窗前，把整个脸贴在窗口玻璃上，看着天空发呆，忽然间天上打起了雷，雷声很大，仿佛在为我打抱不平，顷刻间暴雨就倾泻了下来，街上的人都在逃，而我却无处可逃……

第二章

四处寻医无望

晚期肝癌将我人生的一盘棋打翻了，我和家人没有太久停留在恐怖情绪中，积极四处寻找最好的医院和最好的医生，在夹缝中寻找生的奇迹，但答案只有一个：回家写墓志铭去吧。于是结束了半年来在外颠沛流离的求医，老婆牵着我这个医院不再收留的病人回家了。

一 余之疾，中医可治否？ （2009 年 02 月 22 日）

漫画中的方狗屁将转移到肺部的癌一个屁全放了出来，并以此创造了奇迹。而现实中这仅仅是笑话而已，真正的病魔还是在不断侵袭着我的身体。

化疗没有达到预期的效果，病情还在继续恶化，我与老婆心里都很焦急。听住院的病友介绍，上海群力大药房有位中医师叫茅忠瑾，是一位治疗肿瘤很有名的专家，凌晨两三点去排队才能挂上他的号。于是我老婆就打定主意，寻求“死马当作活马医”的一线希望。

2007 年 8 月 7 日当晚就安排儿子去上海群力大药房排队，这孩子做事总是那么积极，还不到凌晨 1 点他就急着要去排队，一到那里儿子就打电话告诉妈妈他排在了第四位。

大约凌晨 3 点排队的人已经很多了，这时有两个人一唱一和地对我儿子说：“某某地方有位医师对治疗肿瘤更有一套，凡在他那儿就医的人大部分都好起来了，他的知名度比这里的医师名气还要大，那儿排队的人也比这里还要多，我这里有他那儿的排队号，你可以带你爸爸去那儿看病，不过，这号给你，得付五十元钱给我，算是辛苦费。”

于是我儿子被他说动了，付了五十元给那个人，就打的去了，路上儿子打电话给妈妈，说明此事，妈妈说他上当了，可儿子还是振振有词与妈妈说当时的情况，还说有好几个人都已经去了。妈妈拧不过他，他还是坚持去了那儿。可到那儿一看，傻了，根本就没人排队，连灯光都没有，更不用说有人在排队。

儿子又打电话给妈妈，说上当了，被人给骗了。妈妈叫他赶快回到群力大药房去，来回一折腾，到了群力已经是 4 点，队伍已经排成一条长龙，儿子无可奈何地重新排在最后一位。在与前面一位大姐闲聊时，儿子告诉她刚才发生的事，大姐看看这小年轻涉世太浅，就陪儿子到原来排队的位置，与他们商量是否可以让孩子重新归队，正好那位排在儿子后面的人还认识这孩子，就让他排在她的前面。儿子虽然为这一次冲动付出了一百五十元的代价（包括打的费），却换来了一次轻信他人导致后果的教训。

当老婆送我到了群力大药房时，二楼已经挤满了人，没等多久就轮到我。先是一位助手询问一些基本情况，再由她转给茅忠瑾医生，医生看了看刚才助手写的病历，说如果早点来看，也就不会转移了。

我当时感到他的这句话太过自信：因为肿瘤病人为什么难以医治，就是很难用现代医术及药物得以控制，所以大部分的肿瘤患者都会出现复发与转移，如果仅靠他的中药就能达到不复发不转移，那么国家医学研究早该将他的医学成果转化为国家医学科技成果，让更多的患者受益。

很快，他就为我开好了处方，与其他患者没有区别：同一个处方模式1号方＋临时开的几味中药。大约不到10分钟，我的诊疗就结束了，从群力大药房扛回一大包用蛇皮袋装满的中药。

在患病前我曾买过一本《思考中医》的书，是广西师范大学出版社出版的，作者叫刘力红，本书是对伤寒论进行导论，对自然与生命的解读。我认为这本书写得好极了，一是，对他的中医研究态度表示钦佩，二是，对他的中医经典的解读表示感谢。所以病后我经常会翻阅这本书，好像越翻越感到中医发展对肿瘤的治疗就越有希望一样。我也常常在想，要请中医看病，就应该请刘力红这样的中医生。

请中医看病，我的经验是：余信否，信则可为之。

二 绝望来自于大医院拒收

（2009年03月01日）

上海东方肝胆医院提供不了有效的治疗方案，再待下去已经没有多大意义了。既然癌细胞已经转移到肺部，还是去上海著名的肺专科医院去看看吧。

2007年8月8日上午，我们来到上海肺科医院，早上老婆挂好的专家号，要等到下午才能看到。于是我们就在院内随便走走，万万没想到，医院大门看上去不怎样，往里走简直是另外一番景色，只见院内绿树成荫，芳草如茵，碧水环绕，亭阁相映，是一座精致的花园式医院。后来听上海人介绍才知道，这里原来是叶家花园，主人叫叶澄衷，后因其女患肺结核就将该花园捐献出来兴办了一家医院，当时叫“澄衷医院”。

主人的发迹史很有传奇色彩。传说，一天有一英国洋行经理雇叶澄衷的舢板从小东门摆渡到浦东杨家渡。船靠拢对岸，洋人因急事在身，上岸时将一只公文包遗忘在舢板上。叶澄衷发现后，打开皮包一看，包内装有美金数千元和金刚钻戒指、手表等物，还有支票簿，他顿时惊呆了。他意识到失主失去贵重物品心里一定很急，就不开船，在原处等候。一直等到夕阳西下时，只见先前那洋人急步赶来，叶澄衷认出他就是失主，急忙将皮包交还。洋人打开皮包查看，原物无一挪动，他意想不到，一个中国苦力竟如此诚实，对财宝毫不动心，这使他感动极了，立即抽出一沓钞票塞到叶澄衷手里，表示谢意。但叶硬是不收，说这是理应做的，说毕要开船离去。洋人却不走，跳上船，声言摇向外滩。等舢板在苏州河口一靠岸，那洋人拉着叶澄衷就走，要他帮助做五金生意。叶见他极有诚意，也就答应不再摇舢板了。

从此在洋人的帮助下，叶澄衷在上海做五金和美孚火油的总代理，借此积累了巨额资本。他便成为上海五金业中有影响的领袖人物，号称“五金大王”，是上海发迹较早的工商界巨子。

真是一家传奇医院，我想：如果能住在这家环境优美的医院治疗，我或许也能出现奇迹。顿时我的心里踏实了很多。

在花园转了有两三个小时，我们出医院大门简单吃了点午饭，就来到了肿瘤科。肿瘤科姜主任看了我的CT片后，摇摇头说：“肺部有很多结节，大一点的就有6个以上，从目前医疗水平来看，我院也提供不了好的治疗方案，如果经济状况没问题的话，建议可以去淮海路的455医院，将肺部结节用伽马刀做掉。”

我心里在嘀咕：看来肺科医院也没有办法了，所以将我推到其他医院了。但想想伽马刀如果可以将病灶去除的话，也不失是一种好的治疗方案。

但老婆对此方案提出异议，如果伽马刀治疗方案是一种好方案的话，那么为什么东方肝胆医院不提出来呢?

伽马刀？就这么简单能去掉病灶？老婆为慎重起见，建议我多走访几家医院，她对于我的疾病从不气馁，坚信一定能好起来。其实我知道肝癌晚期在世界医学界都是难题，能治好我病的概率几乎是万分之一。不过我是一个个性很阳光的人，一切事物都会往好处想，“瞎猫撞到死老鼠”，也能逮到一个，我相信我的运气也会不错的，一定能够好起来的。

老婆第二天天不亮就去中山医院，去打听哪位专家对肝癌治疗最权威，经患者指点说，叶胜龙是一位有很高造诣的肝癌医学专家，于是就排队挂了他的专家号。

叶医生对我的病情很认真，看了我带去的全部资料，但他还是对各家医院所提供的资料有些不放心，就叫我重新做 CT 和 B 超，还吩咐我下午做 B 超时他会在场并亲自看。

我感到有些惊奇，在我就医的过程中，做 B 超时，医生自己去看还是第一次。我暗暗庆幸终于找到了一个负责的医生。

下午在做 B 超过程中，叶医生很仔细，一点一点地看，时而与 B 超医生在交流着什么，时而又问我一些问题，完事后叶医生对我说："现在肝脏还不能排除另有复发病灶的可能，等 CT 片出来再对照看一下，你明天再来。"

再去的时候叶医生很委婉地对我说："你说的伽马刀可以试试，但一般我们不建议做，从目前的情况看，你的病情还不算太坏，回家后好好地调养，再观察一段时间。"我说："能不能住院进行治疗？"他说："现在不行，过一段时间再说吧。"

就这样，我又一次被婉言谢绝了。其实我心里很明白，我的病已经没得治了。

回来后我坐在沙发上发呆，老婆不甘心，自信地说："老方，没事的，上海拒绝我们，我们还可以去北京，去广州，哪家医院好，我们去哪家，再不行我们去美国！"

天哪，其实我非常清楚肝癌在世界范围内中国的医疗水平是最高的。

晚上，老婆与广州的一位朋友在打电话，他的亲戚是卫生部的高级官员，他是从广州中山医院提拔上去的，是国内肝癌的著名专家，前些日子老婆已经将我的病情资料寄给了他，所以老婆在向朋友打听情况。电话打了好长时间，当时我脑袋一片空白，他们之间说什么，我一句也没听进去。只听到朋友说："要怪就怪他自己把最佳的治疗时间给耽误了。"是啊，造成今天医院拒收的局面，不怪自己还能怪谁呢？

遭遇一个又一个大医院，一个又一个的著名医学专家拒收，我几乎被推向了死亡的边缘，我绝望了……

三 带着一点希望北上

（2009年03月16日）

2007年8月12日，儿子出国读研，送走了儿子，剩下我和老婆大眼瞪小眼。对于上海的就医结果，我们还是不甘心，抱着一线希望想去北京看看。

从网上查了北京有关治疗肿瘤比较好的大医院，有社科院肿瘤医院、北京肿瘤医院、北京301医院、北京302医院，在这些医院里有很多著名的肿瘤专家。如果这些医院还是不愿意收留我的话，那咱也认了，毕竟尽力就医了，没有留下遗憾，回家等死也会心平气和一点。

不管怎么样，北上再说。当我们决定去北京时，正好内蒙古的病友老张打电话来问候我，同时他建议我去北京302医院，这是一家部队医院，以肝病治疗为主，他刚好从那里治疗完回家，效果不错。

2007年8月19日下午，我们乘坐飞机北上，大约晚上8点，入住302医院旁边的一家招待所。大部分病人和家属都住在这里，离医院只有一墙之隔，就医很方便。

当晚老婆就去门诊大厅去打听第二天有哪些专家门诊，最后她选择了肝肿瘤内科主任杨永平。凌晨3点她就起来去挂号，当她7点半回来时，我正好起床，就一起去医院候诊。

杨主任中等个子，看上去比较结实，说起话慢慢地，总带着微笑，很平易近人，让病人感到很舒服、很放松。杨主任先是与我聊了一些家常，然后一边看片子，一边指着片子上的问题点，很中肯给我提出治疗方案，他说："按你的病况，有条件的话，回家就去药房买进口的化疗药物'多吉美'（索拉非尼），这是目前治疗肾癌和肝癌最好的化疗药，没有痛苦，而且可以提高生存质量。"

回家吃药？这也太简单了吧！于是我就提出住院治疗，可是杨主任反映出来的表情显得有些为难，接着说："按你的病况住院，意义不大，再说现在的病床都住满了。"看我满脸的失望，然后又说："要么加床可不可以，等有病人出院就给你床位。"

听杨主任这么一说，我心里踏实了许多。杨主任通知病房为我加一张床，我们来到四病区一幢坐北朝南的大楼，我的病房床已加好，原本二人的房间，一下住了三个病人，再加上病人的家属，房间就显得很拥挤。傍晚有一个病人正好提前出院，我被重新安排了病房，谢天谢地，我不用睡加床了，心里舒坦了许多。

接下来就是一整套的化验、拍片、CT 等检查手段，杨主任的助手陆医生来病房告诉我检查结果，与上海检查的结果没有什么区别。陆医生三十多岁，看上去像南方人，长得眉清目秀，细细的鼻梁架着一副金丝眼镜，很斯文的样子，唯一能让我感觉得到北方痕迹的就是她的爽快，说起话来从不转弯，有什么说什么。有时住院患者家属不想让患者了解的太多实情，但陆医生从不掩饰，弄得家属和患者很意外。我心里还在想，这个女人怎么这样不会理解别人。她递给我一张名片，我一看“哇”的一声叫了起来：“医学博士啊!”刹那间我对她肃然起敬，这个女人不简单。“是不是买来的博士啊?”我开玩笑道。“怎么会，我是发狠出来的。”她很严肃地告诉我，我哈哈大笑。

其实住在医院也没有好的治疗方案，一天到晚就是吊水，也没有什么新的药，陆博士告诉我，我的治疗方案只能采取姑息治疗，不然的话会影响你的生活质量，他们建议我尽早出院，回家好好地生活，想做什么就做什么。我说：“是不是什么都可以做?”她说：“是的，你以前不敢做的事现在都可以做了。”我说：“抢银行也可以?”她说：“可以的，而且抓起来，还可以马上放出来。”

我傻了，什么事都可能做了！心想我该做什么呢？杀人！想了一圈没有仇人啊，没办法，人太好了，连仇人都没有一个。炸掉××大坝！我是一个专搞策划的，凭我的智商一定能策划出一个惊天动地的事件，让自己遗臭万年，这也不失为一个好想法。某次与在公安局工作的同学聊起，说像我这种人即使抓到了，也只能放出来。他举了个例子：有一个人偷电动车，被抓到送进看守所，没一天就放了出来，此人出来后又偷，又被抓，又放，反复几次，公安就问责法院，为什么不判掉他？法官说，他是尿毒症患者，每周要去医院做一次血透，因为没钱，所以靠偷电动车支付医疗费。他就希望被抓进看守所，这样就有人帮他支付医疗费用了。可看守所也没钱为他支付医疗费用，只能放了他，法院见了他烦，看守所见他也烦，警察看到他更烦。于是大家对他看见装着看不见。“就像你，我们抓了你，也支付不起医疗费，也只能放你出来。”同学说。我听完却笑个不停。

我感到在北京治病，这点希望也很渺茫了。

四 在北京寻找生的答案

（2009 年 03 月 18 日）

2007 年 9 月 6 日清晨，还没到吃早饭的时间，我正在病房发着呆，只听见一个女人撕心裂肺地哭喊着冲进了病房，重重地趴在我旁边的病床上哭泣。我马上意识到她老公出事了，病房里所有的人都围了上去，问她怎么回事，她一边哭一边说：“来时还是好好的，在这里一个晚上，人就没了，是他们（医生）把他治死的。”我们极力地劝她，让她冷静一点，有事好好商量，她还是一个劲地哭喊不停。

出事的人姓王，是山西运城人，在当地社会保险单位工作。昨天傍晚刚住进来的，这次来的目的是复查，他说：“我们单位条件好，医疗费是可以报销的，所以他会定期来做检查。”他也是肝癌，现在病情还是比较稳定，闲聊中我对他说：“我回去后准备用索拉非尼，德国拜尔公司生产的，是目前最新治疗肝癌的药物，但药价比较高，需要二十万。”他说：“我也去买来吃，药费我可以去税务局申请。”我说：“做国家公务员真好，医疗费用都可以报销。”

说得好好的，晚上他感觉胃有些不舒服，医生诊断后，叫护士给他打吊针，前几瓶老婆在床边看着等着没了就换上，夜深了老王见老婆打瞌睡，就将盐水的速度调得很慢，好让老婆睡一会，他老婆可能真的很辛苦，竟然呼呼大睡，等到一觉醒来，只见老王在难受地哼哼着，口中还吐了血，老王老婆顿时慌作一团，马上去叫医生，医生与护士便将他拉到监护室。从此，老王再也没有回来。

昨天还与我聊得很开心，今天一早他就不在了，说没就没了。生命怎么就这么脆弱呢，就像一张照片放进火里烧掉一样那么简单。

见老王老婆哭得这么伤心，我想起自己的老婆。天刚亮她就去北京肿瘤医院排队挂专家号，她还不知道老王走了。在我住院的这些日子里，老婆始终不放弃，找朋友托关系，已分别去了中国医学科学院肿瘤医院、北京协和医院、空军总医院、北京海军总医院、北京 301 医院，都是凌晨天没亮就起床出门，去排队挂专家号，可是没有一家医院能够给我提出可行性治疗方案。

如果我也像老王这样去了，我老婆会怎么样？正想着，老婆已回来了。

今天老婆带着病历去北京肿瘤医院找黄信孚教授。之前北京肿瘤医院她已经去过好几次，第一次是找消化内科副主任李燕教授，她建议服用索拉非尼。第二次老婆又去找了胸外科主任陈克能教授，看完片子在我的病历上他写了一句话："建议请肝胆外科教授。"于是我们又去找消化内科主任沈琳教授，沈教授也没有好的方案，只是建议在肝功能条件允许的情况下，进行化疗，口服索拉非尼。

老婆对这一结果还是不满意，心里也不踏实，想听听权威专家的意见，于是又预约了著名肝胆外科专家王信孚教授的特需门诊。他非常认真地看完我的病历和片子，说："肝、脾、胆及肺都有复发和转移，现在治疗已经太晚了。"

看来不是专家没本领，而是我的毛病太严重了，不是医学太落后，而是我的毛病太超前了。管它呢，让那些"必死无疑，死则难逃"的谬论见鬼去吧。我还是我，与以前并没有什么改变，只不过肚子上多了一条刀疤而已。我就是不信我活不过半年。

没办法，我就赖上 302 医院了。

杨主任安排我做一次栓塞，想把胆边的病灶栓塞住，结果没有成功。

实在没有其他有效的治疗方案，医院就动员我老婆说服我出院，陆博士也来与我谈了一次，她说："住下去没有意义，只是浪费钱，你回家后可以想做什么就做什么，快快乐乐地生活。"我还傻乎乎地追问："就真的没有办法了吗？"她说："从目前来看，你的情况我们真的没有好的办法了。"但我还是死皮赖脸地留在那里。说句实在话，信心归信心，真的要让你回去了，还是有点后怕。

打算出院，但我还是有点不死心。这时，我突然从宣传栏里发现了一种手术治疗办法，叫什么"CIK"，英文 cytokine-induced killer 的简称，"CIK 细胞"中文译名为"细胞因子诱导的杀伤细胞"，它是外周血单个核细胞在体外经多种细胞因子诱导培养产生的一类细胞群，具有显著的抗病毒、抗肿瘤活性。

我与老婆商量想做一次，老婆就去问杨主任，杨主任也只能点点头很委婉地说："如果经济允许的话，做也没关系。"因为这是自己医院里的科研成果，说好不是，说不好也不是。杨主任和我老婆都不赞成我做，可又不愿打击我求生的欲望，于是又花了 3 万多元钱，做了 "CIK"。

其实我知道，"CIK"对于我的病情没有效果，但我总是抱有一丝的幻想，想活着。就这样，所有的治疗手段该用的全都用了，该找的专家都找了，答案只有一个，回家去写墓志铭吧。

五 别了，天安门

（2009 年 03 月 21 日）

来北京寻求治疗也快一个月了，也没有实质性的办法，也没有了指望。回去吧，心里总觉得空荡荡的，很是无奈。再待在北京已没有意义，即使我不想出院，医院也要赶我走。以后再来北京的机会已变得很渺茫，现在我还能走，能吃，能睡，与其等死，还不如趁早去看看天安门，看看在建的鸟巢、水立方。

以前在北京工作多年，都没有好好玩过。医院门口有辆公交车，从 302 医院可以直达鸟巢。老婆建议打的士过去，我却执意要坐公交车，连续住了几个月的医院，心里闷得慌，正好闲来无事，我想图个热闹。车上坐满了人，没有空的座位，我一手抓住手环，一手抓住座椅靠背手柄，还算能站得稳。已很多年没坐公交车了，这种感觉挺好，挺新鲜，我巡视了一下四周，有的闭着眼睛在思考什么，有的戴着耳塞在愉快地欣赏音乐，有的目不转睛在盯着前面发呆，还有的将报纸贴在眼前认真读着，很有"紧锁书箱夹断眉"的感觉……

没过几站地，我就有点站不住了，毕竟有病在身。看看周围，没有人要下车的迹象，北京应该是文明之地，如果我是老大爷兴许人家早就让座了。这时老婆与旁边的年轻小伙商量，能否让出座位给我这个重病人，小伙子看了我一眼，见我长得很瘦，确实像个病人，二话没说就让出了座位，我连声说"谢谢"，就重重地坐下，很舒服，心情马上就轻松了，这是以前坐小车时没有的感觉。

下了公交车，远远地看到了鸟巢和水立方。走近看，主体工程已经完成，但周围辅助工程才刚刚动工，工地上一片忙碌的情景，再过一年，这里将举办一场别样的奥运会，可我不知道能否看到。

电话铃声响起，是王国民打来的，他约我共进最后晚餐。国民是我在三株的朋友。我如约来到一个装修得很豪华的饭店，国民让我点菜，我对他说："带够钱了吗？"他说："你请便吧，我带卡了。"我说："反正是最后晚餐，我就往死里点了。"最后的晚餐我吃得很舒服，有说有笑，也很快乐。

第二天，李扬来看我了，李扬是吴思伟的太太，是我的老板娘。我与他们一家早在包头创业时就熟悉，多年来建立了良好的关系。在北京她也忙上忙下帮我联系协和医院的专家，今天她特地从玫瑰园来看我，说实在的，我很高兴。平时挺会说的她，见到我时不知说什么好，她为我的不幸而难过，从请我吃饭时就可以看出来，她为我们点了每位 1500 元的套餐，而她自己，就点了一份汤和一点水果，可是连这点都没吃完。而我却吃得津津有味，就像吃断头饭一样，一点不剩，心想反正吃一餐少一餐了，有得吃就吃。呵呵，其实我是想让朋友高兴，少让朋友为我担忧。

中秋节到了，老朋友杨浪提盒月饼来医院看我，他戴着一般场合不脱掉的那个标志性帽子，穿着 T 恤和短裤，就在院子的草地上席地而坐，与我侃侃而谈。我们从地理谈到财经，从财经谈到军事，从军事谈到政治，从政治谈到生活，从生活谈到儿女，天南地北什么都侃，侃得都忘记自己是个重症病人了。

今天能在这里写博客，也是他的强烈建议。有朋友真好啊，能使我的人生更有意义。

要回家了，临行前有一个地方不能不去——天安门。小时候天天唱："我爱北京天安门，天安门上太阳升。"不知多少次经过那儿，却没有一次在那儿停留过，而今天不知哪里来的冲动，要去天安门。

我拖着老婆从前门进入天安门广场，广场上的灯柱与灯柱之间的距离我量了一下是 50 米。我沿着灯柱一个个地走过去，直到天安门跟前。天安门是明永乐十五年(1417)建的，当时叫承天门，清初顺治朝对该建筑进行修缮后改称天安门，整个建筑面阔为九开间，进深为五开间，重檐六排柱子，共

60根。也不知道咋的，什么我都想弄个明白，都想将所有的东西装进脑子里，然后带到天堂。

第二天，即2007年9月12日，我们办了出院手续。由于遇上下班高峰，我们就从五棵松转地铁前往北京站，到了北京站，老婆提着两大箱行李，艰难地一个台阶一个台阶地往上走，起初还是一手提一只箱，过一会儿，就提不动了，她就将一只箱放下让我看着，她两手提着一只箱用腿顶着，顶一下上一步，我看着老婆的背影，心里只是一个劲地在怨恨自己，怨恨自己之前没有对老婆好一点。

终于，老婆牵着我这个医院不再收留的病人，登上了去上海的软卧列车……之前整整5个月都是在医院度过的，忽然，回家的心情变得很迫切。

别了，朋友；别了，鸟巢；别了，天安门。

六 放弃最后治疗的一线希望 （2009年03月24日）

回到上海的家中，开始等待着死亡日期的到来。两眼常常盯着墙上那只“滴答滴答”催命的钟，自己突然有些毛骨悚然，想想自己将英年早逝，一阵凄惨心情油然而生，不禁潸然泪下。

对于我的毛病，已经没有有效的治疗手段了，最后只剩下一线希望，就是我在寻医过程中，有好几位著名肿瘤专家建议我可以做伽马刀试试，即用射线将肿瘤病灶去除。

关于采不采取伽马刀治疗方案，我心里一直没底，内心斗争很激烈，考虑再三，决定还是先问问做过伽马刀的病友情况。

正好有一位朋友的表哥，也是肝癌转移肺部，只不过肺部肿瘤病灶没有我多，他刚刚做过伽马刀，听说效果很不错，肺部病灶已不见踪影，他强烈建议我也去做伽马刀，然后介绍我去上海455医院，但我还是犹豫着向妹妹咨询，伽马刀要不要去做，她也觉得我目前的情况已经没有办法了，伽马刀可以一试。做与不做伽马刀的天平一下子向做的一方倾斜。

于是我们拿着朋友表哥给我的联系方式去了上海455医院，主任很客气地接待了我们，也很认真地看了我带去的病历以及CT片，向我介绍伽马刀治疗的效果和已经治疗过的患者生存情况。

可以肯定医疗设备是先进的，治疗效果是明显的。我反复地问有没有治疗后出现不良反应，病情恶化的病例，主任告诉我一般不会出现这种情况的，并建议我立即住院治疗。但想起北京302医院杨永平主任再三提醒我不能做伽马刀时，我心里又没了底，于是我向老乡主任委婉道别："我回家考虑一下，回头再来找你。"

最早向我提出伽马刀治疗的是上海肺科医院的主任医生，然后是空军总医院放射科的夏博士。

在北京302医院住院时，我老婆就去找过夏博士，夏博士的处理意见是：第一，如果有条件可考虑PET/CT定位肝脏＋伽马刀治疗；第二，肺内病灶较多较小，根据病人家属意见决定伽马刀治疗。再则，我妹妹也同意采用伽马刀治疗。唯一不赞成我去进行伽马刀治疗的只有北京302医院的叶永平主任，他在我出院时，再三叮嘱不要做伽马刀，如果做了，会后悔莫及的，他有几个患者采用伽马刀治疗后，反而会加速病情恶化，缩短寿命。

于是我和老婆静下心来做了一个分析，455医院与空军总医院的两位医生都是放射科做伽马刀的医生，他们自然就建议你采用伽马刀，我妹妹尽管是县级医院的院长，但她的临床经验不如大医院医生那么足。而北京302医院杨主任是肝肿瘤专科专家，他的临床经验一定比其他医生要丰富，再说我们非亲非故，杨主任没有必要一而再再而三地提醒我不要去做伽马刀。通过谨慎分析，我决定采纳叶主任的意见，放弃伽马刀治疗方案。

没过多久，就传来了一个坏消息，原先强烈建议我去做伽马刀治疗的朋友表哥，忽然病情快速恶化，转眼就没了。

我非常庆幸自己当时放弃伽马刀的治疗，但我会考虑采用北京的几位专家多次提及的进口化疗药物"多吉美"（索拉非尼）的治疗。

七 结束流离颠沛的求医 （2009年04月11日）

"最多再活三个月，死期将至，除非奇迹出现。"这是从北京、上海回来每一位专家对我的"判决"。

还有什么后事要做呢？思前想后还有太多太多的事要做，可我无奈得什么事都做不了。

我傻傻地坐在沙发上，望着窗外的日出日落，心中只是一片茫然。老婆常常过来问我想吃点什么，想不想出去走走。我似乎什么都不想，太阳上来下去一天完了，太阳又上来又下去一天又完了，就这样傻傻地等着自己慢慢死去。

也许大家不明白为什么不趁现在还活着做点自己想做的事呢？是啊，任何人都会这么想，可事到临头，美好的想法都灰飞烟灭了，只有身临其境，才有这样的感觉。

前两天朋友打电话给我，说阿亮没了。阿亮是我的一个病友，他也是肝癌，一起在北京住院，他的身体状态比较好，癌细胞还没有转移。当时他出院时还握着我的手说："老方，要好好地活着，要坚持，说不定什么时候治疗药品就发明出来了，就像青霉素一样，打一针就好了，哈哈。"阿亮边说着，边把我的手都握疼了，看他那么自信，我当时很是宽慰。可眼下他说没就没了，现在活着的我，还能干些什么呢？

上帝是公平的，每个人都要面对死亡，只不过我离死亡的边缘近了些，活着快乐是一天，痛苦也是一天，何不选择快乐地活着？我快乐了，周边的亲人朋友也都快乐了。即使上了天堂，天堂的天使们也喜欢快乐的勇士。哈哈，活着好好表现吧，上了天堂我还想赢得天使们的青睐呢。

在家沉思了很多天，终于走出了死亡的怪圈，我选择快乐地活着。

我让老婆收拾行李，准备结束这大半年在外颠沛流离的求医，遵循北京302医院杨主任的一句忠告："提高生存质量，回家采取姑息治疗。"

2007年10月16日我回到杭州，从此在家里修身养性，开始新的生活……

第三章 生命在希望就在

面对越来越短的时光，我心存恐惧，『为什么会是我呢？』，『为什么不是你？』人生自古谁无死，只要有活下去的希望，就要珍惜当下的快乐，活好每分每秒，让自己有机会去创造每一天精彩的生命故事。

一 有一种信念叫坚持

（2009年04月15日）

大部分癌症病人其实都是被吓死的，癌症这玩意儿，你不怕它，它就怕你。要想战胜疾病，首先就要从心理上战胜它。只要没有病倒在床上起不来，我就应该把自己看作正常人，只不过需要改变些生活方式。

在北京住院时就听说癌症患者做郭林气功比较好，曾也去过八一湖，看很多癌症患者在练郭林气功。

2007年10月回到杭州后，从网上查了一下，在杭州植物园的红亭子也有很多患者聚集在那里练郭林气功，我很兴奋，打定主意明天就去植物园拜师学功。

第二天早上，老天不作美，下着大雨，但我还是坚持去了。因为植物园的红亭子并不是红色的，所以我绕了大半天也没有找到，最后问里面的工作人员才找到。

当我看到有一个中年妇女冒雨在做郭林气功，我一阵欣喜，就上前和她打招呼，她略带微笑看了我一眼，可并没有停下的意思，我就一个劲朝前走，很尴尬地回到亭子里看她做功。等她做完功，她才向我解释，做功时不能说话，并问我："找我有什么事？"我说："想学习郭林气功。"她说："最近正好有一个学习班，你可以去参加。"然后她告诉我时间、地址，说完她穿上雨披又去做功了。

雨停了，我走出亭子，才留意到四周的景色，满眼绿色，树叶、树枝、小草上蛰伏着晶莹的水珠，像钻石般闪闪发光。我沿着小路慢慢地走去，雨后的空气很清新，想想每天都能享受这自然的新鲜空气，真爽啊！说来也怪，工作居住在杭州，这里有那么好的环境，这么好的景色，这么好的空气，而且来回那么方便，为什么之前就不会来这里享受一下呢？真是有失必有得，老天爷是很公平的。如果说我不生病，就没有机会享受这番清福了。

跟随着师傅练了半个月的"郭林气功"，仿佛精神好了许多。

"郭林气功"又称"新气功疗法"，是二十年前郭林老师在身患癌症，医治无效的情况下，以家传气功为基础，根据中西医理论以及经络学说，博采华佗"五禽戏"及诸家气功之所长创编的一套功法，包括五个体系：意念导引，势子导引，呼吸导引，声波导引，按摩导引。要领是——圆、软、远。其功法具有调动人体各种机能、激发生命潜力，以及强身祛病作用。二十年来许多癌症患者在没药可救的前提下，为了寻找生的希望，坚持做"郭林气功"，结果收到了显著的治疗效果，"郭林气功"让许多癌症患者重新获得了新生命。

我个人愚见，"郭林气功"主要有两个好处：一是，大量吸氧。癌细胞是厌氧细胞，因为缺氧造成它各种功能的改变，以至不断地生长，如果能大量供给它氧气，可以抑制它的生长或消灭它。二是，疏通经络。通过一系列功法，促进血液流速加快，微循环通畅，就会起到活血化瘀的作用。所以，"郭林气功"对癌症患者是有一定治疗作用的。

曾经在国外，研究人员对癌症患者做过一个研究，研究表明癌症患者只要每天进行适量的锻炼，就能够改变体内癌细胞的基因。"郭林气功"正好也符合这一适量运动的理论，所以它对癌症患者是有一定有效果的。

我不由地心里树立了一种信念："郭林气功"一定有效，一定能让我获得生的希望，为之我必须持之以恒地去坚持。

二 生命危机迫使我退出事业的舞台

（2009 年 04 月 19 日）

想静心养病，却怎么都静不下来，心里总想着公司，好不容易将公司做到这个份上，费了我多少心血啊！半年多没回公司了，也不知他们干得怎么样。

我的公司叫浙江共同销售服务有限公司，专门做药品、保健品营销策划。经过六年的努力和苦心经营，终于在业内站稳了脚跟，成为在浙江没有竞争对手的公司，在行业内也有了一定知名度。

记得 2000 年我刚刚来到杭州创业时，借用朋友一个小小的写字楼创办了公司，第一单业务是做深圳医药保健品进出口公司的日本进口产品"米雅"，客户的要求是将"米雅"从处方药销售方式向非处方药销售方式拓展，并且将浙江作为试销市场，并由我公司负责进行营销推广，而我的服务费用是采取营业额提成的方式。

公司人员日夜加班将产品营销前期策划工作完成后，很快就投入到市场推进工作中去。当时我选择了三个重点市场，杭州、嘉兴、湖州。从人员组建、推广方式到广告宣传一个月之内全部到位。我清楚地记得当时所采取“功效为先，电视配合，定点销售，外围宣传”的营销模式。

所谓“功效为先”，就是产品一切以功效说话；“电视配合”，就是将产品品牌及功效机理利用电视的传播力进行传播，从而打动消费者，实现配合销售的目的；“定点销售”，就是将产品放到合适的药店或卫生院销售；“外围宣传”，就是在销售点的周围做定点的人员活动推广。营销做得很简单，但很有效。才做了三个月，营业额就快速增长，客户甚感意外，因此，决定加大资金的投入，在浙江市场进行全面推进。正当浙江市场轰轰烈烈推进之时，结果天有不测，意外发生了，客户经营五年的“米雅”产品进口证到期，而新证审批碰到问题，导致“米雅”产品全面断货，由此我的公司业务也暂停了。

公司刚开业就出师不利，使得公司的基本费用都难有着落，那一年还好我编写了一本《中国非处方药市场营销手册》。这本书是我带领同事们经过半年的玩命工作，才得以顺利出版的，并在上海全国药品展销会上被一抢而空，让我赚到了自开公司以来的第一桶金，这样才使得公司能够持续发展。

第二年，公司承接了康恩贝公司贝贝系列产品的营销策划。贝贝产品是早年我在康恩贝公司任保健品营销经理时开发的产品，现在重新接手去做销售策划是轻车熟路的事。当年贝贝系列产品的销售就比去年同期增长了80%，客户感到很满意，这为双方的长期合作奠定了基础。

2004年后公司走上了正轨，业务量开始稳定，由于共同服务客户所采取的合作模式，是以客户销售目标的达成为标准来决定我公司利益，这样的合作客户觉得很踏实，一批优秀药品企业都与我共同公司建立了长期的合作关系，如康恩贝集团、国药集团、海南亚洲制药快克、拜尔药业、大红鹰药业、一新制药等企业。

共同公司通过诚心诚意为客户提前发现问题并解决问题的一系列营销服务，使公司在业内的知名度越来越高。2006年又有很多药业大公司慕名而来，与共同公司达成战略合作伙伴，如江西济民可信，将集团的黄氏响声丸、金水宝等大品种委托给我们提供整体的营销策划服务。公司经过6年的努力，厚积薄发，已经成为具有一定规模的服务型企业了。

2007年，正当公司业务如火如荼之时，危机就来了，我的身体亮了红灯。

我(前排左三)和共同公司的员工

在无奈之下共同很诚恳地以电传形式给我的客户发出“我的病危通知”,让我没有想到的是客户竟然没有一家撤单,纷纷表示等我回来。

半年后当我回到日夜牵挂的公司时,发现一切都变了,变得使我自己都不敢相信,公司高层出现了内讧,管理乱成一团,很多服务项目都不能如期完成,导致客户很不满意。尽管这样客户还是非常体谅我,服务费用如期到账。可是让我感到意外的是自己一手带出来,并且十分信任的现任管理者,却私自挪用公款。

共同公司难以为继,看到这种局面,我感到很沮丧,也很心痛,这种痛要比癌细胞更难抵御。

老婆看到这种情况,尽力安慰开导我,为了让我能安心养病,竭力劝说我关闭公司。生命比公司更重要。是啊,鱼和熊掌不可兼得,有放弃才有得到。2007 年 11 月 22 日老婆将公司转给我的一个朋友经营。就这样,因为生命危机我被迫退出事业的舞台。

三 抗癌三周年记

(2010 年 04 月 01 日)

2010 年的愚人节又到了,对我来说今天是一个特殊的日子,三年前的愚人节老天告诉了我一个真实的消息,我真的患了肝癌。

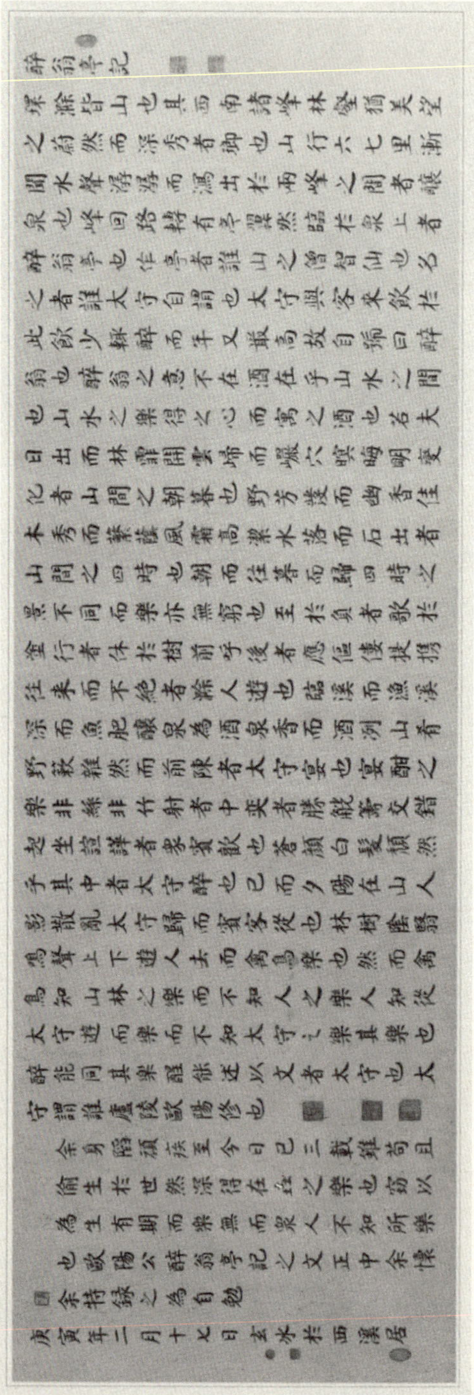

一个月后转移到肺部，医院确诊为晚期肝癌。许多大医院医生对我的毛病都束手无策，劝我老婆尽快带我回家，也就是说不要在外耽搁，要死就死在家里吧。

也许愚人有愚人的福气，一不小心活到今天，哈哈，整整活了三年。今天又是愚人节了，想想自己真伟大、真幸运，医生给我的生命预期只有三个月，而我却坚持了三年，我为自己的生命之顽强而感到骄傲。

今天心情特别好，静下心来写了《醉翁亭记》，将自己与众不同之快乐感受寄托其间，在落款时写下这样一段话："余身陷顽疾至今日已三载也，虽苟且偷生于世，然深得在世之乐也，窃以为生有期而乐无期，而众人不知所乐也。欧阳公醉翁亭记之文正中余怀，余特录之为自勉。"

今天有病友打电话来祝贺，祝我生日快乐。是啊！三年挺过去多不容易啊，对于一个健康人来说，三年不用惦记就能轻松地走过，可对我来说，每天活着都必须坚持，坚持，再坚持。

每天一早醒来睁开眼睛看看是否有阳光洒落在天花板上，然后试着用用力看是否还起得来，从而证明自己还活着。晚上睡觉时，常常会拍拍胸脯问问自己是否够坚强，然后闭上眼睛对自己说："明天一定要睁开眼睛，迎接初升的太阳。"有好几次半夜里醒来，带着怀疑的目光，看看自己是否还活着，当确定自己依然还健在时，会长长地吐一口气，安定一下情绪，然后轻轻起床，到楼下书房去坐会儿，抽根烟喝口茶，为自己打打气。"生命需要坚持，一旦你放弃生命，生命就会放弃你"，接着又上楼睡觉。

特别是身体状况不好的时候，想法会更多，虽说患了绝症后，早已将生和死的意义想了无数次，但是当死期将至时，你还是会胡思乱想，还是会不由自主地悄悄问自己："明天你是否依然活着？"

病前经常与朋友开玩笑说："一个知天命的人，生命已很短暂了，可使劲地活也只有 8000 天了，告诫自己要快快乐乐地活，要享受生活。"今天虽然再也没有想活 8000 天的欲望，却竟然让我活过了 1095 天，生命真的需要去创造，而创造的每一天都有着精彩的故事。

我想明天还是能睁开眼睛迎接崭新的阳光，好好地活着，为自己高兴，为自己快乐，也为能用生命记下每天的故事而兴奋。

四 病情恶化考验的是你的心态 （2010 年 05 月 10 日）

前些日子一位与我一起练习郭林气功的大学老师，体检时发现肺癌转移至大脑，医生建议使用特罗凯，年底复检时大脑肿瘤控制在 0.8cm，所以她开始练习郭林气功。当初来植物园的时候，做起自然行功，感觉还是很弱的，后来就越练越有精神，李老师自我感觉也好多了，觉得与我们在一起练功，心情也开朗许多，越练也越有信心。

由于机体的个体差异，李老师使用了 6 个月的特罗凯就产生了耐药性。2010 年 2 月复检时，大脑肿瘤长至 1.5cm，特罗凯已经控制不住病情的发展，失去了治疗效果。这时李老师心态一下子发生了变化，担心自己的病情控制不住，会危及生命。3 月大脑肿瘤长至 1.9cm，自我感觉已经不行了，走路也不稳，饮食也不正常。就去省肿瘤医院进行治疗，医生采用"力比泰"来化疗（一次），有一定效果，后医生又推荐使用"泰道"进行化疗，两次化疗后身体已经承受不了，她卧床不起，大小便失禁，神志不清，失去知觉。短短几天，肿瘤已经长至3cm，伴有脑部水肿。医生见状束手无策，建议出院，嘱咐家属准备后事。

家人只有将李老师接出院，住在家附近的医院，等待生命的结束。但家属还是不死心，把出院前隔壁床留下的几片过期的“依瑞沙”给她吃吃看，医生都曾说过，用过“特罗凯”后，再用“依瑞沙”就没有效果，但在这种情况下只有死马当活马医，管它有没有效果。说来也奇怪，吃了“依瑞沙”，李老师身体状况竟然看起来好一点，所以，马上去买来“依瑞沙”给她服用，人还真的一天一天好起来。于是重新去医院将脑部肿瘤用伽马刀处理掉，现在李老师可以下床散步了，身体也在慢慢恢复。

从这个案例来看，有两点值得思考。一是患者心态变化。我自己曾多次对患者心态做过一些研究与思考。为什么当患者不知道自己患癌时，肿瘤生长得很慢，几年才长2cm，可一旦发现自己患了癌症后，肿瘤就开始疯长。我自己也是这样，检查出来我患癌时，肿瘤才5cm，一旦确诊我患肝癌至开刀时，短短半个月中肿瘤疯长至7cm。我认为这是病人的心态发生变化所引起的。当人的心理防线被突如其来的癌症击垮时，机体的免疫体系也遭到破坏，癌细胞与自然杀伤细胞就失去平衡，癌细胞就战胜自然杀伤细胞，这时机体抗癌能力就大大减弱，所以癌细胞就开始疯长。心态变化与肿瘤关系是非常密切的。

国外一些科学期刊中发表的研究成果也指出，心态能调节机体抗病能力，信心能抗拒癌细胞发展。因此这次体检时，张主任的助手小医生告诉我检查结果时，我心态很平静，听见当作没听见，自己的病情自己最清楚。医生建议我住院治疗，我笑笑说再等等吧，心想肝癌患者始终逃脱不了复发的命运，纵隔这里4cm，到目前为止也没有影响我的生活，退一万步说，三年前医生就判决过我一次了。小医生看看我一点不在乎的样子，感到很惊奇，问我：“你怎么一点都不怕啊？”我对她说：“我不能怕，一怕免疫体系就会受到破坏，肿瘤就会疯长。再说我怕的时候已经过去了。”她笑笑，我也笑笑。

二是，医生治疗及用药值得商榷。首先患者的个体差异很大，体能、状态也不尽相同，如果只按照药品说明对症下药是不科学的，更不用说考虑病人的心理状态了，如果根据经验用药，也只能“布袋摸猫，不知黑白”。

从李老师和我自己的案例可以说明，医生治疗手段高低，取决于对患者治疗的用心程度，并综合其医学知识、用药水平和医疗经验，以及对患者病情的全面判断。如果能治，你就治；如果不能治，你就不治；不要等到患者不行了，你才说没治，那是不行的。

清明时我去老家，听说隔壁一个30来岁的青年人，体检时发现胃癌，当时人还是好好的，家里人急了，赶紧想送省城大医院治疗，可是家里没钱，整个社区为他筹款，去了杭州大医院进行治疗，医生采取化疗手段，给他做了12次化疗，结果病情没稳住，人也倒下了，最终躺着回到老家，过几天人就没了。前后才个把月时间，人就没了。前两次回老家时，他还安慰我好好养病，这次我回家时他已不在了，留下一个四五岁的孩子，真是悲哀啊。

所以，当亲友发现癌症时，患者及患者家属一定要理性对待，自己要有判断，患者的死活，医生是没有任何责任的，医生只是给你提出建议和治疗方案，你自己一定要有能力去判断。如果没有，你可以试一下以下几种方法：一是，向医生刨根问底问个明白。二是，多问问其他专家医生。三是，向癌症患者讨教治疗经验。这样对患者会有很大好处的。（现在的医生，不是他没有能力和水平，而是等他治疗的患者实在太多，多得使医生不能静下心来进行病情研究）

总的来说，自己能够把握的关键还是“心态”，如果遇到复发、转移，不要害怕，心态一定要放平和点，没什么大不了的。这样想，你的身心就会放松下来，就会平和地去面对复发和转移，如果你不怕，肿瘤就会怕你，它就一点一点长，一年才长0.5cm；如果你害怕，肿瘤就会乘虚而入地疯长。所以，当病情恶化时，考验的是癌症患者的心态。

五 明天鸟儿依然会叫醒我 （2010年07月31日）

早上醒来站在阳台上，院子里的鸟儿叽叽喳喳叫个不停。有的鸟儿在树枝上打仗，有的鸟儿在树梢上谈情说爱，有的鸟儿在树叶上跳来跳去，一片欢呼雀跃的景象。生命如此美妙，感觉真好。

这几天我从容多了,心态也平和了许多,我自己非常清楚自己的病情已经到了无药可救的地步,只能依靠自己体内的抗病能力来抵御癌细胞的不断侵袭。而这要靠自己的意念向体内发出信号,激活抗病细胞,进而组织、调动和抵御癌细胞。而形成、提高抗病细胞能力和指挥抗病细胞系统地对癌细胞作战,靠的就是自己的意志。

我相信人体内有这种力量,虽然听起来有些虚无缥缈,但从道教理论中是可以找到依据的,无至极而有,阳至极而阴,事物总是在自然力量的推动下,相互促进和相互交替的。人是自然一产物,人体内也具备一种自然力量。因此,病人要遵循道法,采取无为而治的态度,去应对自己病情的变化。

"野火烧不尽,春风吹又生。"也许我也能像野草一样死而复生呀!呵呵,病人嘛,总要向好的一面多想想,这样对自己绝对有好处。

因为我抱定"无为"的心态,所以本月的检查也就一拖再拖,直至昨天(2010年7月8日)我才去医院做检查。

这次我也不抱任何希望,不管指标升也好,降也好,都无所谓,指标只不过是一种机械反映,它是最聪明的人制造的,是最笨的医生操作的,而真正可信的还是中国医学文化中的"精、气、神",这才是衡量一个病人的真实指标。这几天我的气色还是不错的,所以,机械的指标高低,只会削弱你的意志,大可不必去计较,要相信自己的感觉,对自己一定要有信心。

检查结果出来了,AFP指标2238,只比上个月高出38,对于每月上升300指数的我,等于是没有上升。对于今天的这一结果,我显得很平静,也没有为之而兴奋,也没有为之而沮丧。

我手上拿着五六张化验单,只看了一个指标,其他的看都没看,就上楼去找张主任了,主任不在,她的助手在。她问了我很多问题,其间我告诉她:"最近,头有点晕,有点痛。"她听了很紧张,马上建议我:"去做一个头部CT扫描或做一个核磁,看看是不是有可能转移到脑部。"我笑笑说:"不去了,如果查出来脑部转移,又怎样呢?"她笑笑无语。

人的生命力是很顽强的。你自己不想尊重生命,生命会弃你而去;只要你善待生命,生命会与你同在。将躁动的心平静下来吧,静静修养自己的心身,吸——呼,吸——呼,什么都别想,只有一个意念,尽全身之力,去抗击癌细胞吧。

我傻傻地看着鸟儿在忙碌，心里在想，明天早晨的鸟儿依然会叽叽喳喳将我唤醒，景色依然会很美好的。

六 病随心动

（2011年01月06日）

这几天由于病情进一步恶化，总以为自己很坚强，却也为之而感到害怕，此时才知道自己与其他病人没有区别，也很留恋生命，也很怕死。

人吧，一怕死就什么事都会出现，比如我最近胸闷，还隐隐作痛，连背部的经脉也在痛，想哪儿不舒服，哪儿就不舒服。

也怪了，没去检查身体时，还是活蹦乱跳，还在回味在德国旅游的情景，还想计划再去美国玩，可结果一出来，就像死猪一样，一切想法都化为泡影，再也提不起信心，一天到晚都蜗居家中研究自己的病情。可是越研究吧，心情就越低落，越感到自己无可救药，数日来，陷入这种状态而不能自拔。

老婆约我去看了场电影《让子弹飞》，是姜文导的，在我看来，姜文是拍不出好看的电影的，不过话要说回来，姜文演戏还是数一数二的，他演的土匪与他的身上那股匪气正好吻合，在演与不演之中将主人翁活显出来。让我忘却所有，开怀了一次。“让子弹飞会儿，让子弹多飞会儿。”于是乎姜文成功了。

是啊，“让子弹飞会儿，让子弹多飞会儿”。尽管子弹飞的时间很短，但这是相对而言，只要能飞，它就有时间，距离越远，它飞的时间就越长。

想想肝癌病人的生存期是很短的，一些与我相知和不相知的病人都相继倒下，而我却能生存至四年（快要整四年）。也就是说姜文飞过来的子弹是一定会打中的，只不过我曾贿赂过姜文，他对我手下留点情而已，让子弹多飞会儿。

“姜文，俺们也是兄弟，再给2000万，可不让子弹飞过去啊！”

“飞过去！你飞过去，我怎么办，只有让子弹再飞会儿，算是对你这点钱的报答。”

“那就让子弹多飞一会儿吧。”

呵呵呵，管他呢。

想通了，心情也就平静下来了，一切病痛随之也消失了，所以啊，今后要病随心动，而不能心随病动。

七 2011年的新年祈祷

(2011年02月02日)

祈祷大家新年天天快乐、平安、健康！

尽管还是天天去医院，再过几小时，我的一年又过来了。这一年我去了想去的地方，做了想做的事情，为快乐而创造了快乐，这一切都归功于生命的延续，而生命得以延续又归功于自己不懈的坚持和努力。

年末，虽然身体状态不行，但潜意识中我是不会放弃的。我对我自己有信心。

第一阶段坚持到5月1日，这是我儿子回来的日子，等儿子回来陪我。

第二阶段坚持到年底，也许儿子陪我，我心情会更好，意志更强，生命也就更强。

呵呵，我就是这么想的。

为自己默默祈祷吧，上天一定会眷顾我的！

庚寅年大年三十

八 不多想，能玩则玩！

(2011年08月08日)

2011年7月，身体总觉得有点不对，经常头晕和背部疼痛，我知道可能是癌症综合征出现了。本想去做个检查，想想检查出来又怎样呢？于是一直拖着没去医院检查。

我不是不在乎生命，关键是你在乎了又能怎么样呢？我相信我的生命很顽强，我的身体具有一种特有抗击病源和修复免疫体系的能力。现在的我，就是依靠自身的修复功能来抵御癌细胞的增殖与转移，而且我相信我一定能成功。

说归说，但一旦有什么不能让我坚持的症状出现，我还是会有些担心。

7月20日上午，我突然右半身麻木，自己不知道什么原因，从来没有出现过这样的症状，我一下子紧张起来。马上咨询医生，医生判断有可能肺部血管癌栓剥堵塞大脑血管造成半身麻木。如果长时间血管被堵塞，就会造成半身瘫痪。呵呵，这下太可怕了，搞不好要坐轮椅。难道是祸不单行？医生让我立即吃2克角粉，平躺休息，我躺了一个下午，居然好了许多。第二天右半身一点麻的感觉都没了。呵呵，谢天谢地，就这样傻乎乎地闯过来了。

下午，我朋友邵世海打了两个电话来，让我去南京玩几天，我马上就答应去。老婆和孩子还没反应过来，刚刚还半身不遂，怎么现在又说去南京玩？他们很担心我会出现意外，都叫我别去。而我想，不管怎样，能去则去，怕和担心都没用的，该来的总是要来。疾病这东西，怕是没用的。对于疾病总要想通，做好最坏打算就行。对待像我这样的毛病，最有效的治疗方法就

我和情同手足的兄弟——邵世海

是让心放下，忘记自己是一个病人。我了解我自己，凡事总往阳光处想，心理负担就轻。心理状态调整得比较快，活着自然就轻松许多。所以，我答应朋友去南京玩，人随心动，心动则人动，趁现在还能动则动，能玩则玩。

在南京期间，世海兄陪我去游览了扬州个园、滁州琅邪山。感受很深的自然是琅邪山，因为欧阳修的大作《醉翁亭记》，写的就是琅邪山，上学时就读过、背过这篇文章，最近书法练习中也写过这篇文章，所以想去看看。

琅邪山真的很美，蔚然深秀，佳木繁荫。当我身临其境品味着欧阳修大师的绝妙文采时，止不住轻声低吟起来。

“已而夕阳在山，人影散乱，太守归而宾客从也。树林荫翳，鸣声上下，游人去而禽鸟乐也。然而禽鸟知山林之乐，而不知人之乐；人知从太守游而乐，而不知太守之乐其乐也。”

人活着就应该自得其乐，像欧阳修文章所描述的那样。

不多想，淡淡地活着。

九 享受生命给予的恩赐

（2011 年 09 月 14 日）

呵护生命不在于细节成败，而在于能否抓大放小。人活着没有太多的哲学，每天清晨只要一如既往地能听到鸟儿在叫，看到一缕阳光洒在你的脸上，且感到你的心脏在跳动，就应该很满足了，证明你还活着。对我来说，活着就可以，就有希望在。

人的贪婪是无止境的，有了还想要，要了还想更多，贪婪的人就是在这样的追逐中，付出了生命的代价。说到底人的本质是生命，没了生命，你再高贵也没用。如果贵人属于稀有品种，贵人的名头能在临死前为你通货膨胀一下，或者说提个价让你的生命可以再续几天，那也值得在生前努力一把，让自己成为贵人。可悲的是生命没有贵贱高低之分，人所承载的生命的分量和生命的责任是一样的，不同的只是生活和劳作的方式。每个人生命长短是命中注定的，做人大可不必以竞争的方式去生存，平平淡淡才是生命的根本。

对我来说，要保持心态的平和。尽管最近这段时间身体状况不是很好，经常出现头晕、大脑供血不足、背部疼痛等症状。常常想用手去摸摸疼痛处，可左手又举不起来，我也搞不明白出现这些症状是什么原因。老婆催我去检查一下，看看到底是什么原因引起的。我还是一拖再拖，其实我不想去检查，查出来又怎么样呢？三年前就没有医院接收我，这个医院推到那个医院，现在我想更没有医院接收我，自己的毛病自己最清楚，该来的总是要来的。只要现在我能每天坐在阳台上，能喝茶，能吃，能拉，能睡就可以了，什么都不用想。

还有一个原因就是怕受到医生的打击，我也是人，是肉做的，没有钢铁般的躯体和意志，与其他病人没有区别，只是被医生打击多了，变得老练点，耐受力强点，仅此而已。所以，也没把最近出现的病症当回事。

我相信体内自我修复体系是很强大的。只要让自己静心、平和、心缓，不求成败，忘乎尘事，以“莫管它”三字为主，万念冰消。让自己的心灵寄于山林，相安于空空、静静、幽幽、雅雅、淡淡、恬恬之中，乐之于山林之乐，享受生命给予的恩赐——也许我真的能奇迹般活着，呵呵呵！

十 走访地震灾区，深感生命珍贵 （2011 年 10 月 15 日）

2011 年 9 月 17 日上午我乘坐从杭州至成都的飞机。

大约下午 2 点左右飞机到达成都，朋友已在等候，同行的世海兄本想当晚就去茂县，后担心天气和我身体，决定明天一早走。

第二天一早，我们出发去茂县，最先路过的是映秀，穿过隧道就看见一个云雾弥漫的大水库。据朋友说，“5·12”大地震的诱因，就是由于这个水库蓄水量过大，超过地壳承受能力。当时一些专家向政府提出过警告，但政府为经济发展着想，此意见未被采纳，结果被专家言中。不管这种说法是否正确，目前政府的态度还是很谨慎的，将水库蓄水线保持在低位。

一路上，朋友一边开车，一边介绍当时地震所发生的一切。

车沿着岷江前行，开开停停。朋友说：“现在我们走的 219 国道是新开通的，原来的 219 国道是在岷江的对面，你们看，已被地震所埋，在这条路上死了不少人，是本次地震死亡率最高的地方，大约占死亡总人数的三分之一，所幸的是，所有在隧道中的车辆均躲过一劫，车上的人全都活下来，这次地震，所有的隧道完好无损。”

一路上，地震所留下的惨状还是让我触目惊心，公路边有硕大飞来石，地震将路边的一座小村子震垮，成为岷江上的水中村，还有被泥石流冲垮的桥梁等，可以想象当时地震的破坏性有多大。

这时，车又停下，朋友指着对面一座桥说：“原 219 国道上的桥梁都没有幸免，唯独这座桥，没有被地震震垮，依然还屹立在山壑中，这座桥是‘文革’时在毛爷爷手上建造的。”我们大家下车，看了看这座伟大的桥，大家好像有话要说，可谁也没说。

“5·12”汶川大地震，是我们国家的一次大灾难，在灾难面前表现最出色最勇敢的当属人民解放军。在地震第一时间，他们就从松潘步行进入茂县、汶川，再从汶川进入映秀。当晚他们在没路可走的情况下，翻山越岭，徒步 100 多公里，从松潘赶到茂县，使最高决策层以最快的速度了解了灾区具体情况，做出统一部署，抢占了生命先机。这次地震涌现出很多感人的事迹，如连续救灾的解放军战士武文斌，因过度疲劳累倒在救灾现场。直升机在执行运送受伤群众任务中，因高山峡谷局部气候瞬时变化，突遇低云大雾和强气流，不幸失事，邱光华队长等 5 名同志殉职等。在此，我向勇敢的解放军致敬。

这次回访地震灾区，听逝者的故事，看坚强地活着的人，对我心灵的冲击很大，深感生命珍贵。不管怎样，只要你还活着，你就有未来，你就有希望。

生命在，希望就在。

我在完成 4 天的走访、拍摄后，于 9 月 20 日 8 点到达成都。王春辉、李大岭等朋友在等待我们一起吃饭，不幸的是我咯血了，而且咯得有点吓人，我躲在后座自己悄悄擦着咯出的血。由于一时止不住，连续咯血被世海兄发现，停车后所有朋友都围了上来，想送我去医院，气氛搞得很紧张，我安慰大家，别紧张，买点药就行。

买了药我就回宾馆休息。躺在床上，我整个身体完全放松下来，觉得头有点晕，全身一点力气也没有，心想：这几天太忘我了，拍起片来就忘记自己是个病人，而且是癌症病人，所以，寻访过程中不知不觉累着了。

第四章 关爱的力量

亲友的关爱是最美妙的，良好的互动可以获得一种积极的心态，帮助我更坦然地去面对疾病，友情和亲情能使生命有多少能量可以激发？又有多少奇迹可以出现呢？这一切都看自己如何珍视，如何把握。

一 亲情友情，聚集生命的能量 （2008 年 12 月 29 日）

2007 年 4 月 2 日我住院准备开刀时，有很多亲朋好友都把电话打到我老婆那里，问我的病情怎么样。他们一来是怕我自己不知道病情，说起来比较唐突；二来是不知道和我说什么好。所以那段时间我的电话很安静，甚至安静得让我发毛，而老婆的电话却响个不停。

我跟老婆说，叫他们来看我要趁早，手术后就不一定起得来，到时候只能看到挂在那里的那个慈祥的老方了。呵呵，这搞得我许多朋友也笑了。其实，在我手术前，就有很多亲朋好友来医院看我，来时他们总以为我可能会躺在病床上，结果一到医院，看到我走来走去，状态与病前没有什么区别，倒搞得朋友们自己感到不自在了。

往往这个时候我都会借机躺到病床上一会儿，我观察过只要我躺在病床上，他们就会感到大老远跑来看我才不枉然。人呢，来看望你的最好时机是你快要断气还没断的时候，他与你说话，你还会点点头，会眨眨眼，动情时最好还会掉滴眼泪。哈哈，说归说，朋友们来看我，我从心底里高兴，也给了我很大的信心。

路程最远的是深圳的徐筝了。她应该叫我姨父，在她四五岁的时候，我还在与她阿姨恋爱、结婚呢。当时我觉得姨父这个称呼不好听，就让她叫我叔叔，所以叔叔从那时候一直叫到现在。她就读于东北大学计算机系，那年我去东北看过她，读书时她蛮快乐的。毕业后，与男朋友就一起去深圳创业了，现在小两口做得有板有眼的，公司发展得还不错。他们俩飞过来看我，我也觉得很有成就感，毕竟我是他们的长辈嘛，小辈来看长辈，长辈可以摆出架子，讲话可以放慢语速，声音可以有高有低，讲到半句还可以加个“啊”。长辈嘛，就是这点优势，不发挥发挥那不就什么都不如年轻人了吗？

“玄冰，看上去不错嘛，一下子死不了。”说话的是我的朋友邵总，我们俩在北京路德一起共事四年。北京路德是三株的新事业，由三株公司董事长吴思伟带领创立。吴思伟先生在包头、兰州创业时，我们曾经合作过，当时在营销方面我给他一些建议，所以多年来我们一直保持着朋友的关系。能与邵总共事，是因为吴思伟硬把我从康恩贝保健品公司总经理的位置上拉过来。与邵总一起工作我们配合得很默契，也很快乐。1999 年因公司经营上出现了一些问题，我们相继离开北京路德，各自回来创业。我们成不了同事，却成了情同手足的兄弟。

我笑笑回答："怕我死掉啊，所以趁早来看一眼，呵呵！"

我们正聊着又来了一位朋友，他是我杭州最铁的朋友老杨，认识他也是缘分。1992年我在老家开了一家广告公司，我这家公司算是浙江省第一家私营广告公司，当时广告业还刚刚起步，我们为企业设计的广告要到杭州来

我在杭州最铁的朋友老杨和他的家人

发布，当时老杨就在《浙江日报》任广告部主任，他看到我的广告设计得很好，就给他身边的工作人员看，还教导他们说："这才叫广告。"他看我长得又瘦又黑，像个乡下人，很是诧异，于是与我聊了起来，结果我们聊得很开心。由于他爱才，所以我们建立了良好的友情，从那以后，每次到杭州，他的家就

像是我自己家一样,可以随时随地进出。我知道他是一个多一事不如少一事的人,这次从杭州来上海看我,我猜他是破天荒第一次。

邵总做事总是很细,他已经让助手在附近安排好了吃饭的地方,我们就一起随他去吃饭,席间老杨和邵总分别给了我老婆一包东西。老杨的一包是用报纸包的,邵总给的是一个大信封,我知道里面装的是钱,我老婆死活不收,说家里已经准备好钱了。老杨说:“这是我给医生的,好让他们下刀快一点。”邵总也说:“买些补药给玄冰补补,让他尽快恢复。”我知道他们是存心给的,再推却也没意义,就叫老婆先收下。当时我很感动,感动的倒不是看到他们送给我的钱,而是他们的一片友情。

接连几天来看我的朋友很多,有从老家赶来看我的朋友们,有福建来的谢总,有康恩贝的董总,还有我的师傅,以及与我共事的同事们,等等。他们送了很多鲜花,病房里都放不下了,我老婆将鲜花布置在护士站,整个护士站像一个花店一样,护士也好像成了卖花姑娘了。

男人在健康状态时对老婆总是粗心,不管老婆为你做什么都不会太在意的。一旦病倒,才发现老婆为了你默默无闻、不辞辛劳地忙前忙后,作为大男人真是有些内疚。

那天晚上10点多了,我打电话回去,想叫她明天带点东西来医院,结果儿子说,妈妈还没到家,我觉得奇怪,从医院回家晚上开车只要40分钟就够了,怎么会两小时还没到家呢?我转手就打她手机,结果手机关机,一时联系不上。

我心里有点急,怎么会这样呢,是不是去办什么事了呢?这么晚还有什么事好办的!我又打电话回家,她还是没到家,会不会出事?不会的,不会的,上天不会那么不公平的。

正当我坐立不安的时候,老婆打电话来了,说她刚到家。由于迷路,车一直在路上转来转去,看不清回家的路,她说从医院出来上高架,眼睛就一片迷糊,方向指示牌什么都看不清,身体一点力气都没,脑子也一片空白,结果就不知道把车开到哪里去了,在高架上转了好长时间就是找不到回家的路,后来下高架休息了一会儿,才慢慢地清醒过来,才好不容易回到了家。

真是太危险了,老婆一定是太累了,长时间没有休息好,医院里每天7点钟前才能进病房，7 点后保安就守得很严，不让任何闲杂人员进住院部。所以她每次总是在 7 点前给我送早餐来，晚上又很晚才回家，加上她晚上睡眠质量不好，几天下来人就吃不消了。但她还是挺着，一点都不表露出来，在我身边还是装着很强的样子。

有句话说得好："患难见真情。"是啊，不管是友情、亲情，平时很难觉察得到，今天我却真真切切地感受到了，正由于这种友情和亲情像火焰一样在我的生命中熊熊燃烧，才使我的生命能量得以聚集，生命之路得以延续。

此刻，病房里响起了悠扬的吉他声，这是我儿子在练琴，弹得非常有力、非常自信、非常动听，就像我此时的生命迹象。

二 儿子突然长大成人了

（2009 年 03 月 03 日）

2007 年 8 月的一天，我的病在上海各大医院医治无望。我一个人静静地坐在客厅，软软地窝在舒服的沙发上。儿子在他的房间里弹琴，是我熟悉的那首协奏曲，一会儿是有力而激昂的钢琴声，一会儿是清脆而悠扬的吉他声，旋律交替着、起伏着，我的心情完全放松了，将所有的担心和烦恼都忘得一干二净，心随吉他的旋律忽而高忽而低，忽而上忽而下，仿佛一会儿高山流水，一会儿又平沙落雁，琴声使我陶醉。

正当我听得入神的时候，琴声戛然而止。儿子走到我面前，说："老爸，我不想去美国读书了。"我问："为什么？"儿子振振有词地说："一是我想留下来照顾你，至于读书以后还有机会的；二是我不去，可以省下一笔钱，你治病需要用钱；三是我现在已经是成人了，可以找一份工作减轻家里的负担。"听了儿子的话我很感动，儿子真的长大了，二十二岁的他会帮大人考虑问题了。

儿子从小随我们一起南征北战，我们到哪里，他读书就到哪里，从小学读到大学读了很多学校，先是在老家兰溪实验小学，再到杭州外国语小学。小学毕业时，我们到北京工作，他又随我们一起去北京，在公司的帮助下，儿子被安排在北师大二附中读初中，读到初中快毕业时，考虑到将来的高考，北京的高考录取分数线比南方的分数线低 40 分，这就意味着南方的高考要求要比北京高，而儿子的户籍又在老家，高考必须回老家，如果在北京读高中回老家高考，会跟不上南方的高考要求，所以必须回老家读高中。

儿子从读初中就没让我们省心过。记得在北京读初二放暑假的那段时间，担心儿子太闲，迷恋网络游戏，所以老婆替儿子去北京理工大学报了英文学习班。每天儿子都会很准时，背着书包然后向妈妈要 10 元钱，6 元中餐费和 4 元来回的公交车费，下午 5 点准时回家。我们俩都很忙，老婆当时在养生堂公司任"农夫山泉"华北大区老总，我已回到杭州开办了现在这家营销策划公司，没有时间顾上儿子，看到儿子那么乖，老婆打心里高兴。

暑期将要结束，有一天华邦公司老板找不到儿子(他儿子是我儿子的好同学)，于是打电话问我老婆，是不是与方舟(我儿子的名字)在一起。老婆说："不知道啊。"那天老婆刚好拜访完经销商，路过理工大学就顺便接他一起回家。到了儿子的班上，同学们还在上课，老婆等到下课，却不见儿子的身影，就问老师："方舟在哪?"老师反问："哪个方舟呀？我们班上没有方舟。"老婆说："不可能，我自己帮儿子报的名。"于是老师帮忙查了一下学生报名表："上面是有一个叫方舟的，可点名册上显示他一次都没来过。"老婆问："是不是还有其他类似的班级呢?"老师说："中级英文就一个班，不会搞错的，他肯定没来上课。""可他每天都从家里准时来学校的啊。"老师说："你回去问问再说吧。"

老婆回到家，一会儿就看到儿子背着书包回来了，儿子很惊讶今天妈妈这么早就下班了，很有礼貌地对他妈妈问长问短，一副很懂事的样子。老妈问他去哪儿了，儿子说理工大啊。老妈直截了当地对儿子说："我今天去过你的学校了，老师说你一次都没上过学，妈妈为你交了 2000 多元的学费，你都没去，每天都到哪里去了?"儿子见彻底穿帮了，是祸躲不过，只得老实交代说："每天都和好朋友打电脑游戏去了。"这个淘气的家伙，竟敢在老妈的眼皮底下骗了一个多月。要不是华邦老板打电话找他的儿子，很有可能这一辈子也被他蒙过去了。从小我们就没有动过他一根手指头，可那一天老婆把他打得很惨，而儿子一点都不求饶。

小孩子一旦喜欢上游戏是很难阻止的。后来回到老家念高中时，学校是封闭式教学，只有周末放假一天，学校老师经常找不到我儿子，他经常会翻过围墙跑出去玩网络游戏。儿子脾气好，人缘很好，认错态度当然也非常好，可就是虚心接受，坚决不改，老师拿他没办法。所以，我们经常接到老师的“告状”电话，而我们俩又都在外地工作，鞭长莫及啊。这样下去学习成绩可想而知，要考上重点本科院校看来希望不大了。

儿子的姨妈建议说：“方舟不是喜欢音乐吗，我女婿的姐夫在 A 城音乐学院教吉他，何不让方舟去试试，看看他是不是有这方面的天赋。”说这话刚好是儿子读高二时的暑假，老婆当时在深圳工作，就请假带着儿子去 A 城拜访那位老师，老师让他留在那里学习一周试试，结果儿子对音乐的感觉出人意料，识五线谱只用了一天时间，练了半个月的吉他，竟然赶上别人练半年的，老师非常喜欢他，想收方舟这个学生。再加上方舟自己也非常喜欢弹吉他，小的时候他的二胡就拉得不错，于是，老妈很慎重地和儿子谈了一次：“别人考音乐学院都是从小练就的童子功，如果你决定学音乐，必须比别人付出十倍的努力，你能做到吗？”儿子说：“我会为自己喜欢的选择负责的。”

就这样，老婆破釜沉舟，为防止儿子失控再沉迷于网络游戏，果断辞去了人人都眼红的工作，并跟儿子的学校请了长假，直接留在 A 城陪儿子学习吉他，每天练琴 12 小时，手指都弹出了厚厚的老茧。他们一待就是半年多，直到大年三十才回家。过完年，年初八又带儿子住在上海音乐学院招待所，请老师复习乐理和视唱练耳。两个月后参加上海音乐学院专业考试，并如愿以偿地通过了上海音乐学院专业考试。然后，回老家的高中，用剩下的两个多月的时间复习高考，终于以高出文化分数线 80 多分的成绩考入上海音乐学院。完成这个过程只用了一年的时间，哈哈，一方面是儿子的天资聪慧，另一方面是老婆的认真负责，我从心底里感激她。

一晃四年过去了，儿子大学都毕业了。我们建议他去国外读硕士，他也认为去国外读硕士是一条很好的成长路径。儿子自己通过网上报考，终于收到了美国两所大学的录取通知书，其中“美国旧金山音乐学院”给儿子的奖学金比另一所大学的奖学金要高，于是就决定去旧金山音乐学院读硕士。

今天儿子突然提出他不想去读硕士了，我感到很惊讶，我知道儿子不想去的原因是担心我目前的病情。尽管他的举动让我感动，但我还是对他说：“儿子，我希望你有一个好的前途，吉他在中国才刚刚起步，中国需要吉他专业老师，将来你学成回来，可以帮助中国吉他业做很多事。再说爸爸的病是绝症，你在是这样，你不在也是这样，你留在爸爸身边没有多大意义，爸爸知道你有颗孝顺的心，今天你能说出来，我心里已经很高兴，但你必须出去读硕士。这也是你妈妈所希望的。”

送儿子去机场

“爸爸一定没事的，一定会坚持活着，一定等你学成回来，不信，与你做个约定。”儿子笑了，举起手与我同时重重地拍了一下手掌，声音很响、很脆，响彻了整个房间。

之后，所有的出国手续都是儿子自己办理的，2007年8月12日，我们把儿子送到了上海浦东国际机场，在安检处看着儿子消失的身影，我们长长松了一口气……

三 我的老父老母

（2009年03月28日）

自打查出肝癌以来，已经大半年没有见过老父老母了，经历这么一场大病，医治又无果，思乡的心情越来越迫切。2007年国庆节，与老母通电话说我要回老家。第二天我还没起床，老母就打电话来问：“出发没？”我说：“大约中午12点到，回家吃饭。”我们8点整准时出发，从上海到老家约400公里路程，需要4个小时。

也不知道为什么，平时回老家只想到如何和同学朋友聚会，如何玩得开心，可这次回老家想得更多的是老父老母。也许对于一个肝癌晚期的病人来说，这是一种正常的心理反应吧。毕竟死期将至了，而这种死，对于老父老母来说，是不公平的，对于我来说，是对他们的亏欠。孝尚不能尽，反而让白发人送黑发人，这是人世间最悲痛的事……

我不敢往下想，越想越胸闷，我想打开车窗透透气，结果“唰”的一下风吹得很烈很响，以致把开车的老婆吓了一跳，我匆匆地关上车窗。

看着窗外的风景在眼前移动，心里想着老父，大脑中蹦出养生堂龟鳖丸的广告语："你知道你父亲的生日吗？"哎呀，真是的，作为一个广告人，病前常常能听到这句话，可就是不会去记一下父母的生日，我实属一个不孝之子，算一下父母的年龄，老父76岁了，老母比我老父大一岁，77岁了。

我的老父是一个很平和、很慈善的人，他从18岁起就在银行工作，直至退休。从我记事开始，他就从没有与人发生过一次争吵，即使与老母吵起来，也只听到老母的叫骂声，而听不见老父的声音。从小到大，老父只打过我一次，这也是我记忆中老父最严厉的一次。

那时我上初中，老母几乎花了半年的积蓄，为我和哥哥买了毛线，织了两件毛衣，没过几天我课后打篮球出了一身的汗，就把毛衣脱下来放在球架边，等打完球，天都快黑了，就急急忙忙回家，结果把毛衣忘了拿。回家后想起毛衣还在操场上，就飞奔过去，可还是被人捡走了。回家后我就挨了老父的一顿打。

想想也该打，那么贵的东西，就这么不小心给丢了。要知道，那年头大米一毛四分钱一斤，猪肉六毛五分钱一斤，我上初中一个学期的学费才一块五毛钱。一件毛衣上十块钱，老父不打才怪呢。

电话又响了，老母问我："到哪里了，还要多少时间？"我说："已经过半了，还要一个多钟头。"我知道老母在急切地等我回家，想看看她患了病的儿子到底怎么样。我刚患病担心她受不了，大家还瞒着她，后来我手术时，我哥我妹都到上海看我，她才觉得不对劲，她就知道我出事了，打电话到我家姨妈透露了病情，才知道我患了肝癌。她很坚强，我甚至惊讶，她知道我得肝癌后，镇静得一次都没有来看过我，她一个劲地在家念经拜佛，让佛祖保佑她的儿子平安。

我出生在五十年代末，正逢三年自然灾害时期，听我老母说："一年没买过一个包子，好不容易买了一个包子给我吃，还被别人一把抢去了。"从小老母就疼爱我，因为我打小身体就比较瘦弱。高中毕业时，正好轮到我下放到农村去接受贫下中农的再教育，根据政策，我哥是家里老大，可以留在城里参加工作，当时叫"保留"。老母看我瘦弱，就让哥哥替我去了，这样我变成了保留对象。后来老母就帮我安排在她朋友的厂里——一家工艺品厂，拜原上海美专教授为师，开始学习国画。师傅当时是因为“资本家”成分，被带上“右派分子”的帽子，全家下放到我们这个小县城，一直到去世师傅也没有离开小县城。

年轻时的老母在当地是人事干部，退休后在家。因为她信佛，起初全国各地佛教圣地她都去，后来就在当地的几个寺庙里念经拜佛，是一所兰荫寺的居士。这正好发挥了她以前的人事组织才能，游说所有自己的朋友、家里人的朋友、我的朋友，然后是朋友的朋友，凡是能搭上边的都会动员起来为佛捐款，所以寺庙里很大一部分费用都是她带头捐助的。如碰到佛祖的节日，就会让子女们一起去寺庙，一到寺庙没有她不认识的人，她兴高采烈地给大家介绍“这是我儿子，这是我女儿”，还示意我们为佛祖捐钱，在大家面前她很有面子，也很开心。

快到家了，大老远就看到老父站在路口等着我们的到来。一看到我的车他转身就回去，两手放在后面，大热天还带着一个帽子，头也不回地朝家走，车子来到他身边，我把头凑到车窗前叫了一声，他斜过头用手指了指，让我先去，等我们将车停好，老父已经在院子里放好竹椅，泡好茶杯，说了句：“喝喝这茶，是土茶。”转身又回去，然后忙里忙外地将一排方凳上放满了水果、点心。

老母看到我们回来，从厨房里冲了出来，一手拿着一把菜刀，一手捏着一把菜，身上扎着一块大围裙，满脸堆着笑说了一句：“还有一个菜，先坐上去吃吧”，就又回厨房里了。老父老母忙里忙外的，没有静静地坐下和我聊聊家常，我知道他们是在回避，怕触及我的病情，免得大家难受。

在老家几天了，为了便于治疗，得回上海。我拜别老父老母离开了家，车子才开出五十多米，老母一边喊，一边挥着手赶了上来，从车窗上塞进来一块佛的挂件，意思很明白：让我一路平安，一生平安。

四 给自己许下一个诺言

（2009 年 07 月 30 日）

诺言只不过是一种美丽的谎言，但我是个老古董，还是遵循古训，一诺千金。

两年前，即 2007 年 8 月，当时的病况十分不好——肝癌已转移肺部，我还是坚持去机场送儿子去美国，当儿子向我挥挥手，拖着行李走进乘机楼的那一刻,我望着儿子的背影,给自己许下一个诺言:我一定要活着,至少活到孩子读完两年硕士回来。

今天我实现了这一诺言,孩子从美国旧金山音乐学院硕士毕业回来了。而现在我的身体反而比两年前更好了,肺部的转移病灶,也从原来的3.5cm缩小至0.45cm,创造了奇迹。

回头想想能创造这一奇迹,是与我努力兑现生的诺言分不开的。因为有了诺言,就有了为生而奋斗的方向,有了一个让自己坚持生的理由。也为自己确立了一个两年的生存目标,并为自己建立了生存法则及生存系统步骤。

我的生存法则:

1.睡眠时间不少于9小时。

2.锻炼身体时间不少于3小时。

3.每天吃水果、蔬菜不少于6种。

4.每天坚持吃西药、中药、打针。

5.每天默念诺言10次。

6.每天只想快乐之事,不想病情。

生存系统步骤:

1.保持良好的心态,不发火,不烦躁,让自己有一个好心情。

这说说简单做起来是比较难的。癌症患者的心态一定是与正常人不一样的,往往有一种愤世的心态,会把一些事往相反的方向去想,搞得自己喜怒无常。比如我从家开车出去办点事,在T字路口,我右转弯,直行车道的车来不及刹车,结果两车相撞。交警开出交通事故处理单,我一看马上就发起火来,说他们处理不公。交警向我解释:"在T字路口,右转车道的车需让直行车道的车,根据交通法规你负全责。"但我还是不听他们解释,非要说是他的车撞了我的车,所以要让对方车主赔我才是理。交警看我发那么大的火,想一走了之,我却拿起砖头去砸警车,交警过来夺下我手中的砖头。我又冲进了交警的驾驶室,让交警走不了。后来我老婆来了,向交警和车主说了什么,交警随后妥善处理了事故。事后想想明明是自己的不对,硬是大动干戈。这不仅妨碍公共交通事务,还伤及自己的身子。通过这次教训后,我每次遇事都会先让自己心态平和一下,嘴里默念几次:"不要发火。"这样心情会好许多，火气也就没了。

2. 坚持去植物园练郭林气功，做有氧运动，提高机体免疫力。

为了一个诺言，我学会了坚持，每天不管刮风下雨，我都得去植物园。我记得有一次下大雪，早上还想去做功，出门一看车的半个轮胎都已经埋进雪里，但我还是不甘心，发动车子想开，可车子一直原地打滑，怎么也开不了，后来我叫保安将雪铲掉，保安边铲雪边劝我不要出去了，园子外面的路更难走，好几辆车都陷在雪里，我这才打消了出去做功的念头。过两天再去植物园时，好几棵松树都被大雪压倒、压断了。听植物园的人说，前两天这里的雪都有 60cm 厚，人根本走不进去。我笑笑什么都没说，也什么都没想，我只记得坚持不懈才是我生存的理由。

3. 改变过去不良的生活方式，调整饮食结构和睡眠时间，建立一个全新的健康生活形态。

以前由于公司事务缠身，吃饭、睡觉没有规律，早餐、午餐一起吃，晚餐暴食是常事，晚上不是在茶馆，就在酒吧，不到凌晨 2 点不回家睡觉，有时还要加班到天亮，所以患癌也是在所难免的。新的生活开始后，一切都以新的方式生活：每天 7 点起，吃完早餐，去植物园，回来吃饭、午睡，下午 3 点起来，接下来写写字，画画画，直到晚上。这样的生活很放松，很舒适。

4. 树立生命的信念，相信自己一定能等到孩子回国。

天天我都会以这一强大的信念支撑着自己，在做郭林自然行功时，边走边念叨着："坚定信心，增强体质，抗击癌症，争取胜利"，使自己越走越有劲，越走越有信心，从而全面调动机体免疫细胞，提高细胞工作能力，增强自身免疫能力，抵御癌细胞的侵袭。

儿子硕士毕业了，这段时间他一直陪在我身边，一起吃饭，一起散步，我静静地听他弹琴，这种状态真幸福。

接下来孩子还要回美国去，这次是去读博士。听孩子说最少读三年，毕业后很有可能成为中国第一个吉他博士。我觉得很开心，孩子有了一个光明的未来。

我想趁孩子读书的三年，再下一次决心，再给自己一个承诺——等他回来。

五 好快，儿子放暑假又回来了 （2010 年 05 月 26 日）

儿子回来了，很是高兴。一周前，儿子打电话来确定了回程时间，我就开始数日子了，回来的前一天晚上，莫名其妙地睡不着。

好快，一年过去了，再两年，儿子就可以拿到博士学位了。现在的孩子真幸福，一口气能读到顶峰。

早听儿子说，他读书的地方是在美国中西部的亚利桑那州，是个沙漠之城，NBA 太阳队就在那儿，气候不好，太阳很烈，他已经被晒得很黑。

今天相见发现他可真的黑了许多，不过嘛，看上去更有男人味一点，呵呵。

欣喜之余在小区我给儿子拍了张照片

六 小和尚教育了我 （2010 年 08 月 06 日）

清晨，与儿子去国清寺，国清寺大门没开，我们便从后门进去，看门的和尚拦住我们，问我们进去干什么，我说去烧香，他让我们每人付五元进门费即可。

只见国清寺雾雾蒙蒙，一缕阳光洒在参天大树上，碎碎地落在寺院的瓦墙上，树枝上有很多不同品种的鸟儿发出不同的叫声，远处传来了“笃——

笃——笃"僧人做早课的木鱼声,悠长而又清新。整个景象交织在一起,呈现出一种神秘感,好像只有隋代国清寺才有。我拿着相机想拍下这一景象,但无论我怎么拍,也拍不出这种禅意的感觉,这种禅意是只可意会不可言传。

远处有个小和尚在扫地,儿子好奇地走过去,双手一合向小和尚行了个礼,小和尚一手拿着扫把一手做了个施礼的动作,向我们问了一声好,并且很健谈地与儿子攀谈起来。我在旁边听着,了解到小和尚是1985年2月17日生的,刚好差我儿子两天,他广西人,12岁就出家了,在国清寺已经待了13年了,至今也没回过家。

我说:"你来国清寺做和尚,你爹妈难道就不反对吗?"

他说:"我出来时,爹妈是反对的,但我坚持要来,他们也只好由我。"

我说:"你那时还不懂事,今天你为当时的决定及行为感到后悔吗?"

国清寺的小和尚教育了我

他接着说:"我至今也没后悔,反而觉得自己做得很对,我是在做国学抢救和传播工作,让更多人了解中国儒、道、佛三源合一的伟大哲学思想,让更多人懂得中国的文化国粹。"他转过身去问我儿子:"你读过中国的四书五经吗？你会不会背《道德经》《三字经》《弟子规》或者《心经》？”儿子很惭愧地摇摇头。

他又接着说：“可是日本、韩国的年轻人却都会背，甚至有个韩国人说这些经书是韩国人传到中国来的。”

我儿子听后做出愤愤不平的样子。

小和尚笑笑劝儿子说：“你也别上火，这是我们自己的错，我们自己不懂得珍惜本土的国粹文化，你光上火是不能解决问题的，只会伤害自己的身体。”

小和尚做进一步解释说：“发火，对自己的伤害是70%，对别人的伤害只有30%，所以，你对待一些不顺心的事物一定要保持平常心，一笑了之。”

是啊，一笑了之，我以前动不动就向别人发火，自己得病总觉得世间对我不公。而小和尚却能做到遇事一笑了之，这需要多长时间的身心双修才能做到啊。自己想想，真的有点不好意思，活到半百的我还不如一个小和尚，惭愧！惭愧！

从国清寺出来前，小和尚送给儿子一些经书和大师讲课的光盘。儿子很认真地收藏起来，并在功德箱中投入了他的一点心意。

我默默看着两位年轻人在想，不同的命运，不同的领域，不同的前途，不同的心态，不同的生活，不同的学习环境，接受着不同的教育，而相同的是他们俩都出生在1985年2月，他们身上都承载着将中国文化继承、发扬、广大的责任。

这一代任重道远啊！

七 一封给儿子的信 （2011年03月22日）

小方同志：

你好！还有八天老爸就活过四年了。四年对于健康人来说，只不过1460天，但对我来说，则是生命的全部。

我常常一个人在梦中偷着乐，俺老方竟然也能活到今天，以至于让所有医生都感到惊叹。说实话，老爸之所以坚持到今天，是心中有一个饼，这个饼是老爸为自己画的，饿时就可以充饥。吃完了再画一个，一个比一个好吃，贪吃的生命就跟随这个充满诱惑的饼而走到今天。呵呵，老爸是不是像个耍猴的，其实凡事只要如愿就行。

你马上要回国了，以前还常与你谈起工作之事，如何如何进一流学院教书，如何如何赚钱，收藏很多琴，如何如何打响自己的知名度。现在想想，去他的，累不累，活着就是为了快乐，只要自己感到快乐的事，才去做，淡泊名利，与世无争。

小方同志，有一点是不可改变的，你是中国大陆第一个留美吉他博士。如果你想为中国吉他发展做点事，那就放手去做；如果由于音乐界环境恶劣使你不能施展才华，那就回家修养身心，或者做一个老妈极力倡议的志愿者，去偏远的地方支教，发现并培养有音乐天赋的孩子。不管你怎么做，我和老妈都支持。

因此，小方同志，尽管放松，做自己快乐之事，知乐而乐即可。

好了，快乐就行。

老方同志

2011 年 3 月 22 日

八 抗癌四周年记

（2011 年 04 月 01 日）

今天是愚人节。四年前的今天，我是被“假戏真做”了，当时朋友告诉我得了肝癌，我第一个反应就是他们在与我开玩笑，后来才知道这事是真的。

今天我的身体状态不错，昨天就与医生商量好今天准备出院，但要晚上8点打完吊针才能出院，可我太想回家了，实在不愿意等到晚上。于是要求医生将晚上的药退掉，下午就让我办理了出院手续。

办完出院手续时，心情一下子舒坦起来。回家路上不知不觉将车子开得特别快，遇红灯停下车时，我才意识到车子开得那么快干什么，又不赶时间。

我下意识提醒自己：老方同志，你现在有的是时间，一切都可以慢慢来。想是这么想，但还是压制不住快乐的心情，车还是越开越快。进了院子，老婆与邻居们排坐在路沿聊天，看我车子开得很轻快，邻居兴奋地对我老婆说："你家老方很精神嘛，哪像一个病人回家，倒像院长回家，很有风采啊。"

是啊，今天我的确很轻松，四年了，1460天啊，在这期间虽然病情经常反复，但是我还是平安度过。这对于一个晚期肝癌病人来说，是何等不容易啊！了解我的医生都在说我是创造奇迹的人。说的也是啊，在我的前面与后面一些病友相继都离开，而唯独我还孤零零地苟且于世，虽有"独怆然而涕下"之感怀，倒也会因"前无古人，后无来者"而偷着乐。

记得北京302医院杨永平主任劝我"不要将短暂的时间浪费在病床上"，他"赶"我回家时，那时我很绝望。我反复问自己："我真的只有几十天好活了吗？怎么可能？我绝对不！"对于杨主任而言，我这种病人他见得多了，他非常清楚，真正能闯过来的人毕竟少之又少。他劝我回家好好地养病，放松心态，去做自己没做完的事，然后建议我服用索拉非尼试试，说不定会有奇迹发生。我知道他是在安慰我，我也很清楚余下的时间没几天了，在这期间里我能干什么呢？当时我的心态很差，没往好的一面想过，尽是一些歪门邪道。谁曾经与我过不去，我会怎样怎样去让他承受毁灭性打击。想了老半天也没想起一个与我曾有过节的人。哎，我这一生，做人太没个性了，竟然只有爱的人，却没有憎的人，郁闷。

做人吧，要不就流芳百世，要不就遗臭万年。我是没有能力流芳百世的，却有能力遗臭万年。当时的心态差到极点，竟然想去做破坏国家公共设施的事，如何如何破坏掉上海××塔、三峡××坝或南京××桥。现在想想，那时怎么会这么去想，真是罪大恶极。

回家后老婆马上为我买来索拉非尼，并一而再地安慰我："老方，我们能够闯过去的，放松心态，生这种病不是别人的错，也不是你的错，是命，是天意，就像中奖一样，概率很小，却让你碰到了，碰上了就无法回避，只有面对，才是最大的现实。不管怎样，只要还有一口气，我们就不放弃，积极治疗。"说来也怪，吃了一个多月的索拉非尼，肺部的肿瘤竟然在缩小，这药对我来说是很有效果的，所以，我不知不觉放弃了极端的想法，集中精力来抗击病情。

天哪！三个月过去了，我还能笑傲江湖，身体状况也没想象那么差，于是我开始建立自我生存目标，寻找组织（癌症协会），并将自己融入群体中去，参加协会举办的一些活动，同时参加身体的康复锻炼。每天不管打雷下雪，都坚持与大家在植物园练习郭林气功。并且从他们那儿获得很多的抗癌经验，慢慢地，我整个身心平静下来，也形成了良好的生活规律。

就这样，我成功地活过了第一个年头。说实话，在这一年中，我的心还是没有放下，每当有一些不如心愿的事，常常莫名其妙地发火，甚至于大动干戈。例如发生交通事故强词夺理与交警干起来，为了狗狗与邻居打起来，等等，这都是由于我心态不平衡造成的，说到底，还是没有对自己的病情有一个正确认识。

当病情稳定下来后，我也开始振作起来。开始读一些关于佛学的书，同时画画画，写写字，拍拍照，让自己安静下来，尽可能让生活随意点，做什么事都慢慢来。

就这样，我平安度过了四年，其实这四年，不仅仅是抗癌的四年，也是修炼性与命的四年，我让自己将所有的杂念清空，认真地去学习佛教所传播的道理，加强对“空”“无”理念的学习，从而懂得“空”与“无”并不是没有。佛教所说的“空”是绝对的空，不是对立的空，不是有和没有的空，更不是虚空的空，这个空是超越了有无，超越了一切对立的空理，是真空。而真空不是一，不是二，它是一个整体，它是真理，它是一切事物的实相。对“空”的理解我很难与自身联系起来，因此，我就找来一些书看看，加深对“空”的理解。

从佛教角度来讲，“空”的第一层意思是，一切事物的实相都是从缘起性空的角度来观察，一切事物都不是独立存在的，不是无缘无故的存在，都是有条件的存在，都是有因缘的存在；二是任何事物在空间上相依共存；三是一切事物都不是永恒不变的。一切事物既然是相依共存则是有条件的存在，同时这些事物又是不断迁流变化，那么一切法都是没有主宰的，一切法都是无我的。慢慢地，我结合自己的身体与生命开始有点开悟。

用这些道理和观点来看待每一件事物，色、受、想、行、识，都只有空，没有实体。那么生命也是如此。一切生命也是自由自在的，也是可以转变的，只有无所得，才能有所得。就像《心经》所说的：“菩提萨陲，依般若波罗蜜多故，心无挂碍。无挂碍故无有恐怖，远离颠倒梦想，究竟涅槃。”只有具备了无所得的心智，才能够依般若而到达彼岸，既到彼岸就心无挂碍，就无恐怖，远离颠倒梦想，得到究竟涅槃，得以生命重现。

任何事都是说说容易做起来很难，但去做总比不做强，这几年通过自己的不断修行，我的心态总在不断改变，现在遇事就平静多了，不至于像以前一样冲动。而这种平静换来的是我的生命得以延续。

患癌近四年了，我陪老婆去了趟她的老家安徽

我不知自己还能活多久，趁我还走得动，上个月全心全意陪着老婆去了趟安徽老家，并拍照留念。老丈人参加过淮海战役，我们来到淮海战役纪念馆，老丈人没有在这里登记注册，不然也没有后来的我老婆了，哈哈！

每天清晨我还是能看着鸟在树间自由地跳动，听着鸟在树枝上快乐地啼叫；傍晚我还能在小河边漫步，当风儿吹过杨柳，柳枝抚打着我额头，一股清香扑面而来，极其爽心；遇见钓鱼的人，停下来看看他的浮漂，浮漂一动，心也一动。呵呵，生活原来如此安逸。活着，真好！

能够拥有这种生命状态不仅仅是我个人的努力，而是一个群体的努力。在此感谢我的老婆，她像一根坚实的柱子，支撑着我倾斜的身躯，没有她，也没有我的今天；感谢我的朋友不仅一如既往地在经济上支持我，还时不时放下手中的工作不间断地来陪我；感谢我的老爸老妈、哥哥妹妹对我的帮助；同时也要感谢博友对我的关心和支持。四年了，不短的时间！

哎，忘了，还得感谢自己一下，感谢老方同志顽强地活着！

九 儿子创作的《生命之歌》

（2011 年 04 月 11 日）

儿子为老爸创作了《生命之歌》，老爸为之感动！按捺不住想和大家一起分享！

方舟创作《生命之歌》的背景：我父亲 4 年前得了癌症，这些年一直与病魔抗争，顽强地活着。我在美国留学，不能陪伴在父亲母亲左右，凭一腔思念和祈福的心愿创作了此曲，借曲祈福。

以下是《生命之歌》的歌词：

人生总有波折，
遇上就要坦然面对。
活着就要给自己信心，
越坎坷越要坚定。

人生没有输赢，
珍惜就拥有精彩。
活着就需要给自己一分力量，
越艰难越要快乐。

十 铜婚纪念日

（2011 年 05 月 19 日）

当一小孩喘着气在我背后大声叫“爷爷”时，我还东张西望地在寻找身边的老人，当小孩跑到我的身旁又重重地叫一声“爷爷”时，我才意识到小孩是在叫我。爷爷？哈哈，自以为还很年轻的我，都被叫成爷爷了，我怀疑自己真有这么老吗？看来岁月不饶人啊！

算算也是哈，我结婚都30年了，是可以当爷爷了。不是吗，今天是五月十日，是我和老婆三十年结婚纪念日。如果不是小孩的一声“爷爷”，我还真不会记起自己的三十周年结婚纪念日，而枉做老公。

三十年，转眼过来了，这三十年婚恋，虽有磕碰，但也有许多值得回忆的往事……

我们是1982年结的婚。那时每月的工资只有28元，结婚时，我们最好的家用电器就是我学日语的录音机和老婆带过来的缝纫机，但我们还是省吃俭用，去上海南京路上的王开照相馆拍了婚纱照，吹了一个我有生以来唯一的大背头。记得走出理发馆，老婆和一起去的同学看了我的大背头，捧着肚子不停地大笑，因为我平时是一个不修边幅、邋里邋遢的人，突然吹了个大背头确实怪怪的，现在看看还是挺帅的。

1984年，我们向厂里请了三天假，去黄山玩。在黄山鲫鱼背我们看云起云落，景色实为壮观。有一对上海人坐在我们身边，我们一起在聊天，谈着他们的孩子时，他们脸上洋溢着幸福，让结婚两年的我们感到没有孩子真是一种缺憾，他们就建议我们去九华山去请愿，说去了以后就会有，他们的孩子就是九华山请来的，可灵验了。于是我们就冒着超假期失去年终奖的风险，马上动身去九华山。那时的九华山有些破落，有些凄凉，寺庙里也没什么人，只有香火还一直点燃着，老婆点着香拉着我，很虔诚一步一拜，直到佛祖面前，求佛祖显灵送给我们一个孩子。这时从里房出来一位师太，与老婆说了些什么，出来时师太对我们说，回家后你们就会有孩子了，我愣在那儿一时反应不过来，是真的吗？老婆拉了我一把，我才醒了过来，然后根据师太的指点，一个一个寺庙都拜了一遍。等我们回到工厂上班，已经旷工三天，那一年厂领导扣完了我们的年终奖金，可佛祖奖励给我们一个孩子，我们俩笑得合不拢嘴。

三十年的夫妻，虽然没有举案齐眉的生活形态，却有着相濡以沫的感受。四年来不正是老婆的照料和帮助让我走到了今天？

很难有人了解我们之间共同的生活感受，但我自己却永远记住老婆陪我去北京就医的情形：到北京我们坐地铁去五棵松附近的302医院，老婆肩上背着大大的包，手上拉一个至少有80斤的大箱子，遇上地铁高高的台阶，老婆只好一个箱子一个箱子来回搬，由于箱子太沉她必须借用膝盖的力量一步一步顶上台阶完成搬运，我看着着急想帮她一把，她立即向我吼了一声："你站着别动。"终于搬上了出租车，老婆松了一口气，朝我笑笑，这是最美的笑……

住院期间，由于医院床位紧，老婆为了随时照顾我，竟然睡在过道陪护我一个多月。一切的一切都让我感动……

三十年的婚姻，对于普通人来说，根本不算什么，现在五十年的金婚才觉得刚刚进入老年生活。而我不一样，真的不一样，我能与老婆携手走过三十年整已经是奇迹。

所以，我在心里庆贺我们的铜婚。我很开心，打心里感谢我的老婆——老婆，您辛苦了！

三十年的风雨同舟，老婆谢谢你！

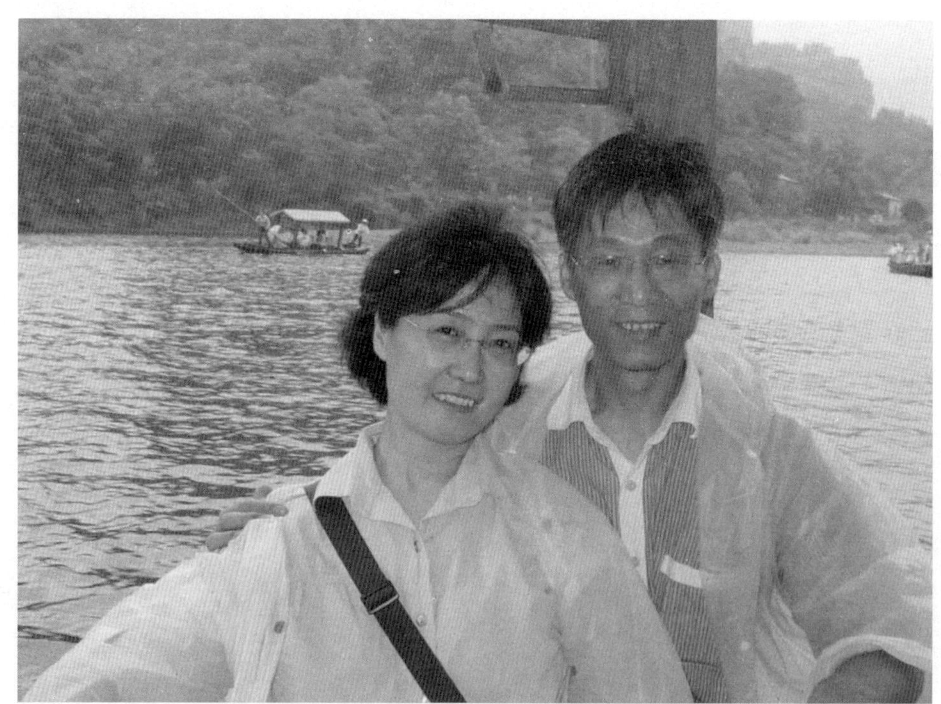

我与老婆三十年风雨同舟

第五章 方狗屁·豆医生笑传

当生命可以预期，痛苦是一天，快乐也是一天，何不笑傲生命呢？我给自己一个命题，写一个笑话，转移生死问题，要不然我非被吓死不可。阿Q一点，人生不需要那么沉重！『阿Q精神』的自我安慰疗法，它能带给你许多快乐。

一 我和豆医生

（2009 年 02 月 06 日）

要来的已经来了，你惊恐也好，害怕也好，无奈也好，懊恼也好，愤怒也好，一切的一切都无济于事。因为找不到发泄情绪的对象，我紧握着拳头重重地向墙上打去，由于出力过猛，从手直到胸口痛得要命，我傻在那里老半天。

想想何必呢，不就是快死了吗，临死前为什么还要自己折磨自己呢？老方你也真是的，要想开一点，在生命可以预期的日子里，痛苦是一天，快乐也是一天，何不笑傲生命，快乐每一天呢？

圣严法师说过："无事忙中老，空中有哭笑，本来没有我，生死皆可抛。"对对对，振作起来，快乐起来。那么，怎样才能使自己快乐呢？想想也没有能使自己开心的事。嗨！不如写点笑话如何？对对对，给自己一个命题，每天写一个笑话，把注意力从生死问题上转移出来。

怎么写呢？就写我自己和一直陪伴我的小狗狗豆豆吧。豆豆是我生病前刚买回来的，很可爱，很聪明，我开刀出院后每天与我形影不离，每次我出门去买报纸都抱着它，因我手术后的刀疤很不舒服，我用右手抱着它，刚好将它的身体紧紧贴在我的刀口上，感觉十分舒服，于是它就养成了一个习惯，只要一出门它就会趴在那里不走，等我抱它。路上将它放下来想让它走走，可它就是站在那里一动也不动。我用绳子拖它时，它就趴下任你拖，于是我就下狠心将它拖出两三米，它就是不抬腿，简直就是条"癞皮狗"。我认输拧不过它，心痛地又将它抱了起来，它还觉得很委屈，那水汪汪的眼睛盯着我仿佛告诉我："屁爸，我不是不愿走路，是想让你抱着我帮你捂伤口。"

瞧瞧，还挺在理的，豆豆它总是比我聪明，好像什么都懂，而且自称为"豆医生"，好笑的是，"豆医生"说我好吹牛，又因为我姓方，就给我取了个不雅的绰号叫"方（放）狗屁"。《方狗屁·豆医生笑传》就这样诞生了。

1，2，3，请大家欢迎，主人公亮相啦！！！

方狗屁自我介绍：我是啥也不信的方狗屁，就信自己，因为我有文化，哈哈……豆医生为什么是我的知己，因为有时它比我还有文化，如果你们闲着实在没啥事，就多多关注我们俩吧，因为和我俩处久了，你们会跟我俩一样有文化。嘻嘻，又吹上了，果然名不虚传嘛。

二 豆医生精辟的诊断

（2009年02月11日）

民间有个说法，癌症患者手术后需要进补，都说吃野生鳖最好。于是在我生病期间，我的好友孙杰、陈东生来上海看我时就带了一桶野生鳖，福建的朋友老谢也给我寄来了一箱野生鳖。我老婆每天都做给我吃，清蒸、红烧什么方法都做，但我还是吃腻了。可是不吃吧，这鳖又一个一个地死去，老婆自己又舍不得吃，没办法，觉得死了可惜又烧了吃，就这样，我在手术后的一个月里吃了很多野生鳖。结果吃出事来了吧，经豆医生诊断是：屁爸，您肺里长的不是癌，是多发性鳖蛋。

方狗屁：哇！转移了啊！还是什么多发性的！

豆医生：是多发性鳖蛋！你祸害了这么多鳖，还不许多长几个鳖蛋啊！

三 甲胎蛋白又升了

（2009 年 02 月 13 日）

甲胎蛋白是肝癌患者最为敏感的标志，正常人是在 20 以下。在我病情恶化，再次入住上海东方肝胆医院时，甲胎蛋白是 700，而今天的化验结果是 2200 了，才短短五天就升了两倍，可以想象病魔侵袭的猛烈程度，以致医生都束手无策了。我想没办法就没办法，无法胜有法，这是书法绘画追求的最高境界。我也一样，甲胎蛋白升高了又怎样，升了就升了，管它呢！还是写我自己的笑话吧。

四 为什么患肝癌的总是男人呢？ （2009年02月15日）

方狗屁怎么也想不通，为什么患肝癌的总是男人呢？男人苦啊，累啊，赚不完的钱，赚了结婚的钱，赚养孩子的钱，又要赚房子、车子的钱，还要赚孩子上大学的钱，末了还要赚养老送终的钱。做不完的家务事，买煤烧水，劈柴做饭，又要……嗨！

方狗屁：为什么患肝癌的都是男人呢？

豆医生：上天安排男女平等，女人生小孩，男人总该生几个蛋吧！

方狗屁：晕。

五 屁爸也算是创造奇迹的人 （2009年02月19日）

世界十大奇迹是怎么创造出来的，不是靠天，是靠人，是靠人的意志。没有意志是创造不了奇迹的。因此我要用我的意志来战胜癌细胞，至少不能让它的阴谋轻易得逞。

意志成就奇迹。屁爸也算是创造奇迹的人！——俺服了！

方狗屁：你知道世界有几大奇迹吗？豆医生：十大。

方狗屁：那你知道第十一大奇迹是什么吗？豆医生：不知道！

方狗屁：呵呵！是我一个屁把肺里的九个瘤放了出来！

豆医生：晕。

六 老婆还是别人的好

（2010年09月14日）

今天老婆洗碗刮破一点皮，她好开心，我好郁闷。

因为她皮肤组织结构与众不同，很难愈合，一下水就会发炎，两个月都不会愈合。

方狗屁郁闷地说：这点小伤口别人家的老婆一点事都没。

豆医生：那你就要别人家的老婆做老婆吧！

七 往死里治，病就好了

（2010年09月14日）

方狗屁：怎样才能把我的病治好呢？

豆医生：幼稚，往死里治呗！

八 中秋我咋就乐不起来呢？

（2010年09月22日）

方狗屁闷闷不乐地说：“小时候过中秋，妈妈老是跟我说嫦娥的故事，可总是听不进去，心里老想着月饼。”

豆医生挑逗屁爸说："现在屁爸年纪大了，一过中秋，月饼也吃不进去，心里总惦记着嫦娥。"

九 豆医生的女儿——格格 （2011年07月11日）

家有格格，喜洋洋。俺老方养心啊。最近俺把所有的精力都放在"孙女"身上，一天一天盯着她，从闭着眼睛到睁开眼睛、从趴着走到站着走。她太可爱了，现在只等着她叫俺爷爷了，嘻嘻。儿子为她起个名叫格格。

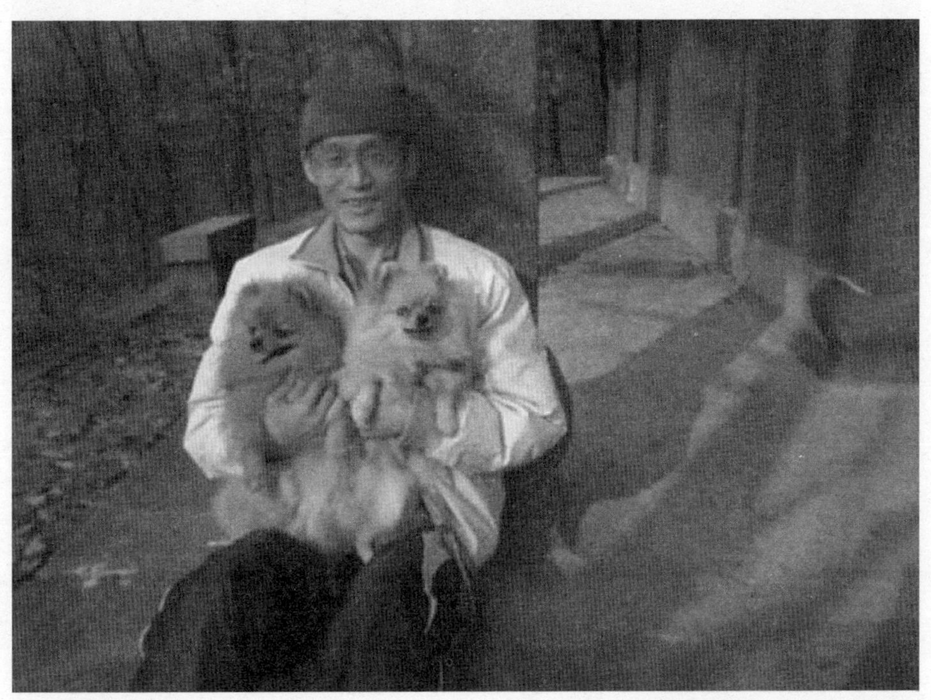

我和豆豆、豆豆的女儿格格

十 豆医生现在长得很憨很逗！ （2011年09月04日）

一晃豆豆已经五岁了，很可爱，憨憨的。它也已是天命之年了，应该说它与我的年龄相仿，它还有很长的路要走，不知我是否能伴它到老。

一晃豆豆已经五岁了

第六章

修身养性 用心书画

画画写字是30年以前的事。突然之间，老婆为我端了一把椅子让我坐下，让我安然面对疾病，我才有了这么一份闲心：一边品着茶，一边山水写意陶冶情怀，一边静心抄经修身养性。

一 快过年了，画张重彩试试　（2009 年 01 月 20 日）

二 山水画

（2008 年 12 月 29 日）

三 感谢博友 祝福平安

（2009 年 01 月 22 日）

新年快乐，健康如意！为了感谢博友对我的支持，写了斗方送给你们新年最美好的祝福。

四 闲来画张山水画，近读王石谷画，心有所得，遂画之

（2009 年 03 月 23 日）

五 胸有万里山河，淡看云起云落（2009 年 03 月 27 日）

六 静心抄录

（2009 年 06 月 01 日）

写写字、看看书、练练功，这是我现在的生活方式。

很多年没有静下心来写大幅楷书了，至少有二十年了。今天重写颇有感慨，于是我在落款中写道："畴昔，余师从金鉴才习书十年有余，挥笔剪灯，终不能成，遂弃笔从商至今。然时下身有顽疾，赋闲养生于西溪之居，听众鸟鸣唱、观小河鱼跃。闲暇之余，重新执笔习书，虽不能成法，然天命之年何求法乎？"纯属玩玩而已。

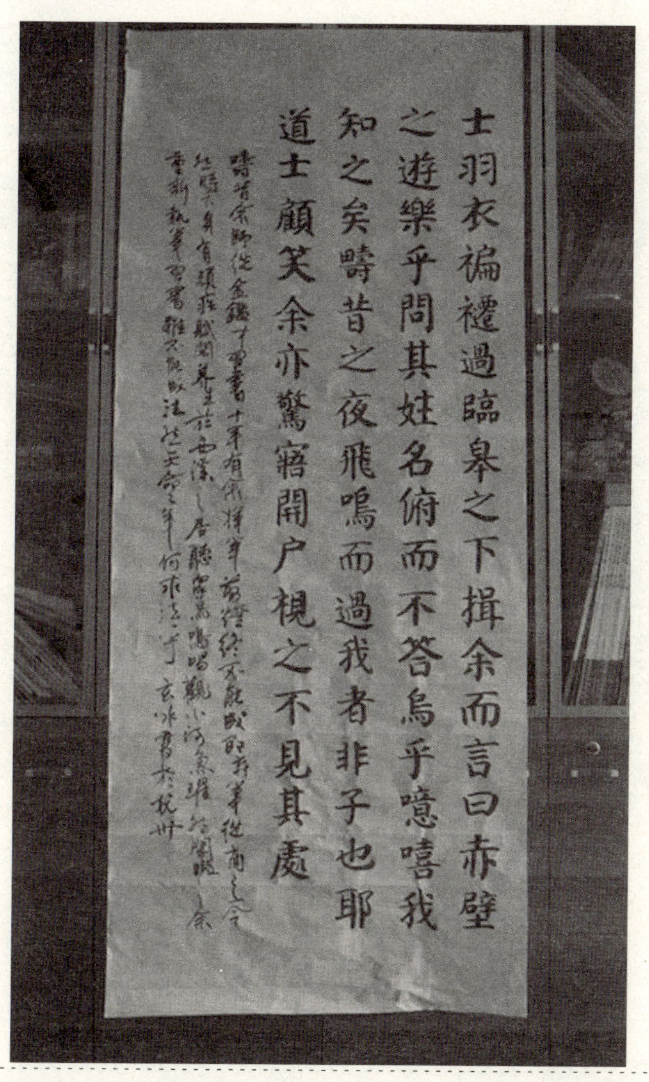

七 静静地写，没有要求，没有好坏

（2009 年 10 月 19 日）

最近在练字，练的不是书法，而是心。回过头看看自己以前写的字，虽有几分亮丽却浮于表面，没有入木三分之感，很躁、很急，想想自己赋闲在家又没有什么可以牵挂。问题的关键在于心不静，所以修心；心静了，字才有可能写好。经过一段时间的练习，今天心倒是静下来了，可写出来的字笨笨的、拙拙的。管它呢，用心写就行，自己喜欢就好，你说呢？

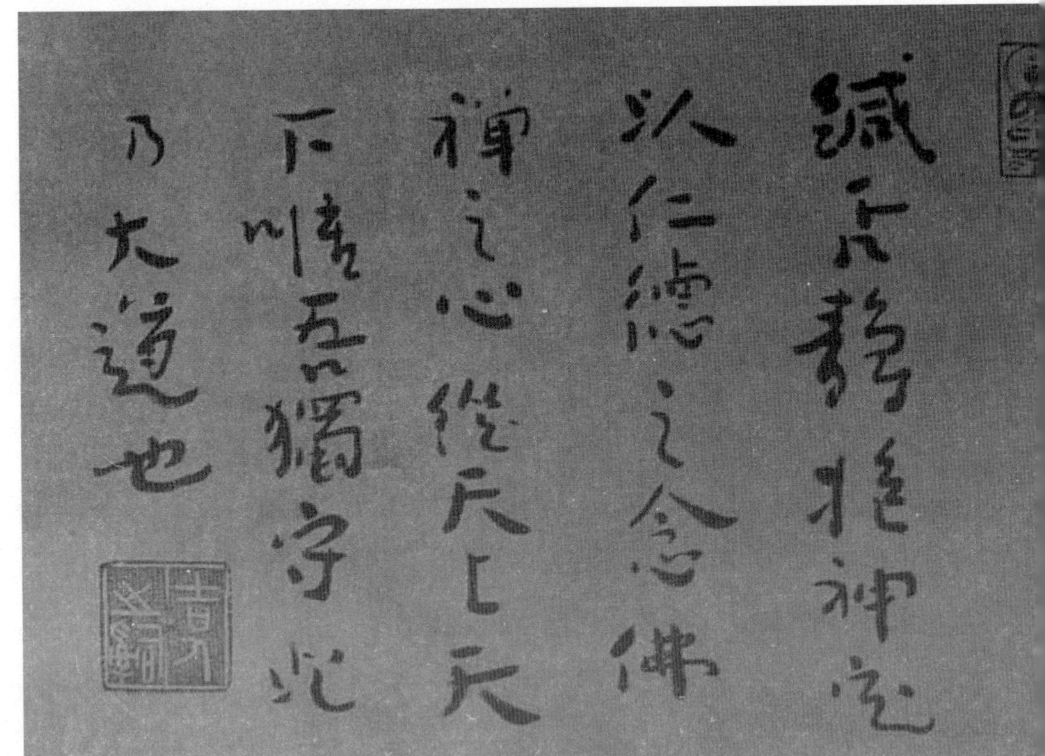

八 净心沐手抄经

（2010 年 08 月 04 日）

让自己安静下来，最好的方法是念经、抄经，让自己成为一个佛弟子。

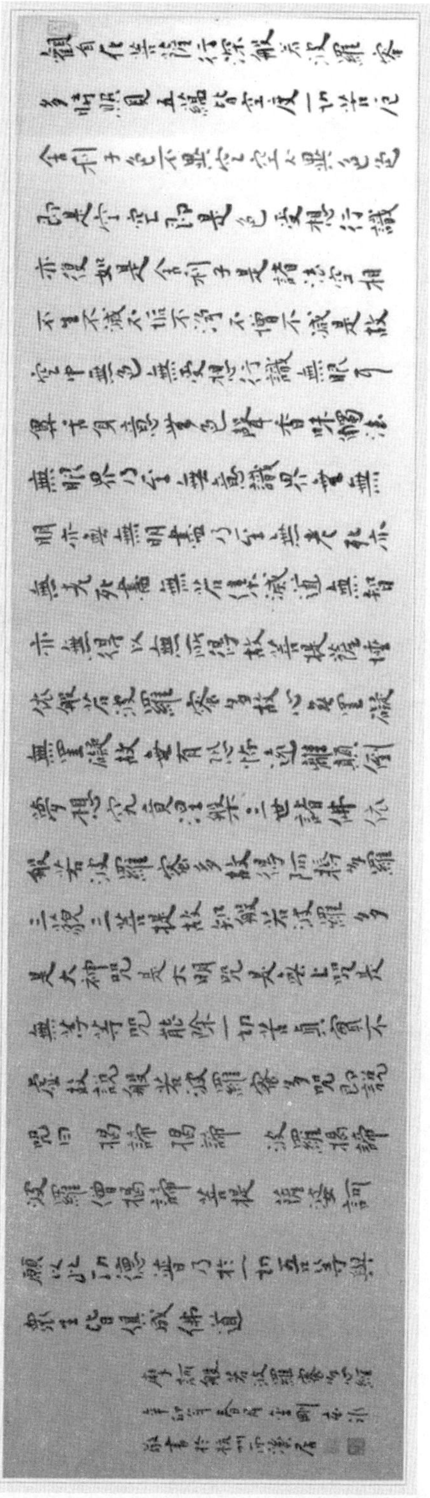

九 画了张工笔小景

（2011 年 03 月 13 日）

从老家回杭州静养，想让自己彻底淡定下来，于是我想以工笔画来调整心态。

画工笔最好用熟宣或者绢，可找了老半天家里竟然没有，只好用生宣来画，生宣做起渲染难度很大，我只能小心，一点一点渲染，但还是不尽如人意。反正自己玩玩的，也就没那么讲究了。

十 最近身体好点，画几张画，玩玩的

（2011 年 05 月 29 日）

十一 用心去写书法

（2011 年 10 月 19 日）

从四川回杭州，老老实实地在家里调整了一段时间，感觉好多了。

每天早上 7 点锻炼一小时，吃完早餐，喝茶，看报，发呆后就又吃饭，饭后午睡，写字，锻炼，又到晚上，上博联社看点博友的东西，又到 10 点，接下去该睡觉了。呵呵！日子一晃就过去，像这样可怎么办啊，我的日子本来就是可以预期的，这样匆匆而过不就完蛋了吗？可咱又能咋办呢？人总有一死，何况癌症病人。现在连乔布斯都死掉，更何况我！

呵呵，别想的那么多，该咋办就咋办吧！这都是命中注定的。

书法之道，我认为在于无求，无念。有些所谓的书法家，一个劲在写，一个劲在画，一心想出名，参加这协会那协会，总以为能参加中国书法家协会后，就是中国书法家了，这实在太可笑。这些人终不能成为书法家的原因其实很简单，他们是心术不正，何能成书法家呢？他们在旁人看来只不过是一个会写字的而已。

要想真正成为书法家，当然需要努力研习，要用自己对功法、对事物、对人文的深入理解及感悟，才能真正写出自己的个性，形成自己的风格，书法不只是用纸、用墨、用笔写出来的，最关键更是要用心去写，这才是书法。

书法之大道和打太极是一个道理。“大道者，在物而心不染，处动而神不乱，无事而不为，无时而不寂，今独避动而取安，离动而求定。”业界常说书在功外，要力于修心，只有抛开世俗让心静下来，全心全意地进入书法之中，才能将书法写好，才能成为真正的书法家。

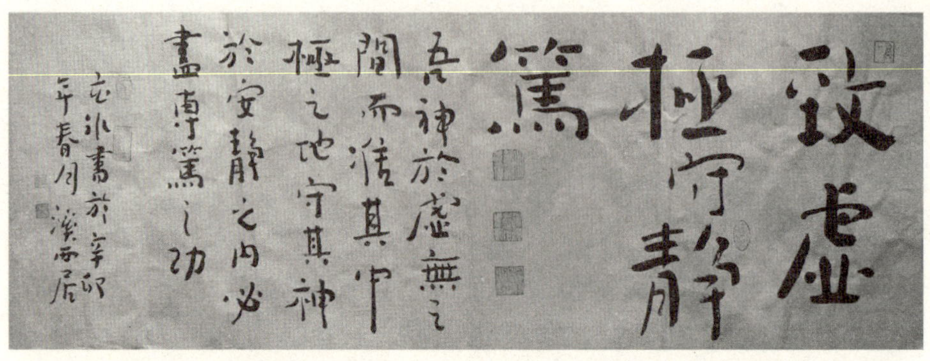

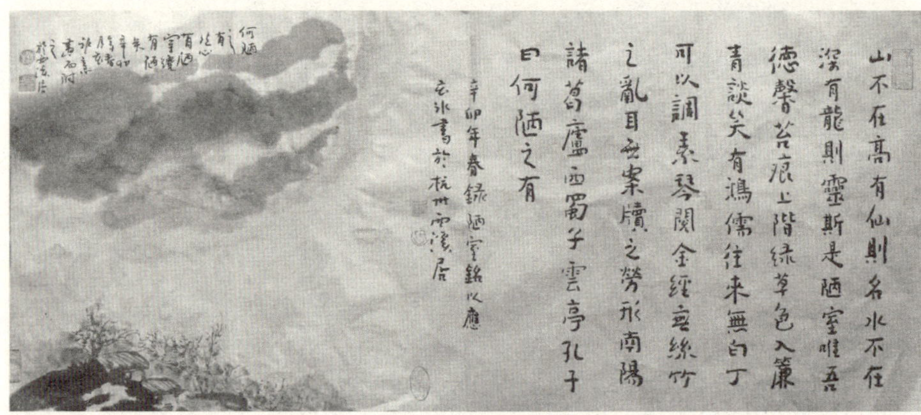

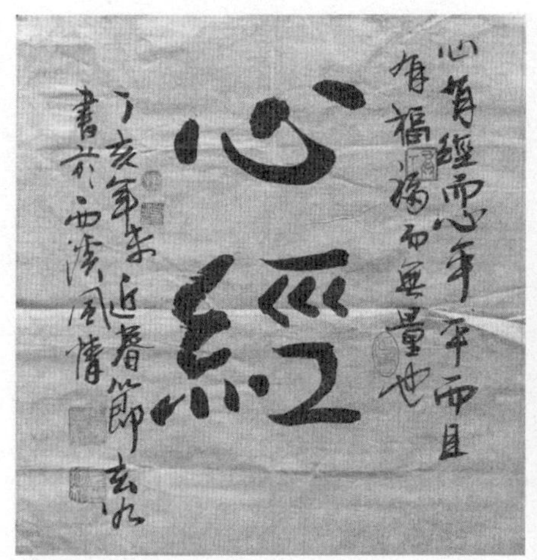

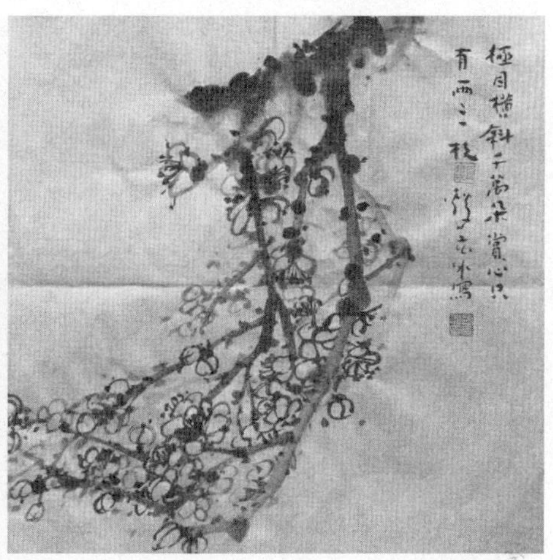

十二　写字四幅送给杨先生

（2011 年 11 月 08 日）

杨先生：

你好！你让我写的字完成了，你看行不行？

我越来越发现自己的字，开始进入佳境了，就像你说的“我现在的字是用生命在写”。说得不错，你对我的鼓励很大。这也许是我多年来养病、养心、别无他求的结果，所以写起字来很安静，心无杂念，正由于这种“无心”才能写出好字。呵呵！

兄弟玄冰上

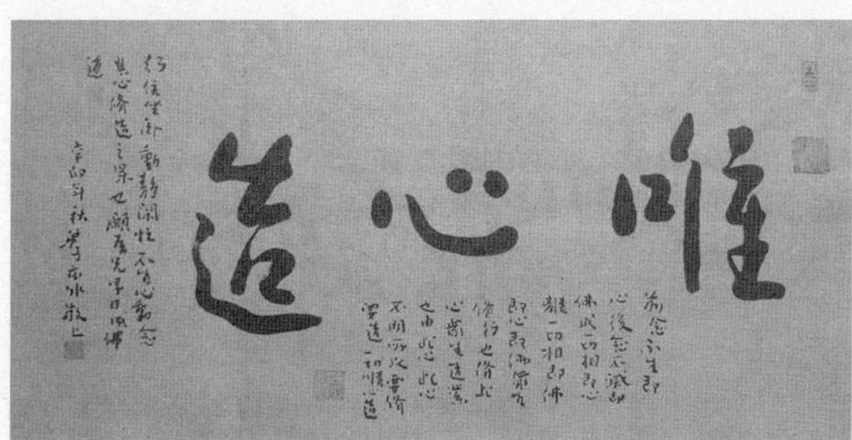

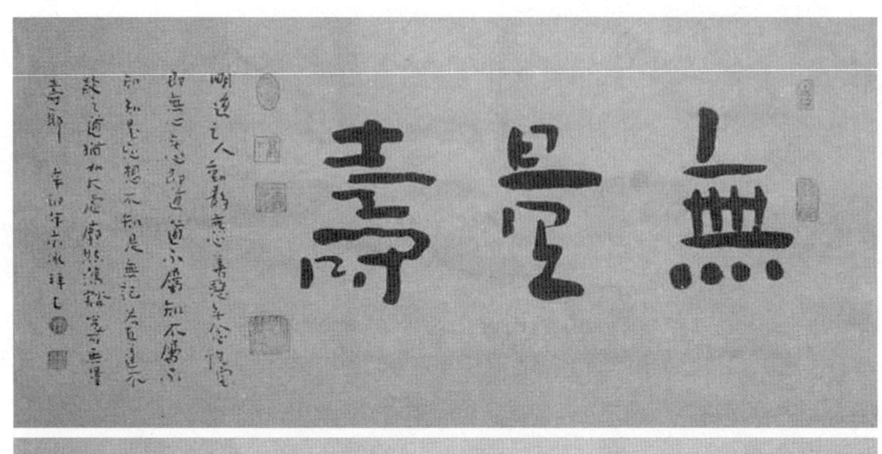
無量壽

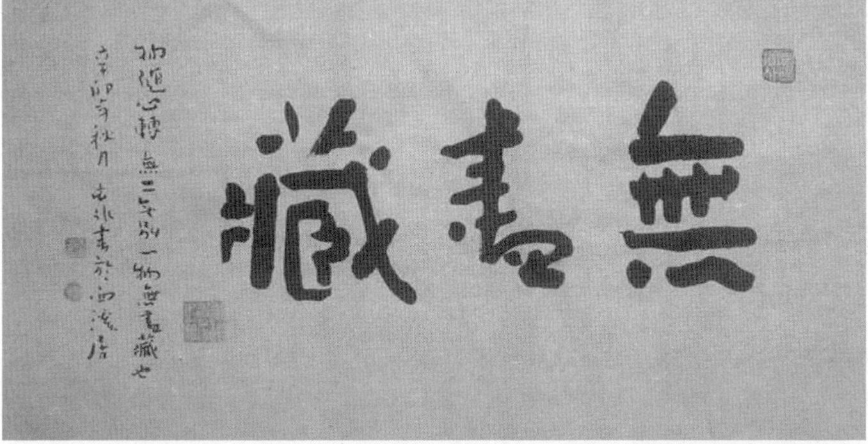
無盡藏

第七章

旅游——寄情于山水之间

智者乐水，仁者乐山，不亦乐乎！抛弃世俗，让自己融入大自然中去，忘却死亡边际，心神跟天地共同遨游，在游走之间去感悟生活，悠闲安享不多的日子，这一切都归功于生命的延续。

一 云和小村的故事

(2008 年 10 月 26 日)

2008 年国庆,和朋友一起去写生,到了云和县,乡下景色很美,大家就安营扎寨,拿起画具就动手画起来。

当大家都画得差不多的时候,一小孩一会看看你的画,一会又跑过去看看他的画。这时他停在了大胡子身旁,嘴里嘀嘀咕咕说个不停,大胡子问小孩到底在说什么,小孩指指他的画说:"这里不太明。"大胡子愣在那里什么话也说不出来,于是大家捧腹大笑,一齐说:"这里不太明!"大胡子在老婆面前显得很尴尬,想打小孩,小孩子边跑边喊:"就是不太明,就是不太明!"

回来后这幕场景我们经常会提起,也常常会用小孩的"这里不太明"作为口头禅,来评价你我之间的画不足之处。

我(左一)和小时候画画的朋友及家人

二 遂昌黄沙腰的印象

(2008 年 11 月 09 日)

黄沙腰是个乡镇,四面环山,镇边有一条小溪。这个镇在清代也出过二品、三品大员,所以在这里留下一大片古宅。

当地居民很安逸,年轻人都外出打工去了,只留下一些老年人和一些小孩子,镇里也很干净,与其他镇不同的是这里的狗也是统一管理的,每条狗都在耳朵里装上一个标志，表示已经打过疫苗。

晚上住在这里很安静，静得让你感觉好像睡在天堂一样，我们 8 点就睡了，一觉醒来已经是凌晨 4 点。等到天蒙蒙亮我就迫不及待地走出去遛遛，这里的空气真好，我狠狠地吸了一口，好像想用这一口将这里的空气吸尽带回家一样。哈哈！

遂昌黄沙腰

三 我去婺源了，油菜花开了！（2009 年 03 月 07 日）

四 西双版纳游记

（2009年06月16日）

2009年6月8日，我从杭州出发到昆明，9日转机到西双版纳。

一到西双版纳，与我先前想象的已经完全不一样了，此地我二十年前来过，当时的情景是一个非常优美的地方，到处都可以看到傣族两层式木房和身穿傣族服装的男男女女，屋前屋后都栽满杧果树、芭蕉树，以及一些不知名的花花草草。在院子里，人们通常会用竹簾做成篱笆，夕阳下偶尔跑过来一个傣族小孩，在竹簾、芭蕉、傣屋背景的交融下，感觉非常漂亮。遗憾的是当时拍下的这张照片已经找不到了，但心底里对西双版纳的印象一直是这种情景，但今天的西双版纳已经面目全非了。不管是城市还是居民，一切统统都汉化了，唯独不变的是道路两旁的树木和气候，还保留着热带雨林地区的痕迹。

因这次去的人不是去玩的，所以他们在谈事的时候，我就悄悄地溜到下面村子里去转转，结果他们谈完事一看我人不在了，派了几辆车分三路在找我，而我却悠然自得地拍着我想拍的东西，哈哈。

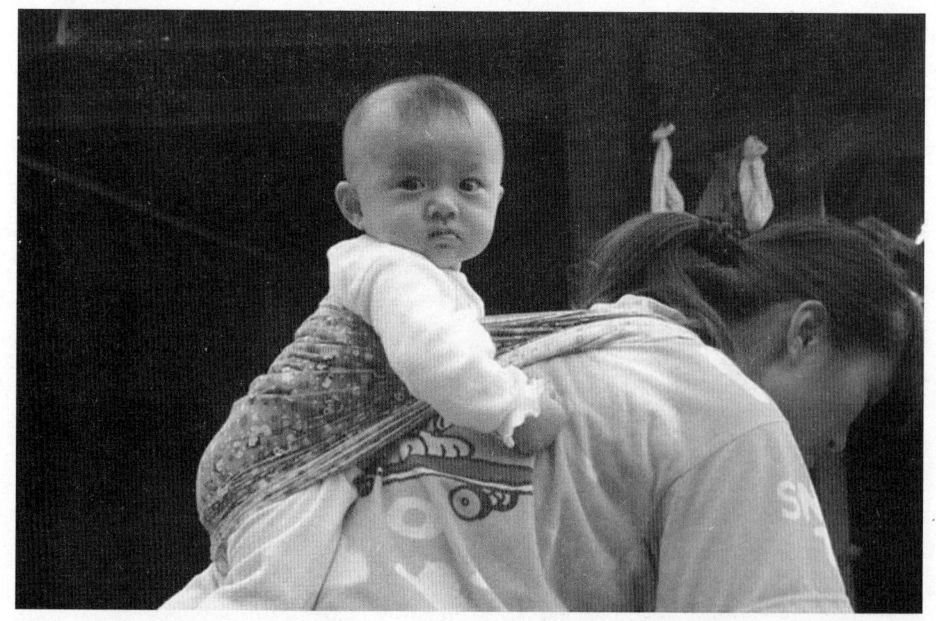

孩子（摄于西双版纳）

五 腾冲和顺古镇游记

(2009 年 06 月 21 日)

从西双版纳回到昆明,拜访了几位朋友。2009 年 7 月 12 日乘坐早上 7 点的航班去腾冲,腾冲与缅甸相连,是我国最西南的县城,素有“极边第一城”的美称。

我是第一次前往腾冲。当飞机到达腾冲驼峰机场时,我才理解为什么腾冲机场叫腾冲驼峰机场,原来这里将机场建在山顶上。据说这个机场是在抗日战争时期中美联合开辟的“驼峰航线”基地的基础上扩建而成的,于今年 5 月 1 日开通,我有幸赶上。在我的印象中有两个机场最特别,一个是腾冲驼峰机场,机场很小,但很美。另一个是兰州机场,机场离市区太远了,就像杭州去上海的路程,也不知道当时是怎么规划的。不说了,哈哈。

腾冲的和顺古镇保存得还是不错的,不愧是中国十大古镇之一。但我的摄影技术不行,没有好的照片拍下来,只不过是做了一个记录,让博友们了解一下腾冲和顺而已。

腾冲和顺古镇

六 高黎贡山村寨，我想帮帮这群孩子！

（2009年07月08日）

我不知道该如何来描述他们，这完全是一次偶遇。这次我去腾冲玩，目的只是想去拍几张自己满意的照片。当地的朋友便带我去国家级自然保护区高黎贡山，但上山的时间安排不过来，所以我们一行只能在山脚下走走，很沮丧没有拍到好的照片。

我问朋友山上是不是还有村寨。他说有一个很小的民族村寨，住的全是黎僳族人，我说好，就到那里去看看。村子是依着高黎贡山的西坡建的，远远看见参差的泥墙瓦房缀在山上，很入景。走近看，才发现房子老得摇摇欲坠，很多房子的泥墙都已经剥落了。

一进村，我就看到一个小孩赤着脚在坚硬石块铺成的路上，从高处滚铁环向我们冲来。坡很陡，铁环在碎石遍地的路上跳得很高，我生怕他摔倒，连忙放下相机想帮他一把。朋友说没事，他们都玩得很熟练了。果然快要到我身边时，他戛然而止，这情景让我想起了儿时情景，我便按下快门记下了这番童趣。朋友说，这里的居民生活水平很低，温饱问题勉强解决，这些铁环便承载了孩子们童年时光的一切。我朝那孩子打招呼，他腼腆地跑开了。我这才发现那孩子的铁环原来是用电线套管做的。我感慨这孩子的聪明伶俐，从小就能变废为宝。朋友说这是没钱逼出来的嘛。

顺着斜坡往上走，又看到一对穿着红衣服的姐弟俩在玩耍，我拿起相机就拍。弟弟很害怕，躲到姐姐后面，眼睛直直地望着我，我继续拍着。突然弟弟就哭了，拖着姐姐就跑。我这才意识到他们受惊了，我放下相机与他们问好，让他们别怕，但还是叫不住他们。于是，我跟着他们，目送着他们扎进不远处一群孩子里面。孩子们看到了我和我朋友，一副惊恐的样子缩到了柴堆旁。朋友用当地话告诉他们别怕，这位叔叔想给你们照相。随后，快门声音再响起的时候，取景框中出现了孩子们身影，看着他们眼中满是期盼，让我打了个冷战。我忽然想，为了这份期盼，我能够帮助他们什么呢？

朋友继续领着我走进一户农家，让我亲自体验了一下当地的生活。一进屋我就震住了：屋里没有家居，不要说桌子，就连像样的凳子都没有，我第一次真正体会了家徒四壁的感觉。主人家搬来几个树墩让我们坐下，便与我攀谈了起来。主人叫胡定生，家里有六口人，老父母与他同住，妻子帮忙照料老人。他有两个儿子，大儿子21岁，小儿子18岁，都在初一那年因为家里困难便辍学外出打工，很少回来。他说，其实全村共24户，情况都差不多，家里的孩子都没有一个念完初中的。

后来又聊起了收入。他说，村里每户人家就靠那3亩水田、两三亩山地生活，主要种水稻、油菜、烟叶。水稻收获后种油菜，油菜收获后种烟叶。粮食种起来是自己吃，油菜每年大概收个千把斤，每斤1.7元左右卖掉。种烟叶成本也很高，收来的钱一半多都要摊成本。好的光景，一家人还可以吃饱；碰到年景不好，收成差，一家人有时要断粮两三个月。他一笔一笔算给我听，算得很仔细，我能够看得到他黝黑皲裂的脸上透着一丝愁容。

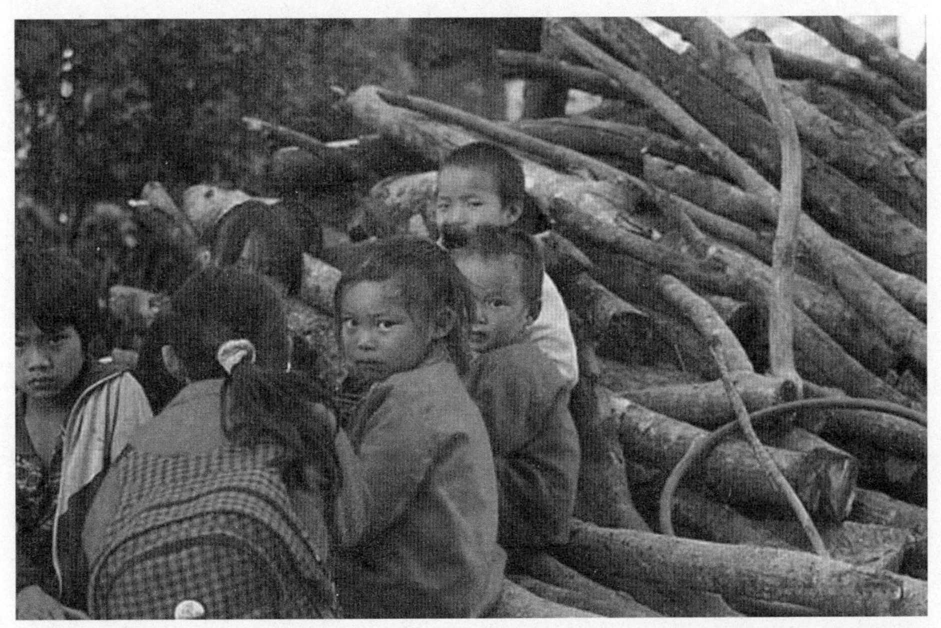

高黎贡山村赛的孩子

“没有资助吗？”我问老胡。他说：“没有，一切都靠我们自己。”“那孩子们上学呢？”“能认识几个字就不读了，没钱……”我身边不知什么时候围上来许多村民，一个个都直摇头：“谁不想让孩儿能上学……”

提到孩子，老胡似乎很难再控制自己的情绪：“对啊，谁不想让咱娃娃上学……”这是我在离别前听到的最后一句话。

回来的路上我问朋友:“老胡说的是实话吗?”朋友说:“是。这里的人都很朴实,不会说假话的。”我说:“如果我寄东西过来给孩子们,老胡会发给他们吧?”朋友笑笑说:“那当然会。”

回来的路上我心思沉重。我想尽我的能力帮助一些孩子们。我想,换作任何人,看了这些孩子们的眼神,也都会这么做的。

七 武夷山访茶

(2009 年 12 月 08 日)

2009 年 12 月 5 日我上武夷山了。朋友一定要我坐抬椅,我相信自己行,在我的硬坚持下,我还是一步一步地爬到山顶。虽然有些上气不接下气,但我还是坚持往上攀登,看看旁边的朋友也不过如此。当我坐在宋美龄用过的舞厅旁边的椅子上时,我的心情很放松,心想我还是我,没有被疾病压垮嘛,我傻傻地笑出声来。

于是我在想:人啊,自己一定不能垮掉,自己觉得不行,就一切都垮了。

今天下雨,有点冷,行动很不方便,特别是雾太大,拍不出好的照片来。

上午奋力爬上天游峰后,下山时两腿发软用不上力,需走两步停一步,真是“上山容易下山难”。陪我去的朋友此前一直劝我坐轿子,我坚持要自己爬,没想到下山时还真有点后悔没坐轿子。

下午向九龙窠进发,去参观大红袍。到了九龙窠门口,抬轿子的农夫在拉生意,我迫不及待地坐上轿子,生怕走不动而又后悔没坐轿子。没想到的是,去参观大红袍的地方,路不远且很平整,根本用不着坐轿子。呵呵!算是给当地农夫做点贡献吧。

进九龙窠不到百米,有一开阔处,四周石壁林立,特别是左边岩壁很宽很高,我从轿子里伸出头仰望岩壁却看不到壁顶,我下轿子再看:岩壁足有四五十米高,岩石上刻着一些文字,有范仲淹和一些不很熟悉的文人墨客所留下的笔迹。

再往前走就到了大红袍处,我以为大红袍生长在很高的山崖上,人是很难上去的,每年春天采茶都要将绳子捆在身上,从山顶慢慢下去进行采摘。今天所看到的与我想象的有一定落差,原来大红袍长在并不高的山崖上。

八 游走永定县

（2009年12月30日）

下午2点，我们从厦门出发，过龙岩，到达永定县下洋镇已是晚上8点了。

住在下洋镇宾馆，下洋有个很著名的小吃——吃全牛，你只要想吃牛的哪个部位，店主马上骑着摩托车去采购，因为在这个镇里每天要杀很多牛，供附近的店主采购之用。我与朋友也去凑了个热闹，牛肉真的很香。

第二天一早，我们步行两公里，就到了目的地——中川村。这是一个保护得比较完整的村落，很好地将客家人建设家园的智慧以及客家人的历史保存了下来。

站在公路上拍村落全景，但没拍好，回来后才想到为什么不上山去拍呢？

◆ 永定荣昌土楼　　（2009年12月30日）

九 重游西双版纳，一个能让心放下的地方

（2010年08月22日）

2010年8月13日，我又出发去了西双版纳。上午10点去昆明，下午3点转机飞经西双版纳。西双版纳是一个能让自己的心慢慢放松下来的地

方，一切都慢悠悠的，我喜欢这种生活方式，与世无争。

当晚，朋友邀我去傣族人家吃饭，这个寨子的名字我虽然记不起来了，但这个寨子还保留着原始的傣族民居，相当漂亮，当然村子里也有部分房子在翻新，也许再过一年这个寨子就会失去往日的风采。

吃饭前，天还没完全黑，我就去寨子里走走。当走到寨子的尽头，发现一座佛塔，走近佛塔边，突然天上一支红光，将整个寺庙及佛塔照得金光闪闪，我双手合掌祈祷，接着就拿出相机拍下此景。

一老和尚出来抬头看看天，四面环顾，再看看我，合掌走到我面前，与我细声细语说了些什么，因他说的是傣语，我一点都听不懂，我只有一个劲地点头。这时佛塔之上出现一道彩虹，很漂亮、很神秘。这种景色我从来未曾见过，冥冥之中感到这是佛祖对我的恩赐，但我不敢奢望。

回来后，与朋友说起当时之景，当地的傣族朋友说："你要时来运转了。"听他这么一说，我感觉有一种说不出的愉悦，心中默默念道："菩萨保佑我，阿弥陀佛——"

佛塔彩虹

◆ 自然快乐地生活 （2010 年 08 月 24 日）

南糯山是普洱茶六大产地之一，位于景洪市勐海县内，从景洪去勐海要经过南糯山脚。来西双版纳几次都没去过南糯山，这次下决心要去看看南糯山寨、古茶树和爱尼族人。

可惜天不作美，下起大雨。朋友们都叫我别上山了，下雨天山路车难开，时间长，危险性也大，但我还是执意要去。

当车子到了南糯半坡寨时，天已经暗下来了，陪我上山的小妹一下车，就大声地喊话，寨子里马上就有人应声而出，原来这是她外婆家。他们之间嘀咕嘀咕不知道在说什么，我一句也听不懂，从她外公的表情中可以猜到，他不让我们去古茶园，小妹回头向我解释说，外公叫我们别去茶园，太远，时间来不及，走到那里，天就黑了，什么都看不到，请我们回家坐一会儿，我只好跟着她外公回家。

外公家是标准的傣楼，一层堆放柴火和一些杂货，我随外公上了二楼，楼中有一火塘，几块砖头一搁上面放个锅，所有的饭菜都在这里烧烤而成，这火一年四季都不灭。

这时，火塘上正在烧东西，我好奇地打开锅盖看一下，里面不知道烧些什么，外婆说里面是土豆、梨子，还放了一些玉米、大米，烧起来是给猪吃的。我想西双版纳人真有口福，吃的都是绿色猪肉，难怪我吃到的猪肉与内地吃到的猪肉味道是不一样的，这样养出来的猪哪有不好吃的道理！这里的猪品种叫小耳朵猪。

外公请我们喝茶，我小心翼翼地品了一口，香味很足，回味悠长，他告诉我这是自己家种的乔木茶树茶。

他们一家六口人，一年的生活全靠茶的收入维持，最大的支出是小孩读书的费用，一年得花去总收入的四分之一。生活自给自足，无忧无虑。

整个小楼没有一件像样的家具，只有一台冰箱，可以算作他们全部家当。小楼内侧有一个布做的门帘，我起身掀开门帘将头钻进去瞄了一眼，里面很杂乱，算是他们睡觉的地方。这时，外婆在嘀咕着什么，小妹将我拉回来，向我解释说，爱尼人是不喜欢客人进他们卧室的，擅自进入他们卧室，是违反他们族规的。我有点不好意思，外婆又安慰我，不懂不为怪。

尽管他们生活在这样艰苦的环境中，可他们一点也没觉得自己生活得很苦，他们的生活依然很快乐，很是悠闲。他们觉得这样的生活很平静、很自在，祖祖辈辈流传着这一生活方式，他们也没想要去改变什么，生活本该这样。

是啊，生活本该这样的，过去满脑子充满着幻想和欲望，时时刻刻想通过自己的智慧，采取不同的手段去奋斗，去掠夺，去破坏，去获得财富，从而来改变传统的生活方式，而真正获得的又有什么呢？

回归原本的生活面貌吧！与世无争，心平气和，自然快乐地生活。

十 游走于淳朴老人之间的生活感悟

（2010 年 11 月 02 日）

每个人都有自己的梦想，比如农民想做大官，穷人想成为富人，病人想健康。老人常说："瞎子想亮，穷人想藏（宝藏）。"

有梦想就有奋斗，但只有少数的人能通过努力缩短与梦想之间的距离。

我现在所向往的是——平淡、自在、简单的生活。希望自己像西双版纳的老人一样平淡地生活，如果能让看我博客的人也从中受益，那我就更开心了。

◆ 平平淡淡才是真

（2010 年 11 月 02 日）

兰溪老人(1)

老人今年 83 岁，浙江兰溪白沙村人，白沙村离县城 20 公里。我见到他是在稻田里，老人很慈善，也很好客，见我走过去，就在田埂边弄杯水给我喝。我与他打了招呼问："你年纪这么大，还在田里做啊。"

他说："我还做得动，儿子儿媳来帮帮我，很快就能做完。"我问："这片地是你的？"他说："是的，这点土地已经跟我60多年了，我家是祖祖辈辈都生活在这片土地上。"我说："你就没想过，出去做点别的事吗？"他说："我是农民，农民就要有个农民的样，日出而作，日落而息，有什么好想的！"

我递给他一支烟，继续问："那你现在到城里去吗？"他说："很少去，到城里没什么事，就不去了，如果真要去，我都会走路去。"我说："公车不是很方便吗？为什么不坐车去？"他笑笑说："走路去可以省两块钱，哈哈！"

我离开时，他再三请我回家吃了饭再走。他朴实的言语深深地打动了我。

是啊，有什么好想的，什么人就做什么事，生活就得平平淡淡的。也许这种平淡就是我想表现的主题吧。

◆ 人活着就是图个自在 （2010年11月04日）

一位老人跟我聊起了天：

兰溪老人(2)

"我今年86岁，有四个儿子都住到城里去了，儿子很孝顺，要我与他们一起住，可我不习惯，最大的问题是生活不方便，进进出出还要换鞋，城里人很不自在，自找麻烦，出门吧，也没一个熟人，你与他们打个招呼，他们又不理你，在家又不能抽烟，说个话又嫌你烦，住在城里真是活受罪，所以我就硬要回来。

"我们这个村算是有年头了，这个祠堂建于成化年间，这次村民凑点钱在维修，住在这里气通，水通，血也通，村子有一百多户人家，你想去哪家就去哪家，不客气，很实在，一点都不用做作，呵呵，人活着就是图个自在。"

人活着到底图什么呢？我年过半百常常被这个简单的问题所困惑。而这位淳朴的老人很自然地回答我：人活着就是图个自在。

◆ 人活的是个心情 （2010 年 11 月 06 日）

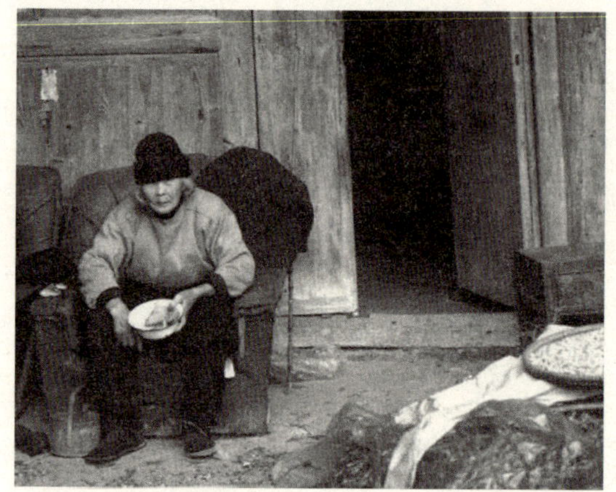
兰溪老人(3)

听村里人说，老人家里没人，村里每月发给她 250 元生活费，一切全靠老人自己。老人今年 87 岁，年轻时候她是位老师，"文革"期间就回家种地了，现在地里的活儿她干不动了，自己每天弄点东西吃吃，算是打发着过日子。

我看到她时，正好是中午，她手上拿着一盘番薯在吃，让我感到挺辛酸的，我凑近去问她："你生活苦吗？"她回答说："有什么苦的？"

是啊，有什么苦的，人的生活其实没有甜与苦之分，生活的甜苦是每个人对生活态度所表现出来的，如果将自己的生活与别人去比较，你就感到别人生活很甜；反之，别人就感到你生活很苦。其实生活本来就这样，人活的是个心情——无所谓苦和甜！

◆ 生活本来很简单 （2010 年 11 月 11 日）

村里 90 多岁的老人

阳山坞位于杭州临安境内，出临安向太湖源方向走，快到太湖源头约五公里时向左转，便是阳山坞。阳山坞共住着 百来户人家，都集中在水涧两旁，车子都能到达每户村民家门口，唯独有一户人家，独立于村子之外。

这户人家离村子约有两公里左右，车可以开到山坞尽头，越过潺潺涧水，踩山岩，沿山壁往上走，苔痕阶绿，泉声彻耳，空山尽染秋色，雾竹摇曳清风，钻过竹林忽见水涧拦于眼前，有两树置于石上，摇摇晃晃跳过水涧，山脚下有一间破旧泥瓦房，山涧环绕立于林间，犹如世外桃源。

有位老太年高87岁，梳着长长的辫子坐于门前，见我走来就叫我到她家坐坐。老人很好客，想站起来去沏茶给我喝，还叫家人拿什么给我吃，我让她不要去忙，我坐一会儿就走，但她还是为我沏了杯茶。

我对她说："你住在这里真好，生活得怎样？"

她说："没什么好不好的，山里人都这样，有什么吃什么，靠山吃山，我已经住在这里一辈子了，也没什么改变，就这样。"

我说："你们这里你的年龄最大吧？"

她说："不是的，我姐姐比我大六岁，已经93岁了，村里还有一些年纪大的，90多岁的老人有好几个。"

我说："你真幸福，成寿星了。"

这时一位老人叫我坐下来一起吃饭，我说不吃，下面已经准备了，我瞄了一眼他们吃的菜，天呐，这叫什么菜啊，能吃吗？我心里在嘀咕，回头我问老太太："你每天就吃这些东西啊？是什么让你高寿的？"她说："吃什么不重要，有什么吃什么，最主要是这里的水好。"

是啊，水好！她的生活条件、生活方式与城里人是天壤之别，城里人每天会不停唠叨该吃什么，不该吃什么，应该怎么样怎么样。

十一　德国之旅

（2010年12月04日）

一直以来阴差阳错，没有一次能如期去国外旅行，这次终于成行，去了德国。

说实在的，朋友带我去玩，尽管嘴上说没事没事，但心底里还是有几分担忧的，所以，在德国旅行的日子里，他们处处关心着我，其实对我来说真的没事。

自从2010年6月份病情稳定后，我每天定时锻炼、吃药和做一些自己喜欢的事，身体一直保持良好的状态，对于我来说，这种状态是很可贵的，所以，要争取时间做一些自己想做的事。朋友邀我去德国，我立马就答应了。

接下来就是签证，签证我以为很简单，朋友告诉我，德国人讲的是诚实，只要你把事情如实说清楚就OK，结果我把所有的证件都带去，当面试官问我一些问题时，我一五一十地告诉他，结果却是我被拒签了。

第二次，我再去面签时，面试官与上次面试的是同一人。当时我心里还在想：他会不会认出我？其实我想多了，他们每天要面试那么多人，哪能还记得我啊，这次我老练多了，骗死人又不要赔命，对于面试官的问题我天花乱坠地对答如流，结果我OK了。

以前总以为中国人喜欢听好话，回来想想"喜欢听好话"是放之四海皆准的真理，诚实与谎言，没有人会选择诚实，德国人也不例外，呵呵。

出去玩归玩，药还是要带的。我带了两类药：一类是控制肿瘤的，索拉非尼、犀牛角粉（平时在家还要吃中药和打胸腺素，出门不方便，我就没有带）；另一类是预防药，有胃、肠道、感冒用药。一旦有感冒之类的症状或肠胃出现不适就要立即压制下去，要不然会消耗体力，严重时会让自己瘫倒，不能继续旅行，所以，我是要注意这方面的预防。当然这种情况以往也是发生过的。

行程十天，从2010年11月18日至11月28日。好了，出发！

◆ 德国法兰克福火车站　　(2010年11月30日)

法兰克福火车站

11月18日23点45分，我乘东方航空公司的飞机飞往法兰克福，当地时间早上5点，下飞机后天还很黑，什么事都做不了，那就先填饱肚子再说，就去了法兰克福火车站（只有这里有东西吃）。进了车站就像电影里看到的一样，很有历史感。在国内现在已经没有这样的车站了，县级以上的火车站都已经被改造了，这样百年建筑很少能保留下来。

法兰克福火车站有很多面包房，对我来说没什么可吃的，只有面包和咖啡，也只好应付吃点。让我感到奇怪的是面包房里还有一些鸽子，呵呵，好悠然！

◆ 黑森林下的弗罗伊登施塔特 （2010 年 12 月 06 日）

吃完早餐，朋友顺便要去使馆办点事，在使馆前看到几位法轮功弟子不遗余力地迎着风分发手上厚厚一叠传单，路的另一边还有两位受法轮功教唆的老外像小丑一样在寒风中颤抖，真是的，何必呢！

弗罗伊登施塔寺

从使馆出来，我们立马上了高速，往哪个方向开，我也不知道，我只知道我们要去的方向叫黑森林。黑森林（德语：Schwarzwald）是德国最大的森林山脉，位于德国西南部的巴登—符腾堡州。黑森林的西边和南边是莱茵河谷，最高峰是海拔 1493 米的菲尔德山（Feldberg）。

“黑森林”得名于山上林区内的森林密布，远远望去黑压压的一片。黑森林大部分被松树和杉木覆盖。目的地叫弗罗伊登施塔特（Freudenstadt），这个城市被黑森林所包围，当地固定人口很少，只有几十万人，而流动人口比较多。许多德国人每年都要到这里度假，享受这里的阳光、空气和茂密的森林。由于德国的社保福利很完善，公民到这里来休假的费用都是政府掏腰包，所以，春夏秋三季，这个小城市里都会住着很多人，当然冬季休假的人就会少一些。但是对于滑雪爱好者，这也是一个不可多得的好地方，那里有两个滑雪场，可供几百人一起玩。听朋友介绍，最近这几年休假的人大幅下降，是由于德国政府削减社保费用、减少休假时间、提高退休年龄等一系列政策造成的。

车开得很快，在德国开车比较爽快，不限速，可以尽情地开，但很有秩序，一般都能开到150码，里道是给开快车的人专用的，所以，在德国高速上开车，才是真正意义上能跑起来的。给我们开车的人，大家都叫他王哥，他为我们租了一辆车，是八座的大众。王哥其实很年轻，福建人，在德国已经有十二个年头了。听他说整个家族都移民到了德国，做开饭馆的生意，王哥自己也开了两家饭馆，一家在慕尼黑，一家就在附近。大约开了一个多小时的车，王哥的饭馆就到了，王哥为我们准备了丰盛的中餐，美味极了，好吃极了。

十二 去庆云县云游了

（2011年08月22日）

2011年8月16日，我去了庆云，这地方太远，以前我一直没去成。这次刚好有朋友要到那里就约我同往，遂成行。庆云位于浙江的西南部，与福建交界，离杭州约700公里，且高速不能直达，所以我们开车从杭州出发到庆云要7个多小时，好累。

庆云的大济村是一个进士村，村子一共出了24位进士，还有24位贤士。所以这个村子的文化底蕴很厚实，到现在还保留着当年的痕迹。孩子们读书也都很努力，这里的年轻人上大学概率很高，但是年轻人成材后都不愿意回到山区，所以在大济村几乎只能看到老年人和小孩。

那天在庆云，刚好有庙会。这里朝供的是蘑菇公公，所以每年菇农七月十七和七月十八都要到这里来朝拜，让蘑菇公公保佑来年菇农顺顺利利，蘑菇有个好收成。

其实做任何事，采用一种方式让自己想要实现的目标有一种寄托，使自己的心灵得到一些慰藉是很好的做法。

说实在的，成事在天。人没有能力可以左右结果，有些人耗尽毕生之力想去实现自己的目标，到头来很有可能是劳民伤财，倒不如放松心态、顺其自然。人之命，不可逆啊，什么事都是命中注定的。

◆ 大济古村落 （2011 年 08 月 22 日）

◆ 庆云——廊桥之乡 （2011 年 08 月 25 日）

庆云有很多廊桥，但我不做这一专题，我也不是搞建筑设计的，只是路过时拍了几张，做一个记录而已。

每座桥有每座桥的历史故事，比如兄弟桥就是乡亲们为表彰一对兄弟勤奋好学，为乡里做出榜样，同时也为激励后者潜心苦读，遂建成这座桥，命名为兄弟桥。

十三 走访地震之路

(2011年09月23日)

◆ 映秀、汶川和茂县 (2011年09月23日)

我这次去了成都,重访一回地震灾区,很震撼!这些照片是我从映秀、汶川至茂县路上拍的。地震时,这条路消失了,除在隧道内的人没死外,其余没人能活下来,据我朋友说光在这条路上就死掉2万多人,还有没挖出来的失踪人员,现在的路是重新修的,修在岷江的南边。

映秀地震遗址

◆ 萝卜寨也叫白云寨 (2011年09月28日)

萝卜寨距离茂县约20公里,从汶川出发至萝卜寨约50公里。去茂县时路过萝卜寨,寨子是在山顶上。

茂县距离岷江公路约10公里,于是我们决定上茂县看看。车子右转上山,开了几公里遇见封道,泥石流将公路埋了。当地村民临时修了一条路,但路口不明显,结果我们没找到上山的路,自然也就没去成。

当我们返程时,还不想放弃去萝卜寨看看的机会。就在路旁问了几个村民,最后在村民指点下,我们找到了上山的路。

萝卜寨是一座千年古寨，当地寨民生活在云层里，经常有云彩覆盖整个寨子，很是壮观！从山上往下看可以看到岷江以及岷江对面的山峦，景色非常漂亮。

这里的寨民生活很安逸，一千年来都是夜不闭户，依然过着靠山吃山、互帮互助的生活。不像城里人那样，住在12楼，还将窗户、阳台封得死死的，生怕有人来抢劫。

◆ 地震不倒的桃坪寨 （2011 年 09 月 30 日）

桃坪寨位于汶川县西，距汶川县城约 15 公里，是一个有着千年历史的羌族老寨。羌族是一个好战的民族，羌族军人英勇善战，常常被朝廷雇用派往边关驻守，抗击敌寇，保卫疆土。小时候曾读过王之涣《出塞》中“羌笛何须怨杨柳，春风不度玉门关”的诗句，一直不知道“羌笛”真正的含义，听老师讲“羌笛”是笛子的一种，今天才明白是羌兵驻守边戍，日有所思之时吹起他们特有的笛子，而这种笛子就叫作羌笛。

桃坪寨是一个羌族集中居住的寨子，羌族好战的特性，在建设自己家园时也充分表现出来。寨子是户户相通、家家相连，下层有战道、顶层是碉楼，而且家家通水、户户储粮。来犯之敌只有进没有出，成为难于攻克的堡垒，所以桃坪寨一千多年来保存完好。

由于桃坪寨的建筑是一个整体，所以“5・12”大地震虽将整个汶川县城震垮，桃坪寨却依然巍然屹立，可谓奇迹。桃坪寨是个值得一去的地方。

◆ 牟托寨 （2011 年 10 月 4 日）

岷江西岸的牟托寨，海拔 1400 米，紧靠 213 国道（九环西线），位于汶川与茂县交界处，是从汶川进入茂县的第一座羌寨，距茂县县城仅 27 公里，是历史悠久的典型羌族聚居的山寨。

“牟托”是羌语。“牟”在羌语中是天和太阳的意思，“托”有赐予、给予、奖赏之意。“牟”“托”两字合起来便是“天官赐福”之意。“牟托”一词在羌区民间还有这样一种说法：羌人是太阳的孩子，有火的地方就有人烟，就有族群的繁衍，羌人去世后都会火化，羌人的灵魂就会变成一缕轻烟，归到天神居住的地方去，所以“牟托”也被喻为“火”生长的地方。

◆ 茂县黑虎寨 （2011 年 10 月 10 日）

从松潘回茂县的路上，我们去了黑虎寨。当我走进黑虎寨时，我没有拍片的冲动，山下的寨子已经成了旅游区，山上还保留着原来黑虎寨的古建筑。我们在村民的指导下，一直朝山上走。上山的路很窄，只有一辆车可以通行，且路况很差，高低不平。好在朋友开了一辆奥迪 Q7，底盘很高，要不然是上不了山的。

车开到山腰就没路了，只好下车步行往上走，我们一起走了好长一段路，用尽力气，世海兄怕我累着就停下来不爬了。遗憾的是我们走错了，当时应该朝对面山上看看，对面山上才是真正的黑虎群碉，非常壮观！两旁有高入云天的大山，山壑峡谷中，山水湍流而下，让人有一种置身于世外桃源的感觉。可惜时间来不及，要不然我应该走到对面山上的寨子去拍片才对，心中不免有些遗憾。

十四 老家兰溪——山区小村 （2011 年 10 月 25 日）

这次可能是在我已预期的生命里最后一次回老家了，恰逢周日，老家的妹妹、妹夫休息，便陪我一起出去玩。离城 30 公里的山区有一个村子，叫富竹坑村，听妹夫说这个村子在册人口有 300 多人，而常住人口才 30 多人，一些家境好一点的村民都搬到镇上或市里住，剩下的都是老年人守护着这个村庄、这个家。

这个村子至今没有通车，出行要先走五里路到另一个村子后，再乘车去镇里、市里，要办点事、买大件的物品或小孩上学都必须这样，所以很不方便。正因为交通不畅才保留了三百多年不变的村庄，保留了村民那份纯真。这里的村民很好客，一走进他家就会让你喝水，还留你吃饭。呵呵，可爱极了。

兰溪除了八卦村外还有许多没有开发的山区小村，如果在兰溪拍片最好住在那里慢慢拍，就一定会拍出好片子。欢迎到兰溪玩！

第八章

患病期间的专题拍摄

拍片完全是为自己找点乐子，我就想拍一些能表达自己心境的东西。就像这老墙、这门、这锁很生活、很平淡、很实在；就像这梅花，拍摄它是希望将这份感动保留得时间长一点、再长一点；而多次拍摄的湿地风情，表述的是此时此景与我同在。我知道自己的日子不多，但还是继续为自己制定乐活的目标——进行『百工寻访』的拍摄。

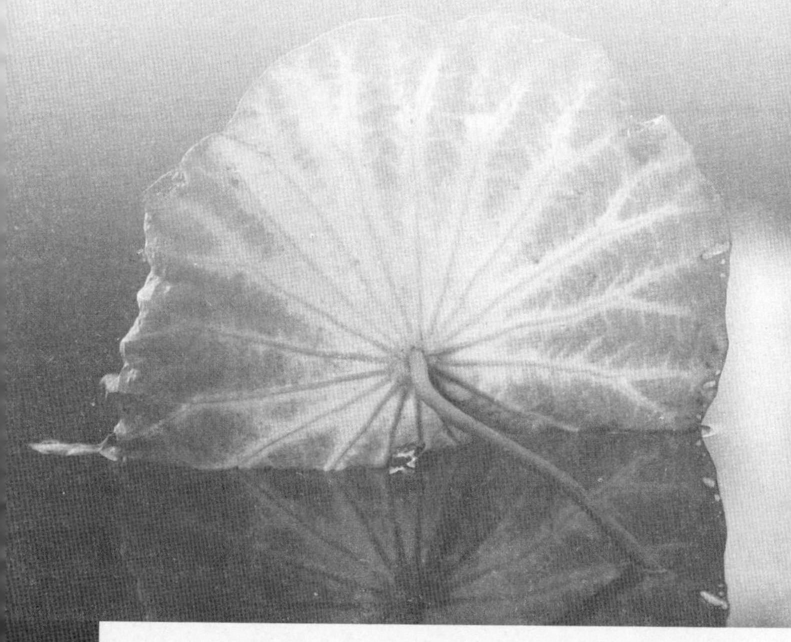

一 老墙，我喜欢

（2008 年 10 月 15 日）

我喜欢，喜欢这种有个性的老墙，老墙尽管没有现代水泥砖墙那么结实、隔音、保暖，但现代水泥砖墙隔离了所有的亲情，老墙虽然有时会透点风、渗点水、打点雨，毕竟几代人融融乐乐生活在老墙内。老墙，我喜欢，就像喜欢你一样。

二 门、锁元素

（2008 年 10 月 17 日）

看到这门、这锁，就想起孩提时外婆家的门和锁，没事的时候总会坐在门口傻傻地看着门前人来人往，晚上的时候总会仰着头注视着天上的星星，听外婆说北斗星、织女星的故事。那时的门不像现在的是用来防盗的，而是与人交流的通道。

外婆家门口有一条很长的荷塘叫后河坑，纵约两公里但宽只有七八米，每年初秋有一些村姑坐着“湖菱桶”采菱角。“湖菱桶”有我一人高，直径大约一米五左右，村姑坐在里面采起菱角可灵活了。看我坐在门前，几个村姑总会一起将水泼过来，弄得我满身是水，我急急忙忙躲进门后，这时传来村姑们一阵阵玲珑般的笑声。当我再次探头出去的时候，村姑们又不约而同地扔了一些菱角给我，我一边捡着菱角，一边听着她们远去的笑声。随后我便坐在门口专心剥掉菱角皮，静静地吃着甜甜的菱角。

村里人相处都很和谐，彼此都很信赖，平时家里人进进出出是不用锁门的，即使一家人到城里去也只是用一竿竹子插一下就可以了，根本就不用担心家里的东西会被偷走。呵呵，这都是过去的事了。但现在想想门还是过去的门，锁还是过去的锁，为什么区别有这么大呢？现在门的和谐、锁的信赖去哪儿了呢？

怀念过去的门，想念过去的锁。

三 三探梅花

(2009年02月17日)

◆ 一探袭人的梅花

(2009年02月17日)

灵峰探梅是杭州一景,这两天是探梅最好的季节,走进梅林我怔住了,粉红色的梅花特别鲜艳,每一根枝条都无比挺拔,像文人说的一样很有"傲骨",脑子里一下子涌出一些咏梅的诗句。

昨晚刚下过雨,每一朵梅花都水淋淋的,水珠在光线的折射下像钻石一样蛰伏在梅花上、梅枝上,闪闪发光,我用手沾了一滴水,放进嘴里味道甘甜甘甜的,一直一直甜到心里。

每年我都会来这里探梅，可这一次的感受咋就不一样呢？以前是带客户来此地赏梅，是身在梅园不见梅。而今天就不一样了，心有梅，用心去体验梅花、感受梅花，所以感觉今天的梅花特别袭人。

为梅花感动，于是拍下感动，目的是将这份感动保留得时间长一点，再长一点！

◆ 二探雨打的梅花 （2009年02月27日）

这几天杭州大雨，心里还牵挂着灵峰那片梅花，此刻的梅花该何种情形呢？于是我冒着雨再次来到灵峰梅园。梅花没能像前几日那样甜甜地绽放，整片梅园除了我一个人也没有，很寂静很寂静，只听见梅花被雨打时发出的沙沙的怨声。当我蹲下来拍照时，雨裹着花瓣洒在我的相机上，朝前看去，天上下着梅花雨，地上铺满厚厚一层梅花瓣，雨中看上去那些梅花很鲜活很鲜活的，好像还带着生命，不停地在呼吸。有的枝干经过雨水的冲刷甚至连一朵梅花都没留下，只有挂在树枝上的雨水，不停地一颗一颗往下滴，像眼泪，仿佛在哭泣。

我用手将梅花瓣扫拢在一起，再挖了一些泥做起了一个坟墓，这不是在学着林妹妹葬花吗？我突然理解了林妹妹为什么有着常人不可理喻的葬花举动。现在的我因为生命可以预期，和过去的她有着同样的感受，至少被雨打落的梅花现在还有生命、有灵魂。给它做一个坟墓也许是最好的归宿吧。

雨打梅花

西窗夜雨诉凄凉，满眼残花竟如霜。

如此生涯如此景，一瓣梅花一断肠。

◆ 三拍梅花更透亮 （2009 年 03 月 02 日）

杭州这几天连续下雨，据说是杭州某段历史上雨天最长的一次了。这个季节本来是赏梅的好时光，却被绵绵不停的雨耽搁了。上午我冒雨又再次去了灵峰梅园，前两次总觉得没有拍好，这次主要想用三脚架将梅花拍得更透亮一些。

雨太大，一手拿相机一手拿雨伞，脖子上还挂着一个镜头，三脚架用了好长时间才支好，但由于想拍的对象无法用三脚架对焦，没办法，只好又将三脚架放回车上去。

雨太大，相机常常被雨淋湿，我用纸巾擦了又擦，当全神贯注拍梅花时，相机一次又一次地被淋湿。我身上的衣服一半都已经湿透了，鞋子已经透进水了，冰凉冰凉的。

初春的雨天实在太冷，两只手冻得很僵硬，只好停下来将两手贴在脸上热一下，后来连脸都不热了。真是的！我就将两手放到肚子上——呵呵呵！

想想专业摄影师可真苦，要拍出好片子付出的代价一定很高的。向你们致敬！！！

四 荷与莲：莫奈的莲与八大山人的荷

（2008 年 11 月 03 日）

◆ 荷色 （2010 年 09 月 18 日）

◆ 秋意荷花 （2009 年 10 月 18 日）

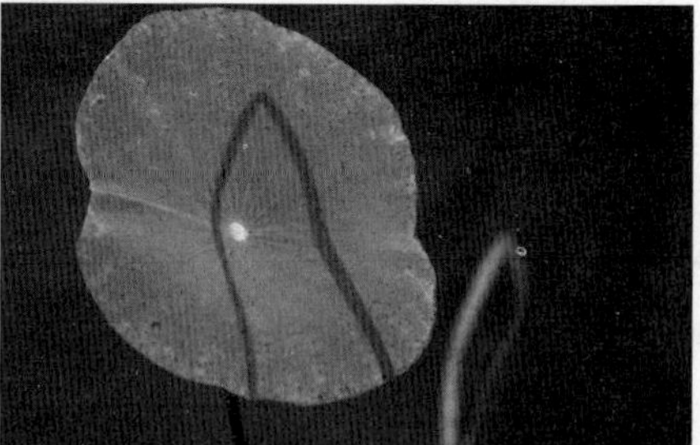

◆ 残荷美在于凄美！（2010 年 11 月 11 日）

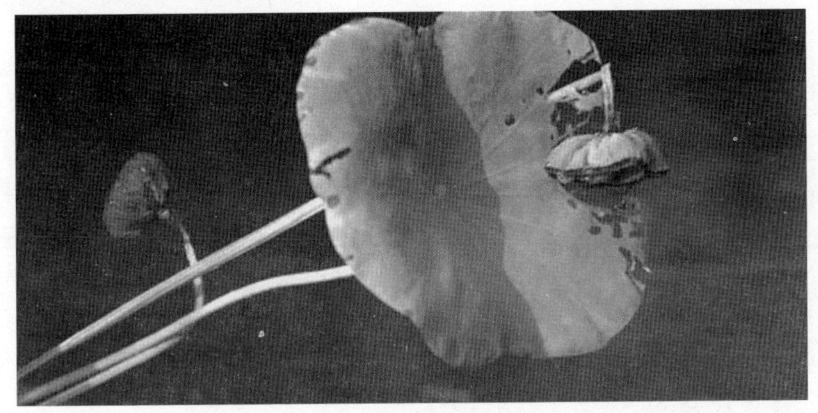

五 二拍杭州西溪龙舟赛（2009 年 05 月 28 日）

◆ 一拍：2009 年端午杭州西溪龙舟之舞（2009 年 05 月 28 日）

◆ 二拍：2010 年端午再去拍龙舟（2010 年 06 月 17 日）

端午杭州西溪湿地举办龙舟文化节，因就在家门口，所以就去拍了几张片子。想想时间过得也真快，去年的端午我也去拍了，心中一阵窃喜，明年的端午也许还能拍出几张片子奉献给博友呢！

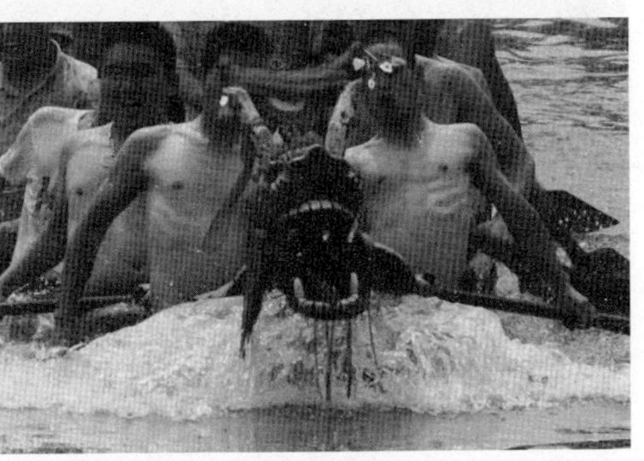

六 "百工寻访"专题

(2011年09月09日)

◆ 百工寻访1——没落的"匝桶匠" (2011年09月09日)

这是老家小镇上的一条街，现在看来这条街很窄，可我小时候去玩的时候觉得很宽，街上人很多，很热闹，可现在的街上却看不到一个人。小镇的街上有一家做木桶的小店铺，有位匝桶师傅，今年63岁，一边做桶一边卖桶，几十年如一日守护着这家店铺。孩子长大去城里工作，也不愿学这门手艺，这门手艺又累又不赚钱，所以年轻人都不愿干。他说："自己是混日子的，每天能做一只桶，能赚60元，也能糊糊口。"

◆ 百工寻访2——理发师的饭碗 (2011年10月03日)

◆ 百工寻访3——补锅师傅　　（2011年10月07日）

这次在四川从茂县去松潘，经过一个藏族村子，就上去看了一下。看见一个补锅师傅在为村民补锅，在城里已经看不到补锅师傅了。

师傅是成都郊区人，姓周，老伴病逝，儿子已经成家，在市里工作不常回家，自己一个人闲着没事干，就做点老本行，修修补补什么的，尽管赚不了几个钱，但总要节攒点钱防防老，趁现在还做得动，就多做一点。

我问他："一天能赚多少钱？"他笑笑说："没几个钱，好的日子能赚50元。"

"那你吃什么呢？"他说："村民会给一点，如果没人给，我就吃干粮，但山区的人都很和善，通常都很客气，一到吃饭时每家都会给，我一路做上来还没有遇到吃不上饭的问题。"

"那你晚上住哪里呢？"师傅说："呶！我包里就是被褥，晚上去村民家里借宿一下即可。呵呵呵，没你想象得那么复杂，山区人不像你们城里人小肚鸡肠，山区的人大气着呢！"我的脸一下子红了起来，我为自己是城里人而感到害羞。

◆ 百工寻访4——做竹帚　　（2011年10月31日）

在离县城25公里的山区，看到一位大娘在做竹帚，我感到有些意外，这种竹帚我很多年没有看到有师傅在做了，小时候家里洗锅、涮篮子都要用的，不知什么时候被淘汰了。想想这东西是最环保的，可

是现在市场上是买不到了。我向大娘买了一个，一个三元钱。我问："一天能做几个?"她说："一天能做 10 个，能赚多少是多少，补贴点家用。"

◆ 百工寻访 5——制秤师傅

七 人物纪实拍摄 (2008 年 11 月 10 日)

◆ 请关心民工孩子 (2008 年 11 月 10 日)

杭州一工地在拆房的时候，压死了一个孩子，削砖的女民工上工，没时间带孩子，就把孩子带在身边，结果屋檐下塌压死了。但这种状况没有改变……

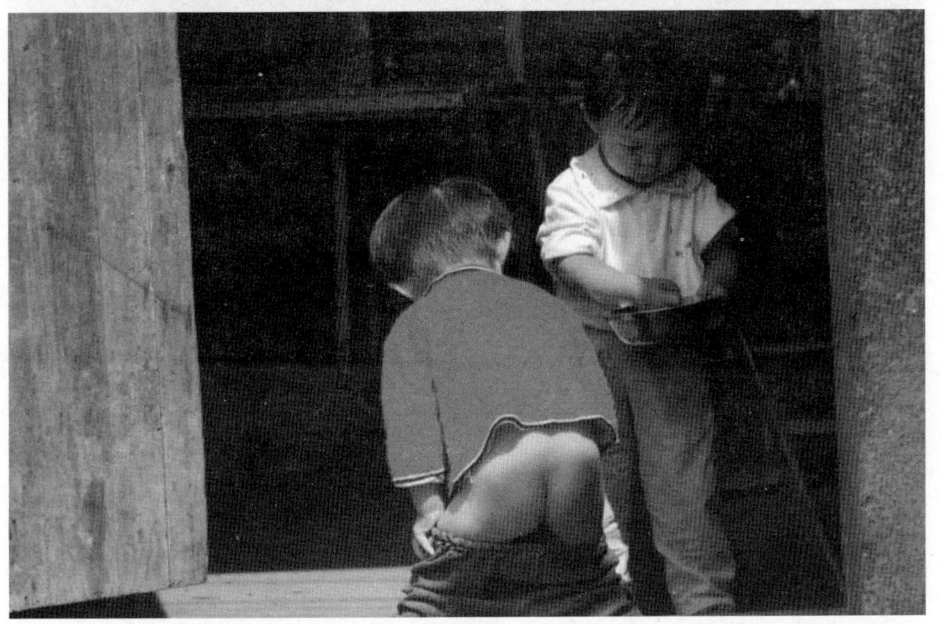

◆ 读杨浪的文章后，对真诚的理解 (2008年12月25日)

真诚是一种自然的流露，无须用形式来表现，也无须刻意去表达。这次去游埠古镇看到一老头用三轮车拉着下肢瘫痪的老妻停在小街上，他在给她喂烧饼.我看了很感动就拍了下来,今天读到浪兄的文章,联想起这对乡下老头老太,才真正理解了什么是“真诚”。

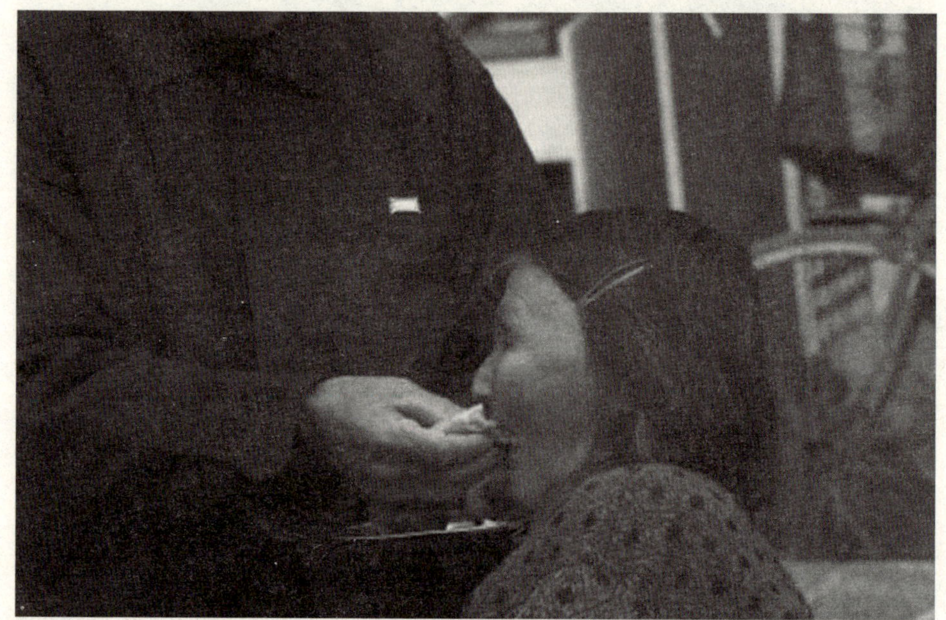

第九章

我的『姑息治疗』历程

『姑息』，是对自己的一种爱。『姑息治疗』并不等于不治疗，而是使用一些有效的抗癌方法及心理治疗等综合方式，来缓解症状和减轻痛苦，从而达到提高生存质量和延长生命的意义。『姑息治疗』使我快乐地活着，并远远超出了我对生命的预期。

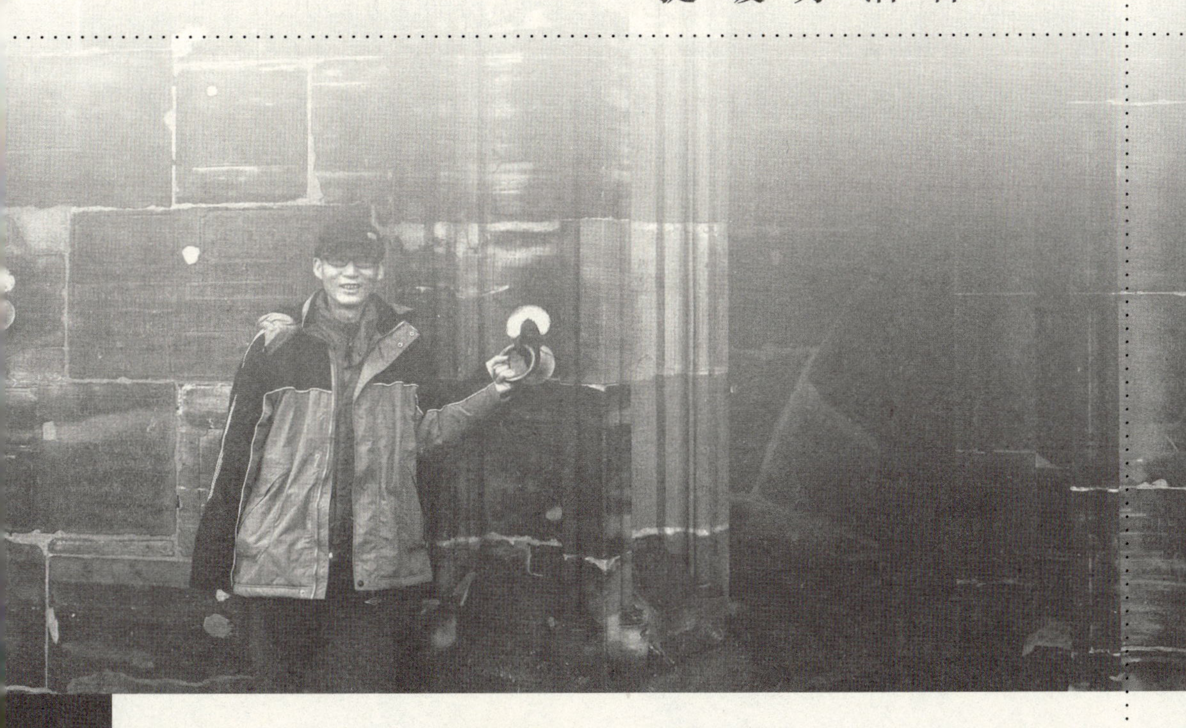

我的姑息治疗法

（2009 年 04 月 27 日）

2007 年 10 月，我从上海到北京再回到杭州，几乎该去的大医院都去了，该找的专家都找了，但仍没有更好的治疗方案，只能回家采取“姑息治疗”。

所谓“姑息治疗”，就是吃点药任其发展。在之前大半年寻医的过程中，有好几位医生建议我服用索拉非尼试试。

回到杭州后，我查阅了相关的资料，索拉非尼片是德国拜尔公司生产的，该药品适应证是治疗不能手术的晚期肾细胞癌。最近该药品将适应证扩大到治疗不能手术的晚期肝细胞癌。我是个做药品市场研究的，对药品我还是懂一点，我相信国外的药品，因为在欧洲，药品审批很规范，不会做手脚，所以我决定选择使用索拉非尼片。

这种药品很贵，每月需要 50384 元，每天需要 1679 元，据说肾癌患者服用四个月，向中华慈善总会提出申请，就可以得到免费索拉非尼片（其实这是生产商的一种促销方法）。不过晚期肝细胞癌的促销政策还没有公布，不管怎么着，药还是先买来吃了再说。很幸运，该药我服用了四个月时，针对晚期肝细胞癌病人的促销活动刚开始，我向中华慈善总会提出的申请顺利通过，可以得到免费的索拉非尼片，每年可节约 60 多万元的医疗费用。

服用这种药，有很强烈的不良反应。很多患者因不能承受强烈的副作用，只好停药；也有一些患者服用后没有什么效果，也放弃服用了。我服药后出现腹泻、手足综合征等不良反应，应该说这点副作用我还是能承受的。

我心里明白，一个晚期癌症患者，不可能用一种药就能起死回生的。于是我借助中医来进行综合调理，再说运用中医中药治疗癌症成功的案例有许多。于是，我的第二选择就是采用中药辅助治疗。

癌症患者的根本病因在于免疫系统出了问题，免疫细胞能力下降，癌细胞就会趁机滋生，会吃掉好的细胞，病情就会越来越重。所以，在癌症治疗中一定要尽可能地提高免疫力，因此，在我的治疗方案中，每三天注射一支“日达仙牌胸腺素”。这也许能够有效地帮助身体慢慢恢复免疫力。

老人说：“久病成良医。”生病以来，在就医的过程中，我从听到的、看到的和查阅到的资料中，学了很多医学知识，在癌症治疗方面积累了一些经验，自己的判断能力也提高了。民间有句话“最好的医生是自己”，既然大医院没法提供治疗方案，只能自己选择“姑息治疗”方案。

具体方案很简单，就是索拉非尼片＋中医中药＋日达仙＋郭林气功。

我自己的临床实验效果还不错。呵呵，这个方案让我快乐生活到今天，存活期大大超出了专家的预期。其间北京 302 医院杨永平主任打电话来随访，说我能活到今天他感到意外，同时对我的治疗方案非常赞同，说我是用一个最简单的方案，治疗着一个最复杂的病例，他为我而感到高兴，我也很开心。

如果我的“姑息治疗”法能对有同样病遇的人有所帮助，那我就更开心了！

二 意念与药丸一起服下去 （2009 年 05 月 18 日）

我现在是一只“小白鼠”，提供给德国拜尔公司做索拉非尼片药品的临床实验。每天两次，每次两粒，每个月必须去指定的医院和医生接受血液检查，隔一个月必须接受胸部、腹部 CT 检查，然后在规定的时间内将检查结果寄给北京慈善总会索拉非尼片办公室，等他们看完我的病历后，再向杭州慈善会发出指令，同意发放药品给我，就这样周而复始直至今天。

服用 15 万元的索拉非尼片后，接受医院检查并符合临床要求的，才可以享受北京慈善总会索拉非尼片办公室的赞助药品，和我同样享受此待遇的患者有 30 多人，在这些患者中我服用此药的效果最显著。我的病情的确向好的一面发展。感谢上苍给我活着的机会。

医生对我的病况转好，既惊讶，又高兴，而德国拜尔公司项目负责人当然更高兴，他们到处拿我做广告。这段时间，我已经接到来自全国各地的电话，都是来向我咨询服用索拉非尼片的情况，我觉得大家都是病人，就很耐心地为他们一一解答。

说来也怪，其他与我一起服用索拉非尼片的患者，大部分都没有我这样好的效果，有的吃着吃着就不见了，他们是没有这个福分呢，还是治疗方案或是吃药的方法有问题呢？

我估计有些患者只是服用索拉非尼片一种药，太依赖这种药，没有全面综合地进行治疗，所以，很多人没有很明显的治疗效果，而我是采取四合一的综合治疗方案，治疗效果就显现出来了。

另外，好的治疗效果还离不开服药的方法，大家一看会觉得奇怪，服药还有方法？是的，这很重要！我服药的方法是：意念与药丸一起服下。

我每次服药前都会静下来想一下，心里默默地念道："这次服下的药是世界上最贵的药、最有效的药，一定能杀死很多癌细胞，一定能！一定能！"然后再慢慢地服下，再坐一会想着药丸在体内开始杀癌细胞了，这时，没事就多坐一会儿，多想一会儿。

大部分病人吃药时都会很随便地把药往嘴里一塞，水一送就完事，这样有可能你服用的药丸与我服用的药丸效果是不一样的。

病人的意念很关键，通常制药公司做新药临床实验时，要在医院做双盲实验的。首先将患者分为两个小组，给一组服用的药是刚研究出来的新药，给另一组服用的是安慰剂，但医生告诉两组病人他们吃的药都是刚研究出来的新药，接受治疗的患者都认为他们服用的是最新的药物，疗效比其他药都要有效，所以一个疗程下来，服用安慰剂的患者的有效率也可以达到40%，这是由于心里暗示所取得的效果，是自我意念在起作用。

所以，服药的方法很重要，我的建议是意念与药丸一起服下去。

三 好消息：我的肿瘤在缩小 （2009年07月04日）

由于免费服用索拉非尼，我每两个月要做一次CT检查。当我服用该药到第八个月的时候，即2008年6月，CT检查结果显示：我的肺部转移灶最大的癌肿块从3.5cm缩小至2.5cm，而原先小的癌肿块已经不见了，还有我的AFP也从3000降到2200。刚拿到报告时，我以为自己看错了，反复看了几遍，确实是2.5cm，足足缩小了1cm。一阵激动后，我能想到的就是尽快找到张主任。这个时候，连等电梯都成了一种折磨，因为她的办公室在6楼。我盯住电梯显示器一楼一楼地挪动，那种焦急真难以形容，只觉得电梯停停走走，时间过得太慢啦！

张主任的办公室照例挤满了前来咨询的病人及家属。我迫不及待地挤到张主任面前，将报告递给了她，伸出一个手指却半天说不出话来，她觉得好笑，问我："你到底想说什么？"我说："缩小了一公分。"她看了报告也颇感意外，拿着片子看了又看说："确实小了，原来那些小的都已经看不到了。"说着她又仔细查看片头以证实这是我的片子，并拿出老片对比着看，确证无误后，她正色道："老方，恭喜你，你的病情在好转。"她用笔指着旧片子说："原来这颗最大的是3.5cm，而这张片子最大的是2.5cm，原片上肺部大大小小有9个癌肿块，现在有的小的都不见了，能数出来的只有6个癌肿块了，真是奇迹。"

周围的人都惊奇地听着张主任的讲解，并没有责备我插队的举动。等张主任一说完，人们纷纷围上来，七嘴八舌地问我是怎么使癌肿块变小的，用了什么药，平时吃什么。其实我自己也说不清楚病情到底是怎么好起来的，相信它一定是综合治疗和身心调整的结果。

这九个月间，我一直保持着"索拉非尼＋中药＋胸腺素（打针）＋郭林气功"的治疗方案。但我觉得更重要的是我一直在调整自己的心态，树立阶段性抗击病魔的目标，改变原来的生活方式。我开始做自己喜欢做的事情，把注意力转移开来。例如，我每天安排时间写写字、画画画、发发呆，还买了相机，偶尔出去拍拍照。每周还坚持写写博客，将自己安排得很充实、很快乐、很放松。

让自己的身心放松，治疗效果事半功倍。

从主任办公室出来，我按捺不住愉悦的心情，脸朝着天花板，感到走路都有些飘飘然。当听到电梯口的女孩手机中飘出奥斯卡电影名曲《我相信我能飞》时，我甚至随着旋律哼唱起来，完全忘记了电梯里其他乘客的斜视。

医院出来上高速，我将车开得飞快，耳畔还不停萦绕着《我相信我能飞》的旋律。意念中我相信我能飞。

四　奇迹！　我的肿瘤还在缩小　（2009年07月22日）

两个月很快就过去了，2008年8月又到了做体检的日子。

体检的地方在浙江省肿瘤医院，位于杭州最北边，我家住在最西边，开车走绕城高速北线到医院需要半个多小时。早起赶到医院，8 点排队挂号，然后请张主任开单检查。CT 结果要第二天才出来，所以第二天还得再去一次。

CT 结果出来了。你一定不会相信，我的肿瘤又缩小了，上一次是从 3.5cm 缩小到 2.5cm，今天是从 2.5cm 缩小至 0.45cm。这次足足缩小了 2cm，比上一次多缩小了 1cm。我看了又看，摘下眼镜看看，戴上眼镜又看看，报告上千真万确写着最大结节为 0.45cm。

我有点飘飘然，一头靠在树上，两眼呆呆地看着天空的白云在飘动。当我回过神来的时候，眼前有一枝树叶在摇曳，但我注意到其中有一片树叶有个孔，仔细看，原来是被虫咬过留下的伤痕，但经过天地之气息，阳光之雨露而慢慢愈合，只留下一个黄斑孔，再过一个季节也许就连这个黄斑孔也不见了。自然界这样，人何尝不是如此？

人也是自然界的一员，同样有能力接收自然气息，也有能力对病灶进行自然愈合。比如感冒，你只要多喝水，走出去多吸收自然养分，最多一周就痊愈。而癌症，自然界也一定有治愈的方法，只不过现在人类还没有发现而已。

经常听说，某某患癌症晚期，医院没有能力治疗，患者自己放手一搏，走进深山，结果奇迹般地存活。央视也有过类似报道，说是一个搞地质科学的老师身患癌症，离开北京去郊区山中生活，结果他的病也痊愈了。这种案例很多，但其中奥秘还有待科学家去揭开。

西医科学的研究是"以小见大"。就是先寻找病因、病理或者基因、细胞，再建立理论依据，继而开发出治疗癌症的药物。

而中医科学的研究是"以大见小"。讲究一个整体治疗，所以中医提倡阴、阳，虚、实，精、气、血、水等辨证论治。

我认为中医的研究思路，对治疗癌症来说要准确得多，至少治疗经验丰富得多。因为西方医学盛行才近两百年，而中医医学从三千年前就开始了。

作为一个患者如果要等到研究成果出来，五十年内想得到治疗药物也许是个梦想。我的观点是，治疗癌症还是要靠人类自有的自愈力，运用自然医学来提高自然自愈力与自然免疫力。从人类诞生至今，人类的进化与繁殖、疾病与治疗，依赖的绝非中医医学和西医医学，而是自然自愈力。

我的肿瘤再次缩小，张主任也无法解释，是索拉非尼在起作用吗？可是与我一起服用的患者一个接着一个地离去，我真有点像陈子昂说的“前不见古人，后不见来者”的感觉。张主任也笑笑，无奈地说了两个字：“奇迹！”我自己也无法解释，但我隐隐约约地感觉到这也许是一种自然的自愈力。

亲爱的病友，将自己融入大自然中去吧！

只有抛弃世俗，才能得到心灵的能量；只有放下生命，才能得到永生！

五 指标下来恍如自己变得康健了 （2009年08月21日）

一晃，一年又过去了。

2009年6月份体检结果一出来，我拿着化验单一个人躲在门诊楼边上的大树下，低着头在偷着乐，仿佛我身上所有的细胞都在欢快地跳动着。我兴奋地纵身一跳，双手抓住树枝，人就挂在树枝上来回晃动，我觉得自己变得强壮了，年轻了。旁边人都朝我看过来，以为一傻子一把年纪了，还像小孩儿一样学猴子上树。

我挂在树上，一笑吧，气就接不上来，两手一松，脚一软，一屁股就摔在地上，屁股没长肉，全是骨头，好疼！不过还是很开心。

今天我的肝癌指标AFP下降了1000，化验单上标明才300，真是太不容易了，近半年来这项指标一直在1200—1400波动（正常人指标在10以下），但我心想只要保持良好的心态和生活习惯，并加强身体锻炼和饮食营养，总有一天这一指标会降下来，今天真的下来了，而且一下子下来1000，怎能叫俺不高兴呢？

昨天在练功的时候，小黄（一病友，浙大老师）说他的AFP指标已经上10000了，而CT、核磁共振检查又查不出结果，所以很郁闷，但从指标显示来看，判断肝脏一定是出问题了，或者说已经转移了，我们大家都在劝他，让他先不要紧张，最坏的结果也就是和老方一样。

他倒也放得开，从表面上看他并不很担心，只是非常想知道自己的结果。想想小黄，应该说我的病情还算稳定，至少在往好的方向发展，明天我一定要先告诉小黄，用我的经验来鼓励他，让他树立信心，保持良好的心态和持续的锻炼，是能够将指标降下来的。

每次化验结果都要送到张主任那里，让她看完并确认各项指标无误，张主任才会开处方给我，然后我拿着处方去省慈善总会的领药点领取免费提供的药物。

我一进她的办公室，张主任就看到我笑眯眯一副高兴的样子，手头一边忙，一边说："老方，是不是结果很好啊？"我说："是的。""拿过来看看。"她看完后说："真的要恭喜你，你在众多病人中是恢复最好的一个。"然后她转过身对另一个病人说："你们都该向老方学习如何对待自己的毛病。"一位病人家属就拖着我问了很多问题，我一下子也回答不全，就让他看我博客，我顺手将博客地址写给她，她还要了我的电话号码。

那时我倒是成张主任了，本来吧，所有人都围着张主任转，现在倒好，都围着我转了。嘻嘻，我变专家了，我有问必答，好长时间没有尽情做过演讲了，今天过一把职业瘾，感觉真好。

六 忘乎所以的惩罚

（2009 年 09 月 09 日）

如果说 2009 年 6 月份的检查结果使人振奋的话，那么 7 月份的检查结果，又令我堕落深渊。肝癌指标（AFP）从上个月的 300 上升到 1500，CT 显示肝脏中长了个 1.9cm 的肿瘤。

也真是，咋就不跟俺商量一下又长了一个呢？真是目无组织。说起来轻松，可拿到报告单，我心里还是很害怕的，情绪也很低落，连饭都吃不下。好在儿子在家像小大人一样地安慰、教育我，儿子跟我讲述"生命与崇高"的概念。当时我听了尽管心里感到有些别扭，可我毕竟是个明事理的人，儿子说得有道理就得听。后来想想，生命如果以崇高作为准绳的话，那么一切都释然了。

释然归释然，总要搞明白为什么指标一会儿降一会儿又猛升了呢？回头想想，还是有原因的：

1. 心不静。

两年的生存经历，对自己身体状况评估过高，尽管各项指标没有达到正常，可已经控制住了便觉得没什么大问题了。心想从现在开始多想一点事总该没有问题吧，所以好东想西想的，好像谁都不行就自己行一样。

看到前列康广告吧，就想如何如何突破销售瓶颈；看到黄氏响声丸改变市场定位吧，心里又急起来，应该如何如何；看到养生堂的柠檬 C100 被娃哈哈和汇源挤压吧，又想帮助钟老板该如何对付他们。真是没事找事，搞得自己上午练功时在想，吃饭时在想，睡觉时也在想。《黄帝内经》说："思伤神。"这样想，不伤神才怪呢！

2. 身不安。

最近老是觉得自己病情稳定了，可以做点事，老是待在家里总是觉得没意思。于是朋友约我一起去云南考察铁皮石斛的种植与销售市场，顺便带我出去玩玩，拍拍照片。这一去就不可收拾了。光 7 月份西双版纳就去了三次，月底回来一检查，坏了，指标比上月翻了两番。

其实在出差时，我就感到身体有些累，可跟着人家办事，你又不好说，尽管朋友经常关心我，那也不能因为我耽搁他们的工作吧，再说自己也觉得没事，自己没把自己当病人，其结果可想而知。所以吧，作为一个病人，在病情稳定之时，也要时刻注意自己的身体，一定要坚持修身养性，不要以为自己行，其实你不行。

3. 功不练。

前两年来，我除了短时间出去旅游几天外，平时一直坚持不懈地在练郭林气功。可心思活络后，身子懒了，练功之事就搁在一边了。在 7 月这个月里，几乎打破了两年来的生活规律，这不就出问题了。

4. 吃不好。

出门在外，吃是一个大问题。在云南，特别是在西双版纳，没有一顿能吃好的。当地政府部门很客气，天天请你吃最好的，可就是不合我（病人）的胃口，在家里每天可以保持摄入六种蔬果，在西双版纳就吃不好。主客们一而再再而三地劝你吃吃吃，可自己呢，又吃不下，宴毕主客问："吃好了吗？"还打肿脸充胖子说："吃好了吃好了。"平时在家养成的饮食习惯统统打破了。

5. 药不喝。

肿瘤患者在疗养时，是要每天喝中药的，其作用是扶正去邪，调理阴阳，补气固本。所以我两年来每天都喝中药，效果非常好。可一出去，中药就不能带着喝了，白天一受累，晚上就拉肚子，吃止泻药也不管用；如果用中药调理，腹泻就可以很快止住。可身在外，吃中药就不方便。就这样足足断了一个月药，身体哪能不出问题？

问题找到了，抗拒癌细胞，不光需要良好的心态，还必须要有持之以恒的坚强毅力。

七 肿瘤在增大并转移

（2010 年 05 月 06 日）

找到了问题的症结，我变得老实多了，不再瞎忙，转眼又近一年，2010 年 4 月 26 日，我的 CT 体检报告显示：

胸部 CT 报告：两肺见多个小结节灶，边界显示较清晰。两肺门无增大，气管及主支气管通畅，血管及脂肪间隙清晰，气管隆嵴下方食管中段前壁见一类圆形肿块边缘较光整，不均匀强化，直径约 3.3cm×4cm。两侧胸腔未见明显积液。两腋下未见明显肿大淋巴结。

影像诊断：两肺多发转移瘤及纵隔淋巴结，较前片(2009-12-22)有增大。

腹部 CT 报告说明：肝脏轮廓不光整，右肝前上段靠近第二肝门处见条片状略低密度影，边界不清，动脉期有强化，门脉期呈较低密度；右肝靠近下腔静脉处见一直径 1.7cm×1.9cm 的低密度灶，边缘欠清。动脉期有较明显的强化，门脉期呈相对低密度。门脉主干及左右主支未见明显充盈缺损。胆囊壁增厚水肿。脾脏内见两个楔形较低密度影，增强后无明显强化，胰腺形态及密度未见异常，扫描范围后腹膜未见明显大淋巴结。

影像诊断：肝癌术后复查 L

1. 右肝靠近下腔静脉处结节，复发灶首先考虑。

2. 右肝前叶上段不规则片状低密度影，较前片(2009-12-22)基本相仿。

3. 脾脏不规则低密度影，梗塞后改变考虑。

4. 肝硬化改变。

分析：从病情发展来看，有两点是值得充分注意的，一是纵隔淋巴结在不断增大，直径已经达到 3.3cm×4cm 了。纵隔部位淋巴结具有很大的危险性，如果继续增大，就会压迫食道，影响进食。而这个部位结构很复杂，手术起来很难，因为这个部位有向心脏供血的静脉、有气管、有食管，一般情况下医师不建议做手术。

当时拿到片子时候，我也咨询过张主任，这个肿瘤能不能手术，她笑笑没有答复，我就知道做掉这个肿瘤是有困难的。且右肝靠近下腔静脉处见一直径 1.7cm×1.9cm 结节，表述肝脏有复发灶。本来吧，复发灶处理起来是很容易的，只要用酒精打掉就行了，可偏偏位置长在下腔静脉处，做起手术来怕碰到静脉，手术风险就增大了，所以，医生愿不愿意做还是一个问题。

总结：既然两个部位做起手术来都有难度，那就还是采取“姑息治疗”，观察一段时间看看再说。如果继续增大，到时候再来处理也不晚，再说像我现在这种病情，从医学上来说已经没什么好的办法了，还是放松心态积极面对吧。

八 很无奈，甲胎蛋白在升高 （2010 年 05 月 28 日）

2010 年 5 月 28 日上午又去做血液检查，报告要等到下午才能出来。其实我等的就是一个指标——甲胎蛋白(AFP)。连续三个月甲胎蛋白一直不稳定，从 2 月开始甲胎蛋白升高到 1300，到 3 月又升至 1500，4 月再次升到 1800。这个月我心想一定能稳定至 1800 左右，对此我深信不疑。

下午 3 点报告出来了，出乎我的意料，甲胎蛋白竟然飙升至 2200，我一时懵了。

怎么还在不停地飙升呢？近一个月我推掉所有的事，心无杂念，安安静静地在家休养，甲胎蛋白怎么还是会上升呢？我感到了问题的严重。一定是肝脏再次出了问题，目前的治疗方案已经失去了治疗意义，很有可能是服用了两年多时间的索拉非尼在我身体中已经产生耐药性，达不到治疗效果。如果说治疗方案中主要药物失去治疗效果，光靠信念、心态、锻炼、中药调理等其他辅助治疗，是达不到治疗目的的。

唉，现在的癌细胞真是智勇双全啊，你只有魔高一丈地与它斗争，才能立于不败之地，那么计囊在哪里呢？

我拿着报告去咨询医生。先挂了个周主任的专家号，想让他给我一点治疗建议，他看了我的病历，摇摇头笑着，很干脆地回复我说：“你是一个Ⅳ期的病人，到现在已经很好了，我没有建议。”从周主任那里出来，我又到王主任的办公室，王主任不在，就与她的助手洪医生聊了一下，她也说没其他好的方法。我向她提出是不是最近有一种新药会进入临床，她说是的，但现在还没有通过临床评估，顺利的话要到6月才能进入临床。我问她新药叫什么名，她说现在只是一个代号，我再问她新药的机理及效果时，她说现在还没有进入临床，一旦进入临床还要签保密协议，所以不能对外说，我说能不能告诉我哪个企业生产的，她说是施贵宝。

没办法，回家吧。当车开到医院大门准备交停车费时，一群药品投递员将一些药品宣传品塞进我的车窗，我将宣传品重重地扔回到他的脸上，他一下子傻了，当他反应过来时，就想冲上来揍我，这时我已驾车逃离。

事后想想，号称营销专家的我却不尊重药品投递员的营销工作，发生这种行为绝对有失职业水准，但当时的我已近崩溃，肝火油然而生，所有的压抑全发泄到这个药品投递员身上，他真是冤枉！

回到家，一头扎到床上。老婆看看我拉着脸，肯定是检查结果不好，也没说什么，就到楼下做饭去了。

我感觉很累，想睡一会儿，但怎么也睡不着，心里惦记着施贵宝的新药。

九 向郑宇医生咨询新药

（2010年06月03日）

从网上查询到施贵宝的Brivanib药品已经在做临床试验，全国有五家医院接受患者临床试验，浙江大学邵逸夫医院是五家临床单位其中一家，由郑宇医生主持。

今天朋友接我去邵逸夫医院找郑宇医生，很幸运地找到了。他很热情地接待了我们。郑医生仔细地看了我的病历，针对我的病情做了分析，最后我还向他咨询了施贵宝的Brivanib新药临床的一些情况。

他说："从你的情况看，服用索拉非尼 2 年零 8 个月，现在病情变化的原因，很有可能是机体耐药的缘故，而药品 Brivanib 就是作为一线治疗或索拉非尼治疗失败后的二线治疗用药，且都具有一定临床效果。"

我说："这一点我正好符合用药标准。"

他接着说："但这里有一点需要说明，Brivanib 目前是临床用药，还没进入市场，所以凡参加临床的患者是要接受双盲试验的，也就是说你领到的药不一定是 Brivanib 药品，有可能是安慰剂，全国临床名额只有 15 个患者，我院临床名额只有 3 个，现在只有一人参加，你如果参加是第二人，三人当中有一人是服用安慰剂的。"

我说："能不能把真药给我？"

他说："我控制不了的。但你可以试一个半月，如果没有效果你就停药。"

我说："如果是服用到了安慰剂，没有起到实质效果，而耽误病情怎么办呢？"

他说："这就是临床试验的风险。"

我说："让我考虑一下再做决定。"

与朋友从医院出来，朋友的建议是尽快参加，而我是有点犹豫的。我是想将所有的希望都寄托在 Brivanib 新药上，做决定容易，一旦领到安慰剂，那所有的希望就会化为泡影。我还是想再等一等，等到省肿瘤医院也开始临床试验再说。

这几天总觉得身体状况不是很好，很累，四肢无力，锻炼也没去。从医院回来后，心情好了许多，自己在为自己加油。

吃完晚饭上楼时我对自己说："明天一定要去植物园锻炼去。"顿时我感到身体有劲了。回想起前些天的身体状况，虽然嘴上在说不怕，实际上心态的变化还是起到了消极的心理暗示，反过来又影响了自己的身体。

放松，淡定，面对现实吧！

十 谢天谢地，指标又下来了 （2010 年 09 月 02 日）

2010 年 8 月 22 日，我从西双版纳匆匆赶回杭州，心中一直惦记着本月的指标是否会下降。

第二天我就去肿瘤医院检查身体，下午结果出来，果然肝癌指标(AFP)直线下降，从上月的2238ng/ml下降至880ng/ml，而且肝功能指标也有好转，如谷草转氨酶从58U/L降至43U/L，谷丙转氨酶从67U/L降至51U/L，L-r谷氨酰转移酶从625U/L降至526U/L。

谢天谢地，指标真的下来了，这对我来说，是天大的好事。做人嘛，要厚道，自己对自己要有信心。呵呵，又开始吹了。

这次指标下来，靠的完全是中药，不瞒你说，为了验证中药的神奇，我特地将索拉非尼停了一个月，自我认为测试出来的结果会更准确点。

本月所取得的成果，当然与寿昌方永和医生的指点是分不开的，他给了我一些他自己制作的胶囊，告诉我服用犀牛角粉，每五天吃一次，每次5克，再在我妹妹开的药方中加了两味药。在这一个半月中，胶囊吃了一个月，犀牛角粉坚持吃，中药天天服用(我出去玩时中药就停，约停了10天)。

中药方：

太子参15克	炒白术15克	柴胡10克
党参15克	桂枝6克	木香10克
绿萼梅10克	鸡血藤15克	川贝10克
牛膝30克	神曲15克	乌药10克
穿山甲6克	炙鳖甲10克	杜仲皮15克
半枝莲20克	白毛根30克	
水杨梅30克	佛甲草30克	穿破石50克

(注：框内两味药是方医生加的。)

犀牛角，是国家明令禁止出售的，在购买此药时有一定风险，但一般搞药材的人有能力搞到，但要小心，不要买到假的。犀牛角通常有两种：一种是原角，价格高一些；一种是粉，价格就低许多，但无论怎样，价格对普通民众来说还是高得离谱。如果经济条件不好的，可以用水牛角粉代替，据说水牛角粉也同样有此功效，但服用水牛角粉量要加倍。

前几天洗完澡称了一下体重，惊奇地发现我的体重增加了6公斤，这真让我好开心啊！

十一 对待病情不要太较真

（2010 年 10 月 22 日）

本月的检查需要做 CT，想拖些日子再去，可一想中秋和国庆假日都挤至一块儿，于是 2010 年 9 月 20 日就提前去医院做检查。

我做 CT 项目是腹部和胸部，每次两个部位都会一起做，然后根据医院规定分别交两次费用，一次是在做的时候交，一次是在拿片子的时候交。可这次不行了，医院推出新规定：一次不能做两个部位，目的是制约医生过度处方以及控制公共医疗费额度。可我是自费的，没有享受公共医疗，应该将我列入规定之外才是。因分两次做 CT，射线对身体危害太大，所以我去找医院负责人，出乎我的意料是医院管理人员态度非常好，跑上跑下帮助我解决了 CT 一次性做的问题。当那位不知名的三十多岁的女医生满头大汗地将检查单交给我的那一刻，从此，我一下子改变了对浙江省肿瘤医院，乃至公立医院的看法，公立医院在转型了，在向消费者服务转型，真是可喜。

下午结果显示肝癌指标（AFP）902ng/ml 与上月基本持平，肝功能指标也还好，谷草转氨酶 47U/L、谷丙转氨酶 61，L-r 谷氨酰转移酶从 526U/L 降至 435U/L，总体来看病情还算稳定。CT 检查报告：

胸部 CT 检查所见：两肺见多个小结节灶，边界显示略毛糙。左上肺新出现斑片状模糊影。两肺门无增大，气管及主支气管畅通，血管及脂肪间隙清晰，气管隆嵴下方食管中段前壁见一类圆形肿块，边缘较光整、不均匀强化，直径约 3.3cm×3.5cm。两侧胸腔未见明显积液。两腋下未见明显肿大淋巴结。

影像诊断：1. 两肺多发转移瘤及纵隔淋巴转移。2. 左上肺新出现斑片影，炎症考虑。

腹部 CT 检查所见：肝脏轮廓不光整，右肝前上段靠近第二肝门处条片状低密度影，边界不清，动脉期略有强化，门脉期呈较低密度；右肝靠近下腔静脉处见一直径约 1.6cm×1.9cm 低密度灶，边缘欠清，动脉期明显强化，门脉期呈相对低密度。门脉主干及左右主支未见明显充盈缺损。胆囊壁未见增厚。脾脏内见两个楔形较低密度影，增强后无明显强化，胰腺形态及密度未见异常，扫描范围后腹膜未见明显肿大淋巴结。胃底食管下段静脉曲张。

影像诊断：肝癌术后复查

1. 右肝多发病灶；

2. 脾脏梗塞后改变考虑；

3. 肝硬化伴门脉高压。

看看自己的病情报告，的确很吓人的，有时自己都觉得很可怕。但既然生病了又有什么办法呢，这是天注定的。其实每次拿到报告后，自己只会瞄一眼就扔在一边，不会太认真对待，也不会去研究病情的发展，因为自己很清楚，像我这样的病情懂与不懂都已经没什么区别。所以将自己装得很弱智，不要太较劲，这样反而生活得更踏实、更快乐些。

十二 癌变，预期自己能挺过半年 （2010 年 12 月 09 日）

近几个月玩得很疯，又重游了西双版纳，还到德国去旅游，该收心静养了。

掐指一算，也该到做 CT 检查的时候了，这次也不想拖日子了。一来，我这几天一直在咳嗽，2010 年 12 月 5 日晚上受点风，狂咳不停，结果咳出很多血。二来，想检查完后安安静静地在家调理一段时间。

于是 2010 年 12 月 7 日就提前去医院做检查。与往常一样，查的腹部、胸部和血液检查等五个项目。

第二天下午结果全出来了，肝癌指标（AFP）781ng/ml，比上月的 902ng/ml 还低了许多；肝功能指标也还好，谷草转氨酶 49U/L、谷丙转氨酶 54，L-r 谷氨酰转移酶从上个月的 435U/L 降至 384U/L；白细胞 4.3 个/HP，从血液检查结果来看还是挺好的。

但当我拿到 CT 检查报告时，一眼看去，就感觉与上次不一样，一张报告被写得密密麻麻，这时我有点傻眼，有种不祥的预感，我就坐在楼梯上认真读起来报告。CT 检查报告显示：

胸部 CT 检查所见：两肺见多个小结节灶，边界显示略毛糙，较大者位于左肺上叶尖段约 1.2cm×1.0cm。左上肺见斑片状、条索状密度增高影，边界模糊。两肺门无增大，气管及主支气管畅通，左下肺静脉内见充盈缺损，纵隔内见多个肿大淋巴结，较大者位于气管隆嵴下方食管中段，前壁见一类圆形肿块，边缘较光整，增强后不均匀强化，大小直径约 3.3cm×3.5cm，类圆形结节灶。两侧胸腔未见明显积液。两腋下未见明显肿大淋巴结。

影像诊断：1. 两肺多发转移瘤，部分较 9 月 20 日片稍增大，纵隔内多发转移性肿大淋巴结较前增多增大，伴左上肺静脉瘤栓形成。

腹部 CT 检查所见：肝脏轮廓不光整，右肝前上段靠近第二肝门处见条片状低密度影，边界不清，动脉期略有强化，门脉期呈较低密度；右肝靠近下腔静脉处见一直径约 1.7cm×2.0cm 低密度结节灶，边缘欠清，动脉期明显强化，门脉期呈相对低密度。门脉主干及左右主支未见明显充盈缺损。

影像诊断：肝癌术后复查。

肝右叶前上段片状低密度影与前相仿，首先考虑术后改变；肝右后叶下段近下腔静脉旁低密度结节较前稍增大，考虑复发灶。

肝硬化伴门脉高压，胃底食管下段静脉曲张，脾脏梗塞后改变考虑。

读完后，知道自己的病情在不断恶化，不管是原发灶和转移灶都在不断增大，还出现一些新的肿瘤，原来肺部的炎症也变成静脉瘤栓。怪不得这几天老是肺痛，咳嗽不止，呼吸也不是很顺畅。

想去张主任那儿咨询，又停下问自己："老方你害怕吗？"答："有什么可怕的。"我定了定神拿着片子去找张主任。

张主任看完片子说："从目前来看，药物（索拉非尼）对你来说已经不起作用了，接下去对于你也没有好的办法，一切全靠你自己了。"

我问张主任："肺部大的肿瘤能不能先处理掉？"主任说："你的病原并不是在表里，而是血液的问题，你处理这里，那里又会出来的，老方，医学上对你的病情，目前没有好的方法，你只能坚持，坚持到最后那一刻。也许奇迹会在最后一刻发生。"

走出医院，我在思考一个问题，到底我还能活几天，生与死之间的距离还有多长？如果每天走五公里，还能走多远？如果每天写一幅字，还能写几幅？我不知道用什么标准来测量出生与死之间的距离，因为生与死之间的总和（以天为单位）是一个未知数。它给了我生命想象空间，我既是 X 权力者，又是 X 执行者，我的生命我做主。那就先定个最小值吧，我至少要活过 180 天！

凭良心说，这180天，我预估还算少的，要不是同行活得太短，我还可以贪婪地多定些日子，我还没算上回扣呢。

别去算了，让心平静一点吧。

十三 出现病变我为换哪种药而纠结（2010年12月14日）

这几天在网上查阅有关肝癌用药的文献资料，目前也有一些药物可用于晚期肝癌，如索坦，但自己还是吃不准，想请教一下临床医生、用药患者和肝癌用药研究者。

我患肝癌已经3年零8个月，2010年6月以前一直保持稳定的状态，6月以后体内的肿瘤不断增大、增多。我想是不是有两方面的问题：

一是没有定时定量进行身体锻炼。以前我都会去植物园，用一个上午来练习郭林气功，后来路上的车越来越堵，花在路上的时间将近一小时，所以，我就在家门口锻炼，由于太方便了，锻炼时间明显不足。

二是近期没有定时定量吃索拉非尼，抑或是我对它已经产生耐药性？索拉非尼已经吃了3年零2个月，我自认为身体可能已经有耐药性了，因为6月AFP指标窜到3000，所以，我在吃的时候随意性就比较大，特别是从6月以后，曾经停过一段时间。我希望是由于我吃药的不认真，造成这一被动局面的。

最近在没有合适的用药方案之前，我很认真地在服用索拉非尼。

那天张主任对我说，有个新药在做临床，已经有一个病人在使用该药品，效果还不错，你可以一试，我说好的，她就叫来了助手洪医生，洪医生向我推荐，是施贵宝的Brivanib药品。我曾接触过这个药品，是特别针对索拉非尼用后失败，而进行的临床实验。但遗憾的是，该药品还处于双盲实验中，这就意味着其中有安慰剂，本来就是以先烈的姿态去参加实验的，万一分到安慰剂，不是耽误治疗时间吗？所以，我还是决定放弃。

针对目前的情况，我应该采取什么治疗方案，或吃什么药比较有效，这几天我很纠结。

十四 自作聪明的代价

（2011 年 01 月 22 日、25 日）

近些日子，由于自己的病情进一步恶化，心里总有些忐忑不安，总想着索拉非尼已经耐药，必须寻找替代的治疗方案，因而，自己不断地查阅资料，向一些专家咨询。总的来说，还是得不到自认为合适的治疗方案。

一病友介绍我服用索坦，我犹豫好多天，后来他又打电话说，他用索坦与我换索拉非尼，我想想，家里反正也有一部分索拉非尼，就与他换了。

我深入研究了索坦说明书后，认为可以一试，于是就从 12 月 20 日开始停掉索拉非尼，改用索坦。

服药的前几天没有一点副作用，吃到一周后早上起来有鼻血，我想想这副作用并不严重，也就没理它，后来几天就经常流鼻血。我觉得有点问题，就打开说明书再仔细阅读，说明书指导：在这种情况下，应在专业医生指导下才能继续服用。可我是私自服用的，一下子也找不到医生咨询，再说与我换药的病友刚好这几天在做手术，又不好打扰他，我想了又想，还是自作主张继续服用。

结果事情发生了，2011 年 1 月 14 日上午，我突然晕倒，全身一阵一阵发热，我坚持了一会儿，躺在沙发上不能动弹，直至晚上两腿无力而后全身无力。于是就去医院检查治疗。医院得出的结论是胃肠大出血。因为刚好是周末，只能在浙江肿瘤医院急诊室进行治疗。虽然周一张主任坐诊，但还是不能住院治疗，一来是床位太紧，二是我这种症状既不能住在外科，也不能住进化疗科，最后，她只好建议我回老家进行治疗。反正要过年了，早点回去吧，老婆也有这种想法。于是张主任就帮我写好医嘱，下午我们就回老家了。

其实这次的意外是自己造成的。原因有三：其一，肝癌患者本来就门静脉高压，而且胃底充血，在这种情况下，我还在研究靶向用药，总觉得自己在吃的索拉非尼已经耐药，需要换药，正在研究索坦可不可以作为替代品进行治疗，刚好有个病友他在吃索坦耐药，想与我交换着吃，我便顺水推舟用上索坦，可又没有医生指导用药，危险就增大；其二，是中药换了。本来我一直吃我妹妹开的中药，最近又找了个郎中开了些药吃，药的作用是破血的，听我妹妹说现代中医与传统中医最大的区别在于，现代中医在于扶正，传统中医在于破血。一个作用在于扶，一个在于治，所以在吃了郎中的药的第二天就流鼻血了；其三是我自作主张用阿司匹林，加快了血液流量，减弱了凝血功能。三个方面加在一起，不出血才怪。

不过到现在为止出血点也不知道在哪里，医生让我做胃镜检查，我是坚决不做，原因是与我同时住在北京医院的一位病友，他来住院的目的是为了复查一下，大概由于从山西过来，中途受累，第二天有点出血，当晚医生就给他进行止血治疗，白天医生上班后就进行胃镜检查，结果门静脉大出血，医生束手无策，瞬间人就死了。

肝癌患者一般都伴有门静脉高压，血管壁很薄，如果有硬的东西碰到血管，就会使血管破裂。为防不测，当医生让我做胃镜检查时我就拒绝了。所以，这次出血具体在哪儿，我也说不准，管他呢，能止住血就行。

今后在用药方面一定要认真对待，别自作聪明，觉得久病成良医。这段时间，让大家惦记了，不好意思，对你们的关心我表示感谢。

十五 再过几小时我的一年又挺过来了

（2011 年 02 月 02 日大年三十）

2011 年 1 月 14 日，肠胃道出血，我先在省肿瘤医院急症室治疗，由于住不进院，1 月 18 日就转到老家医院住院治疗。在老家住院就比较方便，我妹妹在医院，家里人多，有事叫人也很方便。下午 5 点左右我到了老家，就直接住进医院。躺在病床上我已经没有力气再动弹了。第二天是病发的高峰，全身浮肿，整张脸肿得眼睛只剩两条缝，眼珠也看不到，肝脏腹水，肚子胀得连肚脐眼都没了，如果那时戴个假发，人们一定觉得我是一个八个月的孕妇。

治疗方案是西药止血，用中药排水，用药两天后就好多了。每天只能吃流食，一会儿就饿，但又不能吃得太多，通过一周治疗，1 月 31 日即大年二十八血止出院，总算可以安安心心过个年了。

再过几小时我的一年又过来了，这一年我去了想去的地方，做了想做的事情，为快乐而创造了快乐，这一切都归功于生命的延续，而生命得以延续又归功于自己不懈的坚持和努力。

年末虽然身体状态不行，但我的潜意识中是不会放弃的。我对我自己有信心。第一阶段坚持到 5 月 1 日，这是我儿子回来的日子，等儿子回来陪我。

第二阶段坚持到年底，也许儿子陪我心情会更好、意志更强、生命也就更长。呵呵！我就是这么想的。为自己默默祈祷吧，上天一定会眷顾我的！

十六 徘徊在死亡线上“过大年” （2011 年 03 月 05 日）

这年过的我自己都想不到，这次发病的严重性出乎我的意料。

2011 年 2 月 2 日大年三十，我与老爸老妈一大家人一起吃年夜饭，感觉很不错。大家有说有笑，但谁都明白明年的今天很可能就会少一个人了，只不过这种忧虑让眼下大年其乐融融的气氛掩盖了，至少我自己是很清楚的。

大年初一上午，与老婆一起去给岳父岳母上坟，由于坟地位置较高，老婆怕我走不上，就叫我坐在车上，完事后与朋友孙杰一起去看我自己的墓地。

我是想选择一块我自己喜欢的墓地，本来吧，人还活着是不能购买墓地的，我朋友在老家，有关系，所以，让我自己先选好。墓地分三等，一等的约五平方米，约两万元；二等的七八平方米，约五万元；三等的约十平方米，约七万元。我选中一块自己喜欢的三等墓地，由于这里是刚刚建造的新公墓，可选择的余地很大，我就选了一块位置最好的墓地，自己一时也很开心。但回来想想，人都死了，还要占那么大一块墓地，做什么呢，这样可能很不环保，我又犹豫起来。

回来后，晚上就感冒了，当晚发烧，吃了很多药，还是不见好，连续三天，到初三晚上，我开始咯血了，当晚我又住进医院。

我妹妹在医院工作，虽然处处很关照我，但由于我的病情比较严重，连续三天咯血不止，很快便进入病危状态。

躺在病床上，身上挂满了线，整个身体不能离床，当然也没有力气再离开床了，连大便都没法控制，搞得要我老婆帮我料理，很是不好意思。前两天住院时，看到隔壁患者，老婆帮他擦身擦脚，还觉得是一种享受，等轮到自己时觉得做病人的老婆真累、真无奈。偶尔老婆躺在椅上打瞌睡，我突然发现她脸上的肉也下垂了，显得老了。心里不免会说一句：老婆你辛苦了。如果我没有这次劫难，你一定还是光彩依然地坐在宽敞的写字楼里做自己的事呢，老婆对不起了！

当我妹妹一次一次请人来会诊，一次一次叫老婆出去签字，大家都觉得我风险很大，很有可能过不了这一关。老婆把孩子从美国叫回来守着我。当邵世海、陈迪恩、张汝南、陈春海、康恩贝老董，以及他的下属也是我的朋友晓伟兄等，还有想不到的三株老板吴克立、李杨等从四面八方赶来探望我时，我当时就觉得事情搞大了，本来我心里在想：我一定要闯过去，但看这种架势，连我自己对自己的信心都产生了怀疑。我还是从心底里不想死，美好快乐的日子还在后头，在大家的努力下我要闯过这一关。结果我又奇迹般地闯过了鬼门关，真是命不绝我。

过完元宵节，老婆孩子将我带回杭州，我在床上躺了几天后感觉身体恢复得不错，老婆说我是“金刚”，脸上长金毛，一下子死不了的。

十七 就路还家

（2011年03月03日）

前些天病重很无奈，写一首歌词以自勉，但我相信自己一定能挺过抗癌四周年。

世事难料，遇上了就无法回避，
只有默默祈祷，生命得以轮回。
唵嘛呢叭咪吽。
人生莫测，遇上了就坦然面对，
只有默默祈福，快乐就路还家。
唵嘛呢叭咪吽。
把人生作赌注，不管输赢；

把生命当尺码，不论长短。

快乐出发，就路还家。

唵嘛呢叭咪吽。

十八 最近不好，老是咯血 （2011年03月13日）

往年这时候我都会出去拍些梅花，但今年不行了，四肢无力出门都难。自己也担心是不是从此举不起相机了呢？

我喜欢梅花，喜欢它的高雅、暗香和孤立。

好好的，晚上又开始咯血了，每次咯血都在不经意间，很郁闷。我把咯出来的血放在纸巾上，每一次咯出来的血我都会摊开看看，倒也很像一朵梅花，血咯多了堆在纸篓中，就呈现出“横斜千万朵”之景。

呵呵，接下来又该去医院了。血止了，精神又好点了。

今天从医院里溜出来，护士打电话追到家里，其实我回家就想画一张梅花，过过梅花之念的瘾而已。

十九 抗癌还有十天就整四年了 （2011年03月20日）

昨天忍受不了肺部疼痛，再一次住进医院。

到目前为止，肺部疼痛以及咯血的原因是由于还不清楚的什么菌引起肺炎症状，医生只能用抗生素来抑制疼痛。今天疼痛有所缓解，但呼吸时还是有疼痛感。如果咳嗽，疼痛就更加剧烈。

医生告诫我，这次要老老实实地，不要像上次一样跑回去，离上次出院相隔才五天。我想也该老实一点了，还有十天我抗癌就整四年了。这十天，对我意义非凡啊，这是我今年第一个生存目标。

人的一生真是不快乐，都在自己设置的圈套中活着，到现在死之将至，还在为活而奋斗。做人好累，累在做人太难觉悟，太难自觉，更不用说去觉他了。

很多朋友打电话问我：“最近身体好不好？”我说：“最近不好。”

自从出院回来，本以为可以在家好好地养养身体，争取将状态恢复至年前那样。因此我做什么都非常注意，早晨小心翼翼地去园子里走走，力气活都是老婆帮我去做，吃也比较讲究，睡也比平时要早些，什么事都不去想，就这样静静地生活。可就是事与愿违，昨天又出了点血，肺部有点隐痛。

去医院配了一点氨甲苯酸片，再多吃一点犀牛角粉，血算是止住了，可身体还是软软的。

上午坐在河边发呆，这几天没下雨，河水很浅，水草漂浮在水面上，小鱼儿环绕着水草在游，当一阵清风吹过，小鱼儿瞬间潜入水底而留下一片“唰”的声音。我笑笑，心想：这是多么安逸的生活呀，我难道就不能再坚持得久一些？

不会的，我还是要努力将生命延续到底，想是这么想，可总觉得没有较强的理由。

以前吧，我对自己的未来总有一个目标，总会给自己画一个饼，然后不断地去追赶。可现在好像该做的事都做了，该吃的饼都吃到了。四周年过来了，儿子也马上回来了，再接下去没生存目标了，生命好像很茫然，失去强力的支撑了。

不行！该给自己一个坚持的理由，寻找下一个让自己心动的目标，不然生命肯定无法坚持。

二十 担心自己可能骨转移 （2011 年 06 月 27 日）

该下的雨也下完了，该涨的洪水也涨了。今天正好出梅，空气清新了许多，没有像前几天那么闷，身体一下子感觉轻松很多。

这段时间，我身体一直觉得不适，背部、胸部总觉得很痛，特别是打喷嚏，背部要命般地疼。所以打喷嚏时，我整个身子不由自主地蹲到地上，半天起不来。我担心自己可能骨转移，老是去摸那些痛的地方，晚上睡觉也睡不踏实，接连几天，老婆催我去医院看看，去检查一下。我不肯去，毛病到这种程度还有什么好看的。

好在儿子在家，晚上可以帮我做下背部按摩，每次按摩后疼痛会减轻一些，即使疼痛没有减轻，心里总是舒服许多。

这种病到了晚期还祈求什么呢？你在乎它吧，能活过一天，你不在乎它吧，也能活过一天。管他干什么呢？这半年不管身体怎样多变，我都抱着满不在乎的心态去坦然面对。

后来朋友告诉我，肝癌病人一般不会骨转移，很有可能是天气原因造成的，起初我还不信，可这几天天气好起来，我的疼痛症状随之也慢慢在减轻，谢天谢地，病情没有继续发展。

二十一　停服半年的索拉非尼又开始服用

（2011 年 07 月 18 日）

从春节前后反复出血，逃过一劫后，我就停止服用索拉非尼，不是说我有意停服，是由于自己出血不再符合继续服用索拉非尼的条件，所以，只能停止服用索拉非尼。

索拉非尼对于我来说，是非常有效的，2007 年 10 月开始服用，至 2008 年 4 月半年间，经 CT 检查，我的肺部转移灶最大肿瘤从 4.5cm 缩小至 2.5cm，以后的三年中就一直保持在 2.5cm，但到去年 8 月，肺部肿瘤在慢慢增大，当时我认为是索拉非尼耐药性所致，所以想寻求其他替代药品继续治疗，在这期间，我请教了相关专家和一些有经验患者，最后决定采用索坦，但这一决定，我却对索拉非尼主治医生浙江省肿瘤医院张沂平医生隐瞒了。

服用索坦约一个月，正好到了索拉非尼用药的检查时间，我就根据服药程序，去医院检查，结果 CT 检查表明：肺部转移灶又开始缩小，当时我一阵高兴，庆幸自己做出了明智的用药决定。但没想到的是，我开始出血，而且出血量一次比一次大，这时我立即停止服用索坦，到医院止血，但血始终没能很有效地被止住，于是这又将我自己推到了生死边缘。

任何事物都是有利有弊的。不服用索拉非尼，副作用对身体伤害就小，是药三分毒；再说自己目前的状况不是靠索拉非尼这一种药物就能支撑。但说归说，可我心里还是有些忐忑不安，七上八下的，好像没了安慰剂，就会出问题一样，但仔细想想，停药也许是一件好事。

这期间，我安下心来不再折腾，依靠中药治疗病情，控制癌细胞繁殖。我采取每周一处方，根据身体情况实时调整，并且重视自我调节，半年来我的身体恢复还不错，气力也比以前好多了。最近，我加大锻炼力度，每天平均做自然行功约一小时，走三公里路，呵呵，身体自我感觉良好。

我的生命能延续到今天，客观地说，索拉非尼起到比较大的作用。我认为晚期肝癌患者如果经济条件允许，建议还是采取索拉非尼治疗方案为佳，但仅仅依靠索拉非尼还是不够，要全面综合地进行治疗，特别是心理自我治疗更重要。

二十二 重返植物园

（2011年07月28日）

以前开车去植物园锻炼身体，只需要半个小时，从2010年开始由于杭州灵栖隧道堵车现象越来越严重，到植物园就得花一个小时，来回要两小时，花在路上时间太多，所以，我就没去植物园锻炼，平时在自家园子里锻炼。

本来吧，可以去家门口的湿地植物园，但该园刚刚修建，树还小，未能成荫，氧气量不足，没有避阳的地方，去了两次就没去。

在自家园子里锻炼有一方面不好，就是锻炼一会儿就往家里跑，回家后就不想再出去，锻炼的程序做不完。通常像癌症患者练习气功时有一套完整的动作，如自然行功，快功，一步三点，升降开合，哈音功等，做完这套程序大约需三四个小时。以前在植物园锻炼时，从上午8点一直待到中午才回家，练习时间很充分，而在自家园子里锻炼，再怎么坚持也就个把小时，我也知道这样练习气功的时间是不够的，达不到效果，但总会找出一些理由让自己不再出门。

经过年前劫难，身体开始慢慢地恢复，回头想想，这次发病主要原因，还是自己放松身体的锻炼，半年多时间没去植物园练习气功，仅仅靠心理或者意念来支撑生命，疏忽身体锻炼，使体内的癌细胞得以蔓延，身体再一次被癌细胞击垮。

先前在我心里有一信条就是："你不想死，你就死不了。"总认为有信念就有生命，其实这是自欺欺人。现在我认识到：要想活着，就一定要身心配合，每天在心里鼓励自己勇敢地活着，同时也需要付出时间，有计划地进行锻炼，来提高体质，只有这样，身心协调配合，才能确保达成心里所设定的生存目标，才能使生命得以延续。

植物园一年没去了，为了活着，必须重返植物园。

二十三 “姑息”是一种爱

（2011 年 08 月 14 日）

首先，要搞明白“姑息”是什么意思？我百度了一下：1. 犹苟安。注：“姑，且也；息，安也；且求目前之安也。”2. 无原则的宽容。3. 爱。当然第三种解释是我延伸的。对于癌症病人来说，特别是晚期癌症病人，要好好想一下这个词的含义，以及与自己病情的利害关系。

我是“姑息治疗”的受益者。2007 年 9 月，我遵照杨永平医生的医嘱，从北京 302 医院出来回家采取“姑息治疗”的方案，现在尽管这里那里会出现问题，甚至病情有所反复，但我始终采取一些“姑息治疗”方法，从不进行过度治疗，最多我会找专家咨询，听听专家的意见。

例如，一次我肝癌复发去上海中山医院就诊，医生建议用酒精打，医生很认真地对着我的 CT 片，用相机一张一张拍下来，并指着片子，对我说肝部有好几个病灶，最大的有 3cm，说完叫我回家准备下周来做手术。我回家想了想，决定放弃手术。

还有一次，去年肺部转移灶增大至 4cm，颈部有多个淋巴，专家建议手术治疗。我回家后还是决定放弃。我想你要将癌细胞赶尽杀绝是不可能的，与其这样，倒不如与它和平共处。

当然“姑息治疗”并不等于不治疗。我还是一直有效地在吃我认为该吃的药，不过我自己有个原则：对待自己病情，采取头痛医头、脚痛医脚的办法，从不过度治疗，不管这种方法对不对，但我已经存活到今天，对于一位晚期肝癌病人来说，这本身就是奇迹。

“姑息”是对自己的一种爱。从目前的医学角度来说，癌症已经不是绝症，是慢性病，病人能长时间带癌生存的能力越来越强。在治疗上病人一定要有统筹思考，且不能人云亦云，治疗一定不宜过度，一味追求杀死癌细胞和索性放弃治疗的极端态度都是不对的。

“姑息治疗”不是不治疗，而是使用一些有效的抗癌方法并辅之以心理治疗等综合方式。所以，癌症病人不妨对自己姑息一次吧。“姑息治疗”的意义是延长生命，有效地为癌症病人缓解症状，减轻痛苦，改善生活质量。姑息自己，就是爱自己。

二十四 只治疗症状不治癌

（2011年12月16日）

很长时间没上来了，朋友们都在惦记我，一些朋友打电话到家里来，问我最近怎样？我非常感谢关心我的朋友们，我还好！谢谢！

每年冬天身体会出现一些不适，这不，上午还在河边锻炼身体，下午左手就失去知觉，动弹不了了。

第二天，我就去医院看病，医生让我入院检查治疗，结果发现病情进一步恶化，癌细胞转移到背部肋骨和肩周骨。其实自己应该早有预感，这些部位疼痛已有半年，只不过我没去检查。

我一直在想：癌细胞转移这一结果，对于一个晚期癌症患者来说，是无法逃脱的，是迟早的事。就目前医学而言，癌症这种病，既没有办法治疗，也没有办法预防，一切只能无奈地听天由命，所以，我采取的方法是拖，能拖则拖，拖不下去，再去治疗，而治疗的目的，只是针对由癌症引起的不适症状，减缓一些痛苦，而不是针对癌症本身，癌症是没办法根治的。

医生总是好心地、热情地为你做一些治疗，连续一周每天滴六七小时的盐水，但我感觉不好，全身一点力气都没，见床就躺，食欲也没平时好，腹水也胀起来，脸也出现浮肿，整个人很难受，总觉得身体从此会垮下去。我想这样下去肯定不对，这样治疗下去会使自身体适得其反，很有可能再也起不来了。

回头想想我为什么来医院，是为左手不会动而来，我来是治疗症状，而不是治疗癌症的。现在手已经会动了，为什么还住在医院呢？肚子胀，回家吃中药就行，于是我拒绝了治疗，离开医院，回家后我什么药都不吃，只针对腹胀进行调理，一周后腹水下去，脸上的浮肿也消了，再过一周体力也慢慢恢复了。

最近状态好多了。太阳好的时候我会去河边走走，慢慢地身体恢复到了最佳状态。

第十章 抗癌心得

回顾自己患病后的生命历程，我最大的成功在于走出一条属于自己的抗癌之路。如果当时我被医院判『死刑』后丧失信心意志消沉了，如果我接受伽马刀治疗将肺部的结节全部清理了，如果我没完没了地去做化疗，可能我早就上天堂了。所以，我将自己抗癌经历以博文的方式记录下来，希望对病友有所帮助。

一 把生命托付给自己

(2009 年 06 月 05 日)

2007 年 8 月我在北京 302 医院住院，医生对我的肝癌晚期全身扩散病情已经束手无策，从医学角度来说我已经没治了。出院时医生说："还可以活三个月，但是也不排除出现奇迹，一切全靠你自己。"我说："我一定能出现奇迹。"从那一刻起，我的生命就托付给自己了。

当时我就想我起码要等到我儿子从美国硕士读完回来。今天儿子回来了，我还是快快乐乐地活着。儿子接着又要回去读博士，我又为自己设定一个生命目标——等儿子读完博士回来。如果将"一切都在医生控制中"改为"一切都在自己控制中"，那就对了。

二 养病与养生

(2009 年 08 月 20 日)

人啊，健康的时候，一点也不注意保养身体，总认为自己很健壮，不会生病。病到临头引起警觉，却已悔之晚矣。

就说我吧，没生病前什么都不在乎，生病了才知道健康是多么重要，你看我现在有事做，又不敢做，怕伤身；有事想，又不敢多想，怕伤神。现在只能苟且偷生，慢慢养病。病在于养，老人说："病，三分治七分养。"可是到底怎么养，我也不知道，于是就找来《道教养生术》《黄帝内经》《周易》等很多书。边看边从中也悟出点道理，想与大家一起分享。

法则天地。生命修行是要效法于天地。《黄帝内经》说："法则天地，象似日月，辨列星辰，逆从阴阳，分别四时，将从上古，合同于道，亦可使益寿而有极时。"就是说人应顺乎自然，合乎天地。人们的日常工作与生活不能违逆日月、阴阳，不要夜里当白天，白天当夜里，而是要跟太阳一样，昼夜分明，日出而作，日落而息。同时分清楚春夏秋冬和二十四个节气，在春夏季节，晚睡早起，但再晚到子时一定要睡下(23 点—1 点)，秋冬时节，早睡早起。要多吃时令蔬菜，穿衣要随时节变化而调整，不要以为自己身体好，不在乎，否则，那一定会伤及身体和生命的。

总之，在人们日常工作和生活中，要顺时、顺势、顺应天地，因为人的生命也是个小天地，人只有合于上古人，合于自然之道，才能达到天人合一。

三 爱是一种责任

（2010年02月05日）

在博客留言箱中，同时收到四个留言：

2009-12-22 18:29:59 留言标题：咨询有关癌症事宜。留言正文：方先生，可以给个联系方式吗？想当面听听你对人生的看法。

2009-12-22 19:38:50 留言标题：癌症患者。留言正文：我的一个朋友得了癌症，对生活没有信心，我也不知道怎样安慰她，我很想联系和拜访您，不知你可和我联系吗？拜托了！

2009-12-22 20:16:13 留言标题、留言正文：请你救救一个癌症病人，不管花多大的代价。

2009-12-22 20:18:04 留言标题：救救一个癌症病人。留言正文：救！救！救！联系我，不管多大代价。

这四个留言是同一位病友亲属在2分钟内发的，遗憾的是当晚我不在线，第二天我看到，就立即回复给他，让他别紧张，有话慢慢说。

他提出要来杭州见面，了解一下我对癌症的看法和经验，并希望能得到我的帮助。我说我很乐意提供帮助。他们立即从无锡起程，约下午2点就到了杭州。因当时朋友约我在咖啡馆聊点事，就顺便请他们一起在咖啡馆聊聊。

来人是病人的老公、儿子和病人老公的助手。病人得的是宫颈癌，听他们讲是少见的菜花型，恶性程度高，比较难治，他们很着急。说实在的，我对宫颈癌并不是很了解，但对肝癌了解得就多一些，久病成医嘛。

我了解到该病人目前采取的是化疗，效果不理想，病灶还在不断发展，但又没有更好的治疗方案，我很担心她这样连续化疗，不但不能控制病情，反而会将自身的免疫系统击垮，加大生存风险。

我向他们提出建议，要谨慎采用化学治疗方案，如没有其他好的方法就请用副作用低的化疗药品，如靶向化疗药，同时，我讲了很多我认为有效的方法。

由于病人现在还不知道自己得癌症，病人的亲属生怕她受不了打击，就一直隐瞒着，这种做法我认为弊大于利。

我对病人的亲属说，生命应掌握在她自己手里的，应该让她面对身体问题，积极寻求治疗，因为，任何病人的求生欲望所激发的能量都是不可低估的，只有自己才能从根本上战胜癌症，延长生命。

四 重新审视医生手里这把刀 (2010 年 02 月 09 日)

《文汇报》2009 年 11 月 23 日报道了“肝癌斗士”汤钊猷院士的反思：

肝癌的现代科学研究已有百年历史，虽然目前医学院对癌症的治疗水平有所提高，小肝癌(2cm 以下)切除后五年生存率提高到 60%。但是肝癌患者还是无法避免切除后肝癌的复发和转移，五年内复发率还是高达 60%。五年的生存率才 25%，而这 25%生存率中不全是靠治疗所获取的，有些是靠病人自己的全面调理和顽强的生命力存活下来的。所以说传统癌症治疗方法将癌细胞斩尽杀绝，不灭干净不罢休的治疗观念是不是应该重新考虑?

汤钊猷院士说:“在 41 年的从医过程中，有 500 个病人在我手中逝去。”那么每位专家、医生也问问自己，在你的治癌过程中有多少生命在你手中逝去呢? 别老是说在我的治疗中挽救了多少生命。

今天汤钊猷院士觉悟了，他以博大胸怀不计个人得失，面对自己 41 年来用柳叶刀清剿癌细胞从未失手过的“肝癌斗士”的光辉形象，率先对传统癌症治疗进行反思——对自己的医术进行反思，癌细胞是否一定要斩尽杀绝?

汤钊猷院士提出:重新审视医生手里这把刀。我手术一个月后癌细胞就多发性肺部转移，我就去上海东方肝胆、上海肺科、上海中山医院就医，但没有医生愿意接收我的时候，我曾向个别专家与医生重复问同一个问题:强制性手术后是否对转移产生影响? 可没有一个医生能正面回答我的问题。

其实我的想法很简单，治疗癌症与大禹治水的道理是一样的，关键在于疏不在于堵，传统的治疗癌症方法往往采取堵的方法，医生对病人都会在第一时间内进行手术或者化疗。这种方法表面上将癌细胞清除了，实际上癌细胞会通过自有指挥系统发出信号寄生到另一个合适它们生长的地方，导致癌细胞转移。就像汤钊猷院士所比喻的一样:皮球拍得力量越大，就弹得越高。

从那时候我就在思考，2cm 以上的肝癌，在治疗中可不可以先采取介入治疗方式让病灶先慢慢缩小，让癌细胞有一个适应过程，然后再手术切除，这样是不是安全些呢？遗憾的是专家、医生都不是这么想，外科医生只信外科技术，而内科医生只信内科医术，所以，我想问一句：为了病人，为什么外科医生和内科医生就不能加强合作呢！

今天汤钊猷院士向大家提出“重新审视医生手里这把刀”，这是中国医学的进步，这也是广大病患的福音。

今天汤钊猷院士觉悟了，这将唤醒无数有识之士（医生）对传统癌症治疗方法的反思。

五 癌细胞“杀”与“留”的辩证关系

（2010 年 02 月 11 日）

传统治疗癌症的方法有三种：手术、化疗、放射线。其目的就是将癌细胞赶尽杀绝。为了达到这个目的，无数的医疗工作者千方百计、尽心尽力、潜心研究如何战胜癌症，所以，在治疗的过程中，医生都会很认真地为病人将癌细胞尽可能地切除干净，生怕会有漏网之鱼，造成患者的再次复发。可是，尽管医生对癌细胞进行了根治性切除，癌细胞还是像野草一样烧不尽，吹又生，有些病人还陷入“越治越扩散”的怪圈。至今，接受传统方法治疗的肝癌患者五年内很难逃脱复发、转移的噩运。这令医疗工作者们头痛不已。

传统赶尽杀绝癌细胞的抗癌方法已到了该反思的时候。我的亲身经历也促使我对癌症治疗方法做出了判断，治疗癌症应该运用中医整体的理论，要全面提高机体的免疫能力，借助自然力来调动机体抗病力，从而使病患机体得以自然恢复。

我是从热火朝天的工作岗位上被拉上手术台的，手术一个月后癌细胞就全身转移了，所有的医生都被搞得束手无策。一个健康的人一夜之间就变成一个无药可救的病人，那时我就在想如果不是意外查出癌症的话，我又会怎样呢？是不是也只能活三个月呢？如果发现了先做“姑息治疗”，再做手术切除，又会怎样呢？所以我想问，手术切除是不是最好的医疗方案呢？

我的朋友患肠癌，医生采取化疗方案，一次一次地化疗，癌细胞还是一天天地疯长，白细胞已经降到2000，医生对他做升白治疗，等白细胞上来后继续化疗。遗憾的是癌细胞还是在继续疯长。最后医生都没有办法再为他继续化疗，可他还是求着医生给他化疗，其结果可想而知。

还有一位病人是我的同乡，也患的是肝癌，患病时我去他那儿取经。他与我的病情相似，手术后也很快复发了。他对我说，他找到一个熟人，是上海某大医院的伽马刀科室主任，主任让他去做伽马刀，隔日他就去上海治病，回来后他向我绘声绘色地介绍了做伽马刀的好处。我当时很动心，于是在我太太的陪同下，马上去上海找到了他介绍的那位主任。主任向我详细介绍了伽马刀情况，同时，在病床紧张的情况下为我挤出一张床位。

住院治疗的问题解决了，可是我与太太犹豫了。想起北京302杨永平主任的嘱咐："千万不要去做伽马刀。"我与太太反复分析了杨主任的嘱咐，杨主任曾说，根据他的临床经验，有些病人当时叫他们不要去做伽马刀，可他们还是去做了，结果病情恶化，回头再来找杨主任，杨主任只能对他们说："我已经没办法了。"于是，我们想一旦做了伽马刀，会不会重蹈那些病人的覆辙呢？

最后，我们认为杨主任的忠告是对的，我们决定放弃伽马刀治疗。过了一个月同乡的老婆打电话给我，说他走了。当时听到这消息我心情很复杂，一方面，为自己没有去做伽马刀而庆幸；另一方面，为我的同乡而深感惋惜，要不是做伽马刀，可能没那么快就走。而我要是做了伽马刀，我可能就不能多活这么多年。

老人说："过水看前人。""摸着石头过河。"可是我的前人一个一个被癌症夺去了生命，而过河石头我又摸不到，还有什么理由再走老路呢？

所以，我想要走出一条属于自己的抗癌之路，我将自己抗癌的经历以博文的方式记录下来，不管成功与否，都可以为后来人积累一点经验。

今天汤钊猷院士大胆地站出来对传统的抗癌方法进行反思：癌细胞是否一定要斩尽杀绝？清剿后的癌细胞有时更疯狂。我们要改变现在的"头痛医头、脚痛医脚"的抗癌思路，是时候认真思考了，重新审视"硬碰硬"的抗癌方法，癌症既是局部病变，更是全身性疾病，不仅要从病理学角度看肿瘤，更要从生物学角度看病人。探索"大棒＋胡萝卜"的全新抗癌理念，癌细胞"杀"与"留"之间是一种辩证的关系。

六 CT辐射可以致癌——致拜耳公司的信

（2010年03月02日）

拜耳公司负责人，中华慈善总会负责人：

我是一名晚期肝癌患者。首先感谢拜耳公司通过中华慈善总会为我们肝癌患者提供免费的靶向用药——多吉美牌索拉非尼。我从2007年9月开始至今，已服用了28个月，且身体状况良好。

根据贵公司的临床要求，在免费服用贵公司药品同时，必须每个月做一次血液检查，每两个月必须做一次胸部、腹部两个部位的CT。到目前为止，我都按贵公司的规定在做，从CT结果显示看，自2008年6月以后，胸部的转移灶最大的一个病灶从2.5cm缩小至0.5cm后，就再也没有变化，所以，每一次做CT检查，报告显示都与6月相同。这样的状况已经维持了19个月。

我想贵公司可否根据我的情况减少CT检查的次数呢？因为我每一次做完CT后，白细胞都会下降至2个/HP左右，医生每次都建议我打升白针，可我觉得滥用药物总是对身体不利，所以，我都用食疗的方法进行调养，两个月调养后白细胞又升至4个/HP左右的正常水平。接着又开始做CT检查，而白细胞又下降至2个/HP左右，这种情况反反复复，引起我的担心。过度的CT检查会导致对身体的再度伤害，我怀疑CT辐射问题很大。但我不清楚CT辐射对身体，特别是对癌症患者的危害到底有多大？

这种担心仅仅是自己的一种身体反应而已，找不到科学的依据来佐证。每次向主治医生提出可否减少CT检查次数时，主治医生都会和我解释，CT检查是拜耳公司临床实验所要求的，没有CT检查报告，就申请不到免费的药品。

近日，美国哈佛大学一项研究再次警示人们，过多CT扫描可使人罹患癌症的危险增加。研究数据表明：

A. 自然环境对个人的辐射剂量是 2 mSv。

B. 腹部、脊柱、全身 CT 的辐射剂量是 10 mSv。

C. 胸部 CT 辐射剂量是 8 mSv。

也就是说，按拜耳公司的临床要求，我每次要做胸部 CT、腹部 CT 两个部位，一年要做 6 次 CT。每一次的 CT 辐射剂量为 18 mSv，一年合计辐射剂量为 108 mSv。我做一次 CT 受到的辐射约是自然环境下六年的辐射总量！一年的 CT 受到的辐射约是自然环境下 36 年的辐射总量！不算不知道，一算吓一跳。

那么，CT 辐射的危害有多大呢？CT 辐射可以致癌！2007 年，美国纽约哥伦比亚大学学者在《新英格兰医学杂志》上撰文指出，CT 辐射属于电离辐射，能量大到足以破坏原子和分子内化学键对电子的束缚，可以使得电子脱离轨道，导致分子或原子变成带电荷的离子。通常暴露于这样的射线时，生物体组分中的水分子电离，可产生羟基离子，破坏附近 DNA 分子结构，使得 DNA 分子双链断裂或碱基被破坏。一般来说，受损的 DNA 可以通过细胞内的多种机制被修复，但双链断裂的 DNA 修复难度较大。这些难被修复的受损 DNA 可诱导点突变、染色体易位、基因融合等，导致癌症发生。

CT 辐射对人体的伤害因对象特点和器官部位不同而不同。2007 年《美国医学会杂志》发表的研究显示，在所有的器官中，肺最易受到 CT 辐射危害。2009 年《美国医学会杂志》发表了在美国的一项调查，指出心脏 CT 的辐射剂量与 600 次胸部 X 线检查相当，随之而来的当然是更高的癌症风险。

多次 CT 检查致癌症危险增加。2009 年 4 月的《放射学》杂志上，美国哈佛大学的学者报告了对超过 3 万例患者的调查结果，1%的患者接受了超过 38 次 CT 扫描，辐射剂量超过 399 mSv，其癌症危险比平均水平增加 12%。文章再次警告人们，CT 辐射剂量及其相应危害可随着检查次数增加而累积。

而我从患病以来，根据医生、拜耳公司的要求，已经做了 18 次双部位 CT 检查，辐射剂量已经达到了 324 mSv，而 CT 检查还在继续。我真的很担心我到底该怎么办呢？从理论上说应该相信科学，停止或减少 CT 检查，可是，如果不按拜耳公司的规定，我的药就不能继续使用。

考虑到拜耳公司是一家国际大公司，一定会站在确保患者生命安全的角度上，展开科学、安全的临床实验，减少患者的CT检查次数和辐射剂量。

请拜耳公司领导根据我个人的实际情况，是否可以批准我四个月或半年做一次CT检查，尽可能减少辐射量。

七 拜访著名教授老中医陈百川 (2010年03月21日)

2010年3月20日我拜访了上海同济大学医学院老中医陈百川教授，他是中国“气血派”创始人颜德馨的学生。他继承了老师的“久病必有瘀，病痛必有瘀，怪病必有瘀，老者必有瘀”的全新理论学说和“衡法”的治疗法则。他从中医宏观医学着眼，提出气血整体平衡理论，强调“辨证论治”、扶正祛邪、调气活血，全面提高自身整体调节功能，以此抵抗及消除疾病。

癌症是由于气血不畅产生瘀而形成的。人体气血循经不息，濡养全身，若因各种原因而出现血行不畅，或血液瘀滞，或血不循经而外溢，就形成血瘀。瘀阻脉道内外，既影响血液正常运行，又干扰气机正常出入，以致机体阴阳失衡，遂疾病丛生。“气为百病之长，血为百病之胎”，因此，治疗癌症要通过治气疗血，来疏通脏腑气血，使血液畅通，气机升降有度，平衡阴阳，从而祛除各种致病因子，达到化瘀之功效，以提高机体免疫能力，促进自身的抗病能力。清代医学家王清任曾曰：“周身之气通而不滞，血活而不瘀，气通血活，何患不除。”

目前从癌症医疗数据来看，运用西医西药采取放化疗、射线治疗的癌症患者死亡率比运用中医中药对患者进行“姑息治疗”的癌症患者死亡率高6倍。这说明一个问题：中医治疗癌症是从整体宏观医学出发的，而西医治疗癌症是从微观医学出发的。通俗点说，西医治疗癌症是针对病症的，而中医治疗癌症是针对病因的。所以，中医中药在治疗癌症过程中从整体出发，调节机体阴阳，平衡气血，从而达到治疗之功效，这便为癌症患者提供了一条有效的生存途径。

陈百川教授为我开的处方有14剂：

夏枯草:30克 生牡蛎:30克 女贞子:15克 海藻:30克 白茅根:30克
炒白术:12克 仙鹤草:30克 半枝莲:30克 昆布:30克 黄芪:30克
党参:15克 茯苓:15克 陈皮:6克 玄参:15克 当归:9克
野葡萄藤:30克 白芍:9克

八 智慧抗癌

(2010年04月23日)

前面写到癌症患者的生命要掌握在自己手中。每一位患者若要将生命延续下去,就需要智慧,运用自己的智慧去抗击癌症。

现在有很多患者向我咨询抗击癌症的方法,我都会不厌其烦地把我的经验告诉他们,但是我非常清楚,光靠问如何对付癌症,往往收效甚微。原因就是个体差异太大了。就说肝癌吧,每一个患者肿瘤生长的部位、生长的大小、生长的时期、生长的环境都是不同的,更别说其他部位的肿瘤了。

再则,个人的身体状况、年龄结构、文化程度、性格条件都有差异。所以,对于一个患者来说,更重要的是尽快掌握抗癌技能,参考病友抗癌的一些方法,利用自己的智慧来建立一套自我的抗癌体系。

我常常回顾自己患病后的生命历程,最大的收获,就在于用智慧去分析判断该采取什么样的治疗方式,什么样的生活方式,什么样的调理方式,从而形成自我的抗癌模式。

总之,我觉得今天能够将生命抱在自己怀里,是要归功于自己和家人共同的智慧。然而,在我三年的抗癌历程中,遇到很多的患者却不是这样,他们对自己的病症缺乏智慧,失去了自己的判断能力,人云亦云,其结果可想而知。

癌症患者一定要有主张,任何人教导你该如何如何,你只能听,然后用自己的智慧分析后,得出自己想要的结果,然后才能付诸实施。不管是癌症专家、医生、病友、家人,他们的意见你只能做一个参考,决定权永远掌握在自己手里,一定要相信自己。

前些日子,杭州癌症康复协会举办学习班,让我去与患者谈一下抗癌心得,我就向参会的学员谈到运用智慧抗癌的话题,大家听了非常赞同我的观点。

当然,一个人的智慧是需要不断提高的。智慧越高,判断事物的能力就越强,希望病友们用自己的智慧,呵护好珍贵的生命。

九 答肝癌病友服用索拉非尼问题 (2010年08月11日)

最近,有几个患者向我咨询索拉非尼治疗肝癌到底效果如何,出现腹泻、湿疹等副作用,该怎么办的问题?

我认为这要综合考虑,索拉非尼治疗肝癌到底有没有效果?就我个人而言,是有效果的。但对于别的患者,我就不好说了。

因为有些与我一起服用该药的患者在不同时间内相继去世,如果索拉非尼有效的话,我想那些患者不至于那么快就死掉。那些患者真的很可怜,为了想服用索拉非尼,有的把家里所有家产都变卖了,有的把房产转让掉,有的发动所有亲戚朋友凑钱,去购买索拉非尼,自费阶段需要十五万,十五万对于普通老百姓说不是一个小数目,所以他们盼望着三个月自费期一过,以后就可以免费服用了。把一切希望都寄托在索拉非尼上,好像此药是仙丹,吃了就会好起来的。可事实上又有多少患者能吃到三个月进入免费期呢?又有多少人能吃到一年呢?我自己的感受最深,我总是在做一个领先者,有一种“前无古人,后无来者”之凄凉感,我真为这些掉队的患者而感到悲哀,他们甩了钱,还甩了命。

所以,在使用索拉非尼药品时,要综合考虑自己的身体状况,不要把生命寄托在索拉非尼上,要全面地、综合地治疗,拿出适合自己的治疗方案。

我的经验是要从以下几个方面着手来组方:1.西药;2.中药;3.免疫;4.锻炼;5.吸氧;6.顽强的生命意志。这样才能让自己的生命得以延续。如果仅仅靠一种药,肯定要出问题。

综上所述,患者应该可以明白如何来使用索拉非尼了吧,也该认识到索拉非尼真正的效果了吧。至于有患者问出现腹泻怎么办,我在吃索拉非尼时,为控制腹泻,我使用了中药,其作用以调理胃肠道为主,同时吃点盐酸小檗碱片。如果时间一长,盐酸小檗碱片的作用不好,止不住腹泻,患者可以换一些如菌类产品试试，我常吃的有米雅或者整肠生。有时腹泻还是止不住，那就可以减少索拉非尼服用剂量。

我服用多吉美索拉非尼到本月整整三年，当初服用时最明显的副作用是腹泻。15分钟上一次厕所，晚上睡觉时很难控制，有时一下全拉在床上，每到这一刻我都会不由自主从床上弹下地，但有时候神经质地弹下地后去厕所，结果又没有，就这样持续了很长一段时间，老婆想了个办法帮我买了尿不湿，后来通过中药调整慢慢就好多了。还有就是手指和脚趾表皮增厚，手指增厚没什么大碍，可脚皮增厚原来的鞋都穿不进去了，今天去店里买双鞋还可以试着穿，可过几天就不行了，就这样我买了很多鞋子。

大约一年以后，我才慢慢地正常起来。但最近几个月老是感到心悸，我自认为我的心血管系统是很好的，为什么会出现这种症状呢？于是我想到了多吉美索拉非尼，是不是长期服用会产生副作用，我去问医生，医生一时也答不上来，也没有发现类似病例，我的情况是个例。我回家想了又想，在浙江服用多吉美索拉非尼达三年的已是前无古人了，当年和我一起服用该药的患者都已相继归天，为了充分判断症状是不是来自索拉非尼，我断然停服该药品。情况果真如此，在我断药的一个月期间我的心悸症状消失了，所以我自认为长期服用多吉美拉非尼可能对心脏产生副作用。

可是医生对我说，药是不能停的，那就吃点其他药，可又没有给我服用其他药的建议，于是我只好买点黄芪生脉饮。呵呵！效果还不错，每当我发现心悸时我就会吃两支，很快就好，我也不知道这样维持下去行不行，走着瞧吧！

十 答肝癌病友使用“胸腺素”的问题

（2010年09月10日）

前两天病友向我咨询有关胸腺素一些问题。

我是从发病到现在，一直在使用。通常我每隔三天打一针胸腺素α1（不过也经常忘打），算算打胸腺素，已经有三个年头，自我感觉还不错。

胸腺素α1是免疫系统的重要生物调节因子，能促使T细胞的分化及成熟，提高T细胞前体的比率，使白介素-2(IL-2)的生成及高亲和力受体表达增加，提高叶细胞的功能，使机体有效地发挥免疫防护功能。Tα1又能抵抗地塞米松诱导的胸腺细胞亚群的凋亡。临床应用方面，Tα1能增强免疫缺陷、自身免疫病，以及恶性肿瘤病人的免疫调节作用。Tα1与化疗联合应用能大大增强疗效，降低毒性。

简单地说胸腺素有三个方面的作用：①能连续诱导T细胞在各个阶段分化发育；②具有调节机体的免疫平衡的作用；③能增强成熟T细胞对抗原或其他刺激的反应。这三方面对于肝癌患者是很重要的。

原发性肝癌患者在手术前后，最好使用胸腺素来增强T细胞的数量及活力。因在这段时间里，肝癌患者很多指标的比值均低于正常人，而使用胸腺素有助提高T细胞指标比值，对临床治疗及预后都会起到很好的效果。

国内有家医院做过对比实验，将使用胸腺素与未使用胸腺素的临床治疗效果做一比较，其结果表明：治疗12周后，治疗组死亡2例，好转20例，死亡率9%，好转率91%；对照组死亡8例，好转12例，未愈自动出院2例，死亡率36.3%，好转率54.5%。治疗组好转率明显高于对照组(P<0.05)，治疗组病死率明显低于对照组(P<0.05)。

从这个实验中得出一个结论，对于某些原发性肝癌患者，胸腺素用了总比不用的好。

我一直使用的品种是“日达仙胸腺素”α1，1.6mg，皮下注射，每隔三天注射一次。最近我有意停了一段时间，我只怕自身T细胞对胸腺素依赖太强，同时也想让胸腺器官自我发挥作用，增强T细胞自我活力及数量。所以我打算停半个月，接着再打三个月；然后停一个月，再接着打三个月；最终我想一年内打50支胸腺素α1。当然这是现在的打算，如果在今后生活中身体感觉不适，需要增量使用，还是要根据实际情况而定。

我为什么要选择进口的“日达仙”呢？作为混迹在药界二十多年的我，深深了解国外制药与国内制药概念与态度太不相同，我宁可使用700多元一支的“日达仙”，也不选国内低价品种，这种观点可能有点偏激，生活拮据患者，请自量。

十一 人的生命素——水

（2010 年 09 月 16 日）

《水是最好的药》一书中写道：

水能极大地提高骨髓中免疫系统的工作效率（包括抵抗癌症的能力），而骨髓是人体免疫系统的核心。

水可以保护 DNA，并提高 DNA 修复机制的效率，从而减少 DNA 变异的可能性。

水是免疫系统高效工作的关键物质，是免疫系统抵抗外来感染和癌细胞的保证。水是人体内能量的主要来源。

从医学角度，科学家对水进行了大量的研究，表明癌症患者更应该保持良好的喝水习惯，只有保持体内水分充足，才能保证机体所需的能量。因为人体是一个复杂的化学工厂，这个工厂的基础原料就是水，没有水或没有充足的水它就不能正常工作，人体就会发生不当的化学反应，其表现就是我们所说的疾病。

癌症患者体内如果长期得不到充足的水分，或者说长期处于脱水状态，就会影响免疫系统的正常工作，一旦免疫系统受损，那么机体就会受到癌细胞的侵袭。反之，体内水分补充能及时排出体内有害物质，就能保证了免疫系统抵抗外来感染和癌细胞的侵袭。

所以，癌症患者每天一定要坚持喝 2000CC 以上的水，来保证机体化工厂正常工作，提高机体免疫系统工作效率，让机体自然恢复健康。

十二 晚期癌症的咯血须注意问题

（2011 年 04 月 27 日）

2011 年正月期间，因为咯血折腾得家人过年也不安稳，近一个月来静心在家养身体，感觉好多了，每天很自在，也很快乐。

前两天，有位病友打电话来，说她这两天一直在咯血，出血量不大，问我有什么办法。说真的，我也没有好方法，最好的方法是去医院止血，但去医院又很麻烦。一般知名大医院是不收这类出血量不大的病人，只能去小一点医院，晚期癌症病人出血是常态，没什么大惊小怪，小医院也没什么不好，咯血不需要高超的医疗技术，止血方法各家医院都差不多，没有必要往大医院里挤。

前两次咯血我去了杭州省立同德医院，这家医院的肿瘤病区不会出现像省肿瘤医院和浙一、浙二医院那样排队住院的现象，再说病人咯血又不能等。同德医院住院部硬件设施不但好，而且医生服务态度也好，服务既热情又周到。

我第一次咯血，接待我的是韦巧玲副主任，与之交流就像与朋友交流一样，窃以为她可能对我特别照顾，问右床老人，老人答曰，医生、护士对众病者皆好。住在那儿让人感到很安心，也很自在。

其实，治疗晚期癌症病人没什么好的治疗方法，无非是让病人好死一点，没有痛苦一点。生命延续的最好的方法就是心理治疗，住在同德医院就能感到自己的生命还没到终点，可以痛苦地来，开心地回家。

我一直认为，治疗癌症必须进行综合治疗，但各大医院及各类医生在治疗癌症上是公说公有理，婆说婆有理，外科医生认为治疗癌症最好的方法就是手术，而内科医生认为治疗癌症最好的方法是化疗，中医医生却认为治疗癌症最好的方法是中药。所以，病人自己一定要有鉴别能力，我主张采取综合治疗，其中心理治疗也很重要。我之所以能生存至今日，自我心理调节起到了关键作用。

话说回来，癌症病人咯血须要十分注意。因为晚期癌症病人会伴有静脉曲张，也就是说血管壁很薄，遇到咳嗽或吃硬点的食物、剧烈运动都会造成出血，少量出血可采取医疗措施进行止血，如遇血管破裂那就没什么办法了。

上次我咯血住院时，邻居有位亲戚也是肝癌患者，咯血三天人就没了，邻居对我老婆说千万不要告诉我，怕对我有心理影响。可他没想到我是一听了之，我知道咯血对癌症病人来说是有生命危险的，所以，发现咯血一定要注意。

经历多次咯血后，自己也有了一点经验。咯血量一次如果超过 50 毫升，就要到医院去止血，反之，就自己搞点药吃吃也就可以了。最近一次咯血我就吃点氨甲苯酸片和 5 克犀牛角粉（分五次吃），两天后咯血就止住了。这不，每天写写字、画画画，很自在，也很快乐。

十三 可怕的癌污染

（2011 年 05 月 11 日）

所谓癌污染，就是当一个人检查出得了癌症时，所有家人、亲朋好友，包括自己所表现的那种剧烈异常的心理活动。恐惧、压力、无奈形成的一种特有的氛围便是癌污染。

最近，杭州报纸报道，杭州 5 家大医院，每周检查出 800 多人得了癌症，最小的 14 岁，最大的 75 岁，连续几周查出的数量变化不大。今天又报道四万多人体检发现肿瘤患者有四五十人，得病率在千分之五，而一大部分患者一经查出就是晚期。

许多家属很纳闷：为什么去年体检时还好好的，今年体检就到晚期了呢？于是就去问医生，医生从多方面做了解释，但最终也说不出一个所以然，癌到底怎么得的，一时也说不清楚，只能对大家说，这方面现代医学还在研究中。

不去检查也罢，可以照样生活、工作，好好的，根本不会去惦记自己身体有什么不好，可一旦检查出来，就好像大难临头一样。产生这种感觉的原因有三：一是知道自己得了癌症，怕死；二是亲人为你愁死；三是朋友为你担心死。一种死亡气氛弥漫在你的周围，里三层外三层的紧张气氛把你压得喘不过气来，搞得你不死不活，形成一种癌污染氛围，而这种氛围实在可怕。

其实癌症没有那么可怕，我周围很多患者都恢复得很好，现在他们生活工作得也很好，与健康人没有区别。他们之所以能活到现在，是因为都有一个共同的愿望，就是要坚强地活着，扫清一切癌污染，排除一切癌干扰，为自己生存而坚持，为自己生活而努力。

所以，我建议病人、家属、亲友遇见这种特殊情况时，一定要冷静，不要制造更多的压力给病人。而作为病人也一定要放松心态，保持“既然遇上就坦然面对”的心态。尽管心态调整难度很大，但也必须去调整。

十四 与新病友说心里话

（2011 年 11 月 02 日）

这世道不知怎的，又有两个朋友查出癌症，两个都是肺癌，都已晚期，都不能接受手术。一个是肺转移至淋巴，在金华住院；另一个是转移到骨头，在杭州住院。患这种病，如果没有强大的心理抵御能力，生命很快就会逝去。这一点我比谁都清楚。所以，我探望完在杭州住院的朋友，2011 年 10 月 22 日，我又前去探望在金华住院的朋友，在路上我回想起刚去世不久的同学。

前段时间我回老家时，与这位同学一起吃饭，当时他还安慰我，把心放宽，只要我们不怕生病，病就会怕你，等等。可回杭州没多久，听说他得了与我一样的毛病。据他的朋友说，他知道自己得了肝癌，很痛苦，很害怕，见到同学他就哭，他经济条件不太好，我老婆就托人带给他一疗程的索拉非尼。

记得他在学校时，体育很好，好打抱不平，老师拿他没办法，他在整个学校的知名度很高。由于他没有好好地经营自己的家庭，患癌期间很是可怜，他曾娶过两个老婆，大老婆带着孩子来看他，知道他经济拮据，放下一些钱就走了；二老婆知道他患肝癌后，连看都没来看他，带着小儿子就跑了。同学们见他医疗费都支付不起，大家就捐了点钱，安慰他好好接受治疗。可是他经受不了如此大的打击，昨晚还与朋友在大碗喝酒，今天却患了肝癌，他没有信心和勇气面对死亡的降临，他的心理防线被肝癌击垮。没出一个月，一个身强力壮的人就走了。

想着，想着，一晃就到了金华，我赶紧去医院住院部看望朋友，他的精神状态与平时没有区别，他从病床上坐起，但说不了话，是因为癌细胞转移后淋巴罩增大，压迫声带，导致不能正常发音。他自己知道得的是癌症，所以，聊起来也无所顾忌。言语中我了解到，他唯一遗憾的是，许多事情没来得及安排好。前两年才将事业投资转移到西双版纳，到现在还没有整体实施，他担心孩子接手难度大，做不好。还有就是整个家，上有八十多岁老母，身体虚弱，老婆乳腺癌又刚刚复发，也在治疗中。儿子跟他做事，儿媳在家带小孩，整个家的生活压力全在他身上。万一他出现三长两短，这根顶梁柱倒下了，那企业怎么办？家庭怎么办？他不敢往下想。

我让他把心安下来，一切随遇而安，一切听命。我对他说，没有你地球照样转。我当时不也是在公司红火的时候倒下了吗？我也是像你一样的想法，将来公司怎么办？老婆、儿子怎么办？后来我老婆看出我的心事，为了让我安心治疗，她就不管三七二十一将公司关闭了。随后我才能超越梦想，创造奇迹，让生命存活下来，直至今日。所以我向他提出四条建议：

第一，树立足够的信心与病魔斗争。没有什么不可能的，一切皆有可能，只要你安下心，将生死置之度外，你就能活过一年、五年、十年，你看我，现在不是好好的，再过五个月我就满五年了。所以，我说癌症这病，只要你不怕它，它就怕你，你越是有这种积极的心态，身体对癌细胞的抵御能力就越强。生命信心，能调节你的免疫体系，信心能让你生命不可预期。

第二，决不过度治疗。今天看到你的状态，我认为没什么大问题，关键是要把握好治疗尺度，千万不要过度治疗。与医生商量再商量，得到医生的理解，以不将身体治垮为原则，医生提出五次化疗，你与他商量两次行不行，三次可不可以，要明白医生通常会提出三个疗程，每个疗程十二次化疗，结果竖着进去，横着出来。悲哀啊！所以，我的经验是治疗一定要适度。

第三，每天锻炼身体，做气功，打太极。当病情平稳后，每天一定要锻炼身体，这是一个癌症患者必须做的功课。我具体也说不明白，锻炼能对抗击癌细胞起到多大作用，而事实证明，参加锻炼比不参加锻炼的患者存活率要高得多，其中的机理有待于医学科学界去研究，而对于我们病人来说有效就是硬道理。

第四，转让公司撤出资金。如果你觉得儿子不能承担你的产业，那就尽快转让公司，切莫在养病之间，扰乱你的心。癌症病人最关键是安心养病，什么都不想，以一念抵万念，将生命延续这才是我们想要的。

让心安下来，一切会好起来的。

第十一章 生命的最后旅程

上天的眷顾，让我闯过了2011年的年关；游山玩水，挥笔作画迎来了2012年。但死亡已悄悄向我走近，这是我无法逃脱的事实。我要求医生只是针对由癌症引起的不适症状进行治疗，目的是减缓痛苦，期望能活得完整，并洋溢在爱的关怀中安然离去，开开心心到另一个世界进行另一段生命旅程……

一 今年挺过去会很难

（2012 年 01 月 05 日）

我脑袋进水了，这次绝不跟朋友开玩笑，是真的进水了。前段时间才向大家报告骨转移，今天又忍不住告诉大家一个坏消息：我的癌细胞已经转移至大脑，在左后脑位置形成了一个 3.5cm×3cm 的肿瘤，视力压迫看不清晰，走路要老婆儿子扶着，大脑出现疼痛。

去上海华山医院咨询专家，排除手术可能，医生叫我回家好好坚持，没有治疗方案，只能回杭州止痛，脱水治疗。昨晚我的主治医生与我们谈，在这种情况下，可以考虑用伽马刀进行治疗，但我心里有些纠结。

我的医生是韦巧玲，副主任医生，她对所有的病人都很和蔼、很亲切。我几年来所住的医院中，省立同德医院肿瘤病区，我称之为癌症晚期病人"临终关怀"的极好住所。在这里，不管是医生，还是护士，都能让你感到心里舒坦。他们一切为病人着想，尽可能地减轻病人的痛苦，一些病人在这里还能延长生存时间。

二 放弃手术

（2012 年 01 月 11 日）

最近两天，我每天挂着激素类药物，精神状况还不错，但是走路还是不稳，需要老婆、儿子扶着。

这激素类药物还有一个副作用，就是让我变得特别特别能吃，比正常人吃的还多，肚子都吃撑了，结果看到食物还是忍不住想吃。我从年轻时起体重一直保持在 55 公斤左右，这几天倒是一天重一斤，真是太可怕了。

老婆说，现在你胖起来了倒是很好看，拍张照片去吧！和我一定很搭的。我下意识地摸摸脸，然后到卫生间照照镜子。哎，你还真别说，真是脸胖乎乎的，尽显夫妻之相啊。如果去影楼拍个婚纱照，那一定比影楼那些展出的相片好十倍！呵呵！

今天迪恩兄带我去浙江省人民医院咨询伽马刀的事，主任医师说明天去科里给我会诊一下，再给我治疗建议。但是从主任的话语间，我听出他更倾向于手术治疗而不是伽马刀治疗。昨天晚上我躺在床上还想着不接受伽马刀治疗，今天听到说手术，这又该让我纠结几天了。

其实说实话，我自己一直倾向于"姑息治疗"，能拖几天是几天。主张开刀的医生都说开刀还能存活，不开刀那就完了。不过我心里，仍然比较倾向于不做手术，少动刀。因为我想以自身的力量存活下去。这几年我一直活在自己设立的一个个目标中，这一关一关都过来了。

因此，这次我又为自己设立了一个目标，就是好好地把年先过了。从目前情况来看，如果采取"姑息治疗"，把年过了应该是没有问题的。如果手术，这结果就不一定了，也许连年都过不了。

第二个目标，还是"老目标"，就是把今年的 4 月 1 日愚人节给过了，到 2012 年的 4 月 1 日，我患病也就整整 5 年了，它对我自己有着非凡的意义，同时我想也能对其他患者有一定的激励作用。

癌症其实是慢性病，只要有目标和信念，能够坚持下去，就一定能够好好活着。关键在于罹患癌症后，要学会与癌症"共存"，不要想着消灭它，消灭它结果一般会是自己被很快消灭掉。

三 最终决定手术

（2012 年 01 月 14 日）

最近，脑转移出现的症状愈来愈明显，眼睛越来越模糊不清，走路也更加没有力气了。因此，我想对症而治，把症状排除掉。

经过朋友、亲人、医生多方的讨论和咨询，特别是医生给出的建议，这个手术，是我最后迎接生存希望的机会，所以我今天住进了省人民医院，开始积极准备手术。

我的主刀医生，是脑外科主任陈书达。和医院熟络的朋友说他相当厉害，今天和病友聊天，他们也把陈医生说得神乎其神。

有位病友说的话让我记忆深刻："我三年来每年都带我老婆过来，今年完成了最终的手术，这三年来，只要我听说过的病人，由陈主任主刀后都是走着回去的。他总是把保证病人的生命放第一位。"

这就说明他真的很厉害。因此我的信心和希望也增强了。

虽然省人民医院的脑外科不是非常有名，但"山不在高，有仙则名；水不在深，有龙则灵"。我更看重的是陈医生个人的人格魅力和能力，因此，对于这次手术，我倒也有了几分信心。

尽管，会诊时医生也说手术风险相当大，但是得癌症的这5年来，我深刻意识到癌症必然会导致最终的死亡，那么相对于风险来说，手术就成了一种博弈。手术成功，那便能够在保持生活质量的前提下再多活一年；失败，则时日不多矣。现在对我来说，选择冒一定风险来换取有质量的生活，比选择放弃治疗从而忍受病痛折磨会更加明智一些。

因此，朋友们，祝福我手术成功吧。哈哈。

四 手术前的全面检查

（2012年01月16日）

今天的检查结果显示：肝、肺、骨、脑的癌症病灶基本保持原样，但又增加了心脏血管的癌栓，且脾肿大，腹腔、胸腔有少量积水，主治医生已发出各科室专家的会诊通知，重新评估手术的可行性。

一切等明天的评估结果出来。

五 2012年的第一生存目标"过大年"

（2012年01月21日）

这次我最后决定手术就是想生死一搏，态度非常积极，所以几次省人医神经外科陈主任来查房，我都表现得精神抖擞，于是陈主任拍拍我的肩膀："老方精神很好嘛，放心你的手术对我来说是小手术。"其实老婆知道我是装出来的，在背后窃笑。也好，有念想就有期盼，有期盼就有精神。

等到术前检查报告出来，刚好陈主任去上海会诊，早上我的主管医生一行人查房告诉我不能手术。脑手术不是难题，但针对我全身癌细胞爆发转移的弱病质身体，会大概率产生术后并发症，即肝功能麻醉这一关就很难挺过，或术后产生大量的肝腹水和胸腔腹水，人可能就躺在床上起不来……当时我很难面对现实，心里嘀咕他们不负责任，说的都是屁话。直等到陈主任从上海回来耐心解释不能手术的原因，并很诚恳地告诉我：我们外科医生都喜欢手术，但你的情况不做手术，可能对你的生存质量更好。

做不了手术，脑部肿瘤太大，又不能做伽马刀，所以又转院到省立同德医院，我喜欢这里的医生和护士，当我不舒服的时候，可以撒撒野，人舒服时还可以和护士小妹开开玩笑。哈！老婆说我“贼心不死”。

这些天，我运用“阿Q自我安慰”的精神疗法——不手术也罢，否则，我有可能在手术台上下不来了，现在的我，至少这个年能度过，还可以吃年夜饭、听鞭炮声——实现我2012年的生存的第一目标。

六 第二生存目标：抗癌5周年4月1日的“愚人节”

（2012年02月08日）

目前靠药物控制，我基本处在无痛状态，就是眼睛不方便，经常撞门或走错房间。

我的下一个生存目标是：迎接带癌生存5周年纪念日——2012年4月1日的“愚人节”。

希望那一天我这个“愚人”既开心又能创造奇迹。哈，该走的人就是不走，做一个不倒金刚。

七 “情人节”的玫瑰花

（2012年02月16日）

“情人节”意外收到老婆送的玫瑰花，插在病房的床头格外温馨。爱在，希望就在。

老婆说：“情人节是男女共同的节日，上帝没有规定一定是男的送女的。”

不会做作的老婆说的没错，但让我很愧疚。和老婆一起生活30年，我还从未送过老婆玫瑰花，好像我挺牛的，其实我这样的男人挺不负责的。如果有来世，我会每年送老婆玫瑰。肉麻吧，开张空头支票，老婆也高兴，而我却很……

八 坚持，坚持，再坚持

（2012 年 02 月 21 日）

“一个人做好事并不难，难的是一辈子做好事。”“久病无孝子。”等话，大体都在诠释“坚持”的难能可贵吧！

我的室友老张是正月走的，前些天新来的室友老倪今天凌晨又走了。昨天他还好好的，还在为要不要请护工问题发表不同看法：

老倪的看法：“如果要到请护工的份上，我情愿死，也不请一个不相关的人护理我。”

老倪老婆马上发表意见：“你挺自私的……”

其实，前些天我一直为要不要请护工纠结，开始也有老倪的这种想法，但看老婆、孩子日日夜夜地陪护，我开始不安。担心儿子因为我而影响他毕业，担心老婆因为我而累垮。所以，心平气和地让老婆请了护工，但现在的护工确实很牛，也不管你烦不烦整天打开电视看，多干点事就满腹牢骚，晚上睡觉死死地叫不起来，只好自己起来跌跌撞撞去小便，挺郁闷的。老婆安慰我，再坚持一下，还有一星期儿子就完成学期考试，我们就辞掉护工，轮班陪护你。

老倪刚刚走了，我很害怕，把才不久回家睡觉的老婆叫回医院，睡不着觉干脆叫老婆替我录这篇博文。

坚持确实很难。生病，特别是身患绝症的我，坚持到今天，很难。尽管我有着比其他病人更好的心态。但陪护我一直坚持走到今天的人，其实更难。

九 致谢

（2012 年 02 月 25 日）

目前我的脑部肿瘤继续增大，不光压迫视觉神经，现在左半边的手脚已不听使唤，起床需两个人扶着，走路像个脑瘫儿，感情也变得非常脆弱，经常流泪。我不是为自己流泪，而是因为我久病以来，有大家一如既往的关爱，是感动、高兴的泪水。

朋友、博友、同事们的一声问候、一个祝福和鼓励，都让我深深感动，我会在生命的最后，快乐地享受每一天。有爱的沐浴，我死而无憾，但我不知明天会发生什么，不知能否挺过带癌生存5周年纪念日——4月1日愚人节。今天，就借此向所有关爱和帮助我的人致谢：

感谢家人的悉心照看，一路陪护！

感谢朋友、博友们一如既往对我的鼓励和支持！

感谢济民可信李总，康恩贝胡总，三株同事邵总、陈总这些年对我的经济援助和勉励！

感谢北京302医院杨主任、杭州同德医院肿瘤科医护人员的对症治疗和关爱！

感谢我生病前的公司员工对我的问候！

员工问候语精摘如下：

为了健康你要开心，为了快乐你要努力。方总你好，我是严敬华，虽然这是一份迟到的问候，但这代表我的衷心祝愿。家人好友永远爱着你，支持你。你的生命不再只属于你，而属于所有爱着你的人，所有支持你的人。祝你早日康复，天天有个好心情。——严敬华

方总，您好，七年没见您，但在七年的工作中，脑海里时常会浮现出您的

影子，偶尔也会关注一下您的博客，在某一个角落静静地为您祈祷。世事无常，我们不能选择，但可以适当去改变，我相信我心目中的您是可以的，2012只是一个传说而已。——吴建林

方总，见信如晤，祝您早日康复，回想起来，您是我进入广告圈子的启蒙导师，没有您的教诲，我亦未必能找到安身立命之职业，祝愿恩师健健康康，万事顺意。——弟子：张世臣 敬上

我在康力元这边蛮好的，郑祖荣也回来了，祝方总再次闯过难关。——蔡文杰

方总你好，我是小范，你一定会好起来的，一定要 hold 住啊！加油！——范建国

十 安息吧，老方！　(2012 年 02 月 29 日妻笔)

我夫方玄冰于 2012 年 2 月 29 日早 8 点 26 分在浙江省立同德医院逝世。

老方走得很安详。对一个肝、心、肺、胰腺、骨头、大脑等全身几乎充满癌症的患者来说，老方又创造了奇迹。他几乎没有痛苦，走得这么安静，这给了我莫大安慰。安息吧，老方！

第十二章 亲友、博友们深切悼念

方先生以惊人的毅力和豁达，通过博客忠实地记录了自己人生最后的时日，终在《当生命可以预期103篇——安息》之后谢别我们，但方先生与病魔斗争的精神与勇气，对生命的珍惜与厚爱，和离别时的平淡与泰然，无不感染着我们，并使我们能一直铭记他的形象。

一 方玄冰的老战友董树祥致悼词

各位亲友：

今天，我们怀着非常沉痛的心情，向我们的老战友方玄冰同志告别。

方玄冰同志因患肝癌，经多方救治无效，于2012年2月29日8点26分在浙江省立同德医院逝世。我们深感悲痛！

方玄冰同志的一生是光荣的一生！对工作，他有着强烈的事业心和责任感，参与了许多知名品牌产品的营销策划工作，给企业带来了很好的经济效益。

对子女，他悉心教导，严格要求。儿子方舟已成为中国第一位古典吉他博士。

对朋友，他坦诚相见，无私帮助，结交了一大批知心好友。

方玄冰同志的逝世，使我们失去了一位好丈夫、好父亲、好战友。他虽离我们而去，但他的高尚情操将一直激励着我们前行，他的音容笑貌将永远留在我们心中！

安息吧！我们的老战友方玄冰同志！

2012年3月3日于杭州殡仪馆

二 沉痛悼念父亲致辞

尊敬的亲友、各位来宾：

今天，我代表全家人感谢你们能在百忙中前来参加我父亲的告别会。

我的父亲，于2012年2月29日8点26分逝世，享年53岁。父亲走的时候很安详，好像只是沉沉地睡去一样。癌症虽然折磨着他的肉体，但是直到最后也无法打垮他积极乐观的精神。我相信，父亲会带着所有亲人、朋友们的祝福，在天堂继续快乐地生活下去。

对于我来说，父亲是我的良师益友。我们之间总是无所不谈，他的睿智和人生经历，对我启发良多。五年前，当父亲的生命可以预期的时候，我正在外求学。每次和父亲通电话，他总是笑着一边鼓励我好好念书，一边安慰我说他状态很好。可我知道，他的内心，比任何人都期盼我早日归来。我很庆幸，在父亲生命的最后一年里，能陪他走过。他的微笑将永远留在我的心中。

父亲还常说，他最大的幸福，是有那么多亲朋好友在关心他、祝福他，因此他心中充满感激，以至于在生命的最后几周，每每提到大家的名字，都会热泪盈眶。而他每每拿起手机，想和大家说说话时，却又担心会打扰大家的生活和工作。我想，他对我们的感情是真诚的、热烈的。而我们每个人心中，也都保留着对他深深的思念。父亲是一个平凡的人，但正是平凡的他对我们说的某句平凡的话，为我们做的某件平凡的事，悄悄地浸润了我们的生命，给予我们激励和力量。就像他说的那样："在某时某刻，能够提到我的名字、记起我，我就很幸福了。"

父亲的生命，会在我们的记忆中继续延续下去。在这送别之时，作为儿子，我会遵循您的意愿，快乐地生活，照顾好家人。而各位亲朋好友，也希望你们能够提起他，忆起他，想起他的音容笑貌。

再次感谢各位亲朋好友能在百忙之中前来参加父亲的告别会。

儿子方舟

2012 年 3 月 3 日于杭州殡仪馆

三 我和我爸

从我读高中起，我和我爸就分隔两地，很少能够碰面，即使碰面相互也说不上几句话，很多时候是他一个人在滔滔不绝地和我讲这讲那。我练琴的时候他会打瞌睡，在我弹完以后，他会歪过头来和我说："嗯，弹得好，音弹得很圆。"我总是笑他："你又听不懂。"可是不管如何，无论弹什么曲子，他肯定是我的第一个听众，不管弹得好坏，他都会说好。

我读大四的时候，他得了肝癌。查出来的当天是 4 月 1 号愚人节。当时在家里我们谁都没说话，都很平静，我妈妈火速打听到治疗肝癌最好的医院是上海东方肝胆医院，当晚我就排通宵队挂了专家号。那天晚上我心情很复杂，但总是坚信我爸这病应该治得好的。

几天后我爸接受了手术，还算成功，休养一个多月就感觉恢复得差不多了。那时候我已经考上旧金山音乐学院，我一度想放弃学业，留在父亲身边，可他极力反对，依然鼓励我出国留学。他不止一次地和我说："儿子，相信爸爸，我一定没事的，一定等你学成归来！"

出国没多久，听我妈说我爸的癌细胞转移到肺了。但是我爸觉得放化疗是在搏命，会牺牲他宝贵的时间，因此采取了"积极的姑息治疗"法。那时候，听我妈说，我爸坚持每天走 5 公里路，早上去钓钓鱼，午睡后练字，然后遛遛狗，偶尔做个饭，偶尔和朋友去偏远的地方摄影——他用平和的心态和乐观的精神坚持着，始终不想给我半点压力。我爸每次给我打电话，从来不提自己病的事，总是和我说："儿子，等你回来弹琴给我听啊。""儿子，我这次去了个地方很漂亮，等你回来一起去啊。"我还记得他多次提及很想去西藏，可最终没能去成。

时间很快，两年硕士读完，我爸又极力鼓励我读博士，我也没辜负他，考了个全奖，看着父亲状态不错，我便决定继续深造。2011 年大年初二，晚上 8 点我接到我妈的电话，让我赶回来。我心里"咯噔"一下，连夜去了机场，订了凌晨 2 点的机票就往回飞。赶到医院，看到我爸插着氧气，我妈说暂时没问题了。

后来才知道他过年和家里人聚聚，因为肺癌体虚累到了就大口吐血。当晚我陪床，等我爸第二天醒来，他说："哟，儿子来了。学习没问题吧？"我说请假了，没事。他也就继续休息了。等他恢复了一点，他告诉我，那天见到我以后，他就告诉自己要坚持，自己没问题的。因为他知道如果他一有问题，就耽误我学习了。我陪床一周后，看我爸慢慢好起来了，挺开心，那时候还傻傻地认为父亲会好起来的，说不定哪天就好了。之后几天，父亲身子稍微好一点，就又开始和我滔滔不绝地聊天，听听我在美国的学习生活，听听我在国外经历的有趣的事情。两个星期以后我就被"赶"回美国了。我知道我爸不想我耽误学习。

一晃到了 6 月，我提早修完学分回国了。那天下飞机，是我爸亲自来接的。见到他的时候，他由衷地对我笑，很难相信他是一位早在四年前就被确诊"只能活三个月"的癌症患者。那一刻，想叫一声爸爸，但这一声却沉甸甸地哽在了喉头。之后几个月的家庭时光，温馨、快乐、沉重，父亲的开朗、乐观，在他已被预期的生命里绽放着光芒，指引我的成长，教会我作为一个男人的担当。

2012 年 1 月，父亲癌症又转移到了脑部，已经无法做进一步的治疗，因为报告已然写着：肝癌晚期，已扩散至肺、胰腺、脑、脊椎等部位。2 月中旬父亲眼睛已开始模糊不清，稍稍精神好一点，他依旧和我聊着人生，聊着未来，聊着事业；还常常责怪自己没有照顾好我和母亲，每每提起这个话题，他都有些激动。他还坚持写他的博文，最后的两篇博文是父亲盲写在笔记本上，由我帮他录入笔记本电脑的，他知道，留给他的时间不多了。在这所剩无几的时间里，我不敢想象父亲的内心经历了什么，每次想到这些，我的心都无比刺痛。

2 月 28 日下午父亲开始昏迷，就再也没有醒来。第二天凌晨他走了，我握着他的手慢慢变凉，悲痛欲绝。我和母亲最后一次帮他换上衣服，我就这样愣愣地看着我爸，他比我帅多了，1 米 76 的个子，穿着白衬衫和一身休闲西装，围着格子围巾，像个港台明星一样。医生在旁边安慰我，至少，我爸最后走得很安详，没有受到太多病痛的折磨。

追悼会的时候来了很多人。近五年时间里，他的快乐、乐观的精神感染了周围很多的人。他将生命已有预期之后的人生感悟，写成了一篇篇博文，默默鼓励着我们勇敢面对人生，参加追悼会的人中很多甚至是从很远的地方专程赶过来的。

我爸原来经常说，他最大的财富，是拥有很多朋友。在他生命的最后阶段，除了有家人的陪伴，最幸福的，是有那么多亲朋好友在关心他、祝福他，因此，他心中充满感激。以至于在生命的最后几周，每每提到他们的名字，他都会热泪盈眶。而每每拿起手机，想打个电话和其中哪一位唠唠嗑时，他却又担心会打扰别人的生活和工作。我想，我爸对我们每一个人的感情是真诚的、热烈的。而我们每个人心中，也都保留着对他深深的思念。

我爸是一个平凡的人，但正是平凡的他对我说的某句平凡的话，为我做的某件平凡的事，悄悄地浸润了我的心灵，给予我激励和力量。我爸去的时候，都不想太麻烦家里，挑了 2 月 29 号——4 年一祭日。他之前等了我 4 年学成回来，之后要我等 4 年才能拜祭他。每每想到这事，加上没能最后和他说上一句话，我都难以自禁。

爸，您放心吧，我会成长，会学会担当，会好好照顾母亲，会在没有你的日子里，撑起这个家。

儿子

2015 年 3 月 10 日

四 博友们深切悼念方玄冰的悼词

周艳华 | IP 地址：116.116.78. * | 2012/02/29，23:31

泪……痛悼兄长，一路走好！望夫人节哀，向您致意！

张小红 | IP 地址：202.108.19. * | 2012/02/29，23:41

到那边请来信。

张鸿飞 | IP 地址：180.77.80. * | 2012/02/29，23:46

十大博客之后，建议为方先生追授奖项，虽说奖与否本无关紧要，何况人已去，但是对方先生的博客有另一番深意，方先生以惊人的毅力和豁达，通过博客忠实记录自己人生最后的时日，终在第 102 期《当生命可以预期》之后谢别我们，博客可以如此表达一位平民强者对生命的珍惜和生命的厚重，我相信这会令很多人感佩，而这正是实名博客非凡的价值之一。

周艳华 | IP 地址：116.116.78. * | 2012/02/29，23:47

支持，我也有同样的感受。

李仝子 | IP 地址：1.194.183. * | 2012/03/01，01:11

赞成！很钦佩方老师对待疾病、对待生命的态度。

章因之 | IP 地址：81.70.209.＊ | 2012/03/01，03:20

支持！很好的建议！

钱初颖 | IP 地址：112.81.51.＊ | 2012/03/01，08:50

支持！

王亚东 | IP 地址：124.132.65.＊ | 2012/03/01，16:53

非常赞成～～！

陈甲福 | IP 地址：223.198.254.＊ | 2012/02/29，23:46

方老师与疾病抗争，非常令人敬佩，方老师一路走好！

韩庆成 | IP 地址：183.160.105.＊ | 2012/03/01，00:09

哀悼！

应学俊 | IP 地址：113.17.119.＊ | 2012/03/01，03:13

博友安息！所有亲人、朋友将会怀念你。愿生者珍惜每一个今天，珍惜生命！

章因之 | IP 地址：81.70.209.＊ | 2012/03/01，03:21

哀悼！方先生一路走好！

赵玫玫 | IP 地址：31.58.118.＊ | 2012/03/01，04:42

如方夫人所说，他"几乎没有痛苦，走得这么安静"，这安静却给我以震动。

方先生，一位值得永远记住、纪念的博友。有幸与先生在博联相识。

在此和大家一起最后送您一程，安息吧。

高金英 | IP 地址：110.111.21.＊ | 2012/03/01，06:02

大早起来看到这么不幸的消息，很悲痛！愿博友一路走好！沉痛哀悼！

王亚妮 | IP 地址：113.27.85.＊ | 2012/03/01，06:30

祝方博友一路走好，每个人都有面对死亡的时候，死亡随时都可以到来，珍惜生命，抓紧时间做自己喜欢的事情……

秦永辉 | IP 地址：123.14.249.＊ | 2012/03/01，06:58

哀悼！一路走好！

刘春声 | IP 地址：114.249.222.＊ | 2012/03/01，07:15

当生命已有预期的时候，瞬间感悟到，一切为“生”外之物。将世俗烦躁抛开吧，让身心放松，再放松。当生命没有预期的时候做到这一点，方是大悟！

石书霞 | IP 地址：118.76.96.＊ | 2012/03/01，07:43

博友远行，但他的坚强、自信、乐观、豁达，令人铭记！

宋鹏 | IP 地址：218.56.134.＊ | 2012/03/01，07:44

默哀！一路走好！

胡镇彬 | IP 地址：221.207.236.＊ | 2012/03/01，07:57

你安静地走了
走得洒脱
走得如此飘逸
在你起步上路的时候
便开始计数 001—103
每翻看你的脚印
都是你在群山中静坐开怀大笑
走好方老师！安息方老师！一路走好！

冯国伟 | IP 地址：61.178.14.＊ | 2012/03/01，08:41

你给了我们生命的豁达。

秦传文 | IP 地址：125.66.33. * | 2012/03/01，08:52

方老师非常令人敬佩，祝方老师一路走好！

访客 | IP 地址：119.181.159. * | 2012/03/01，09:21

一路走好，阿弥陀佛。

喻昌荣 | IP 地址：61.153.204. * | 2012/03/01，09:24

默哀！方老师一路走好！

王建华 | IP 地址：221.204.165. * | 2012/03/01，09:53

令人敬佩，方老师一路走好！

张少毅 | IP 地址：124.164.11. * | 2012/03/01，10:16

哀悼！方老师一路走好！

刘志强 | IP 地址：110.167.192. * | 2012/03/01，11:17

哀悼老师！

刘爱国 | IP 地址：118.76.126. * | 2012/03/01，11:20

方老师一路走好！

彭宏 | IP 地址：61.180.78. * | 2012/03/01，11:32

方老师一路走好！

嫫热 | IP 地址：118.213.192. * | 2012/03/01，11:43

博友安息！默哀！

夏河年 | IP 地址：182.87.243. * | 2012/03/01，12:53

哀悼！

程海燕 | IP 地址：58.242.211.* | 2012/03/01，13:36

昨晚在博联社里第一个看到方老师博客中的《当生命可以预期 103——安息》，泪水已经止不住地流下来。生命的离世虽非人们本愿，但毕竟是一个自然的过程，但方老师与病魔斗争的精神与勇气，当生命进入预期时的平淡与泰然，无不感染着我们一直铭记他的形象，去往天堂的途中，一路走好！

wuyunyao | IP 地址：111.128.241.* | 2012/03/01，13:38

深悼方老师！方老师的博客其实是一个抗癌 BLOG，情知死亡降临，依然直抒胸臆，难能可贵，呜呼哀哉！

王林香 | IP 地址：60.210.111.* | 2012/03/01，15:00

就如博联社一样，要回归自己的天国。

王林香 | IP 地址：60.210.111.* | 2012/03/01，15:01

明白了生是寄，理解了死是归。心情总是坦然的。

白金河 | IP 地址：122.80.57.* | 2012/03/01，16:12

深表哀悼！一路走好！

王亚东 | IP 地址：124.132.65.* | 2012/03/01，16:50

大悲，痛泣～～！方兄～～我想你，你的精神永远鼓励着我！老兄安息吧！默哀!!

郑晓红 | IP 地址：60.164.111.* | 2012/03/01，17:51

看着他宽和的笑容，真是痛彻心扉。唯愿生者珍重！

鲍昆 | IP 地址：123.119.34.* | 2012/03/01，18:25

哀悼。

田亚军｜IP 地址：60.217.184.＊｜2012/03/01，21:05

沉痛悼念！为了顽强的生命而讴歌，方老师一路走好！

范春歌｜IP 地址：221.232.209.＊｜2012/03/01，21:14

方老师，走好。永远记得您的笑容！

诸华丰｜IP 地址：58.100.87.＊｜2012/03/01，23:19

走好！

苏琳｜IP 地址：60.208.218.＊｜2012/03/02，09:04

方老兄走了，在与自己的命运抗争的5年中的日日夜夜里，我一直关注着方老，几乎每次登陆博联社，就是先看看他的文章，有了新的文章，我就随着他的病情跟着高兴或者跟着难过，如果长时间不见他消息，我就感到深深的失落和牵挂！

方老的睿智，他的才情，他对家庭的爱时时感动着我！可以说，方老的命运和素不相识的我们紧紧联系在一起！

同为一个大写的人，相逢何必曾相识，不见不一定代表不惦念！

方老的人生是一个成功者，他的抗争和家庭对他的不离不弃的关爱，感动着所有博联社的博友，这是一种精神，这也是作为一个人和动物的最大的区别！

方老字写得非常好！我曾经向方老索要过墨宝，您也说我的名字和方老夫人有一个字相同，我本来期待他找时间给我写一幅字，把它作为我励志的收藏，现在却成了永久的遗憾！

方玄冰｜IP 地址：218.74.39.＊｜2012/03/04，23:37

等我适应老方不在的日子，一定完成你的心愿——苏玲

谢谢［回复］

苏琳｜IP 地址：218.59.74.＊｜2012/03/05，09:09

谢谢一家子，愿您节哀顺变！

王林香 | IP 地址：60.210.111. * | 2012/03/05，11:37
生命
——博友方玄冰之死有感
生命，让竞争充满希望
死亡，让竞争无限悲伤
生命的伟大是挽救人生的真谛
明白了生死就理解了一切
世上谁都曾生过，时刻生活在生中
所以不怕生，可在生中
谁都没有死过，所以谁都怕死
我生过，我有生命
我没有死过，所以永远不知来生
人生一世，草木一秋
生命是如此之淡漠
自有出生之日
定有将死之时
为何不能永生？
生命是自然的大气
生命是天地的造化
生命是忘我的归宿
生活在博客之中
就可以获得一种永生
追求生，相信命
自然是有始有终
当面临死亡之时
曾经有过生命
曾经有过生活
曾经有过博联社
也该知足

有佛和上帝的关照

死亡并不可怕

定会到达辉煌的天国

杨霞丹｜IP 地址：61.161.67.＊｜2012/03/05，15:35

方先生的每一篇博文我都认真读过。一个了不起的人。愿您在天堂快乐！

陈健英｜IP 地址：122.227.93.＊｜2012/03/05，19:41

钦佩方老师对待疾病、对待生命的态度。方老一路走好！

方秀春｜IP 地址：115.211.123.＊｜2012/03/05，19:48

一路走好！我为你自豪！

张琰｜IP 地址：124.118.240.＊｜2012/03/08，23:15

痛悼方老师，一路走好！

郭林车｜IP 地址：203.207.98.＊｜2012/03/11，21:49

方老师一路走好！

胡翠平｜IP 地址：113.27.113.＊｜2012/03/13，22:49

方老师一路走好！

王平｜IP 地址：126.12.224.＊｜2012/02/29，19:49

致哀，致敬意。望夫人节哀。

访客｜IP 地址：122.85.49.＊｜2012/02/29，19:50

师父，驾鹤仙去，精神不灭！阿弥陀佛，合十顶礼！师母，您尽心尽职了，节哀顺变！

静静 | IP 地址:115.197.250.* | 2012/02/29, 19:52

对我们夫妻来说,最大的遗憾就是没来得及把变漂亮的小格格带给大哥看看。唉!大哥,一路走好!

张鸿飞 | IP 地址:180.77.80.* | 2012/02/29, 20:04

尽管已经有了心理准备,但看到新文台上出现这篇,才知心理准备并不充足。这时只想说玄冰兄是强者,活得完整,活得精彩,在完满中谢幕,安然转身,他是您全家的骄傲。向您致意,玄冰兄能够实现这样奇迹一般的坚守,是您全家的努力,真的很了不起,我再说不出什么,再一次向您表达我的敬意!!

访客 | IP 地址:124.160.208.* | 2012/02/29, 20:43

老方,一路走好。嫂子节哀!

石书霞 | IP 地址:118.76.28.* | 2012/02/29, 20:47

给我们留下深刻印象的方老师,带着对亲人的眷恋,离我们远去了。

但他回到了大地母亲的怀抱,彻底摆脱了病痛折磨。

让我们永远记住他的坚强、自信、乐观、豁达。

访客 | IP 地址:122.85.49.* | 2012/02/29, 20:53

涅槃,重生!不灭,永恒!

浙江共同销售服务有限公司 | IP 地址:60.186.173.* | 2012/02/29, 21:13

方总,愿你在天堂一切安好,战燕在 25 号代表共同公司的所有同事去医院看望了你,每人录一段话带给方总听,想不到这竟然是最后一次,唉~~~

访客 | IP 地址:60.186.173.* | 2012/02/29, 21:44

方师傅,你真会挑日子,选在 2 月 29 日登上挪亚方舟去往天国,你让亲友们每隔 4 年才能轮上你的祭日……一路走好,夫人节哀!

访客 | IP 地址:114.245.193.* | 2012/02/29，22:21

老方安息吧!

赵玫玫 | IP 地址:31.58.118.* | 2012/02/29，23:02

刚从外面回来,看到这个题目还是很震动。

方先生虽然走了,你们一家留给我们的精神财富我们会珍藏和品味。

五年来他已经创造了奇迹,最后以奇迹完成他现世的人生,该是一个多么奇迹般的人啊。

他走得安详,意味着去了一个好地方。问候夫人! 保重!

访客 | IP 地址:220.166.187.* | 2012/02/29，23:39

方兄,走好! ……

阮聿泓 | IP 地址:221.222.171.* | 2012/02/29，23:42

老方,我会想念你的。

张小红 | IP 地址:202.108.19.* | 2012/02/29，23:45

节哀顺变。

陈甲福 | IP 地址:223.198.254.* | 2012/02/29，23:49

老方俺非常敬佩的老师,您一路走好! 夫人节哀!

刘朝晖 | IP 地址:110.178.192.* | 2012/02/29，23:50

叹息! 一路走好,方老师!

李晨辉 | IP 地址:58.248.7.* | 2012/02/29，23:56

很感动,向方先生致敬!

房海峰 | IP 地址:61.185.4.* | 2012/03/01，00:04

逝者安息!

韩庆成 | IP 地址:183.160.105.* | 2012/03/01，00:10

哀悼!

苏琳 | IP 地址:111.15.173.* | 2012/03/01，00:18

方老师,俺的墨宝呢? 唉,俺永远的遗憾! 走好! 天堂里没有癌症,只有爱!

刘元林 | IP 地址:101.38.162.* | 2012/03/01，00:20

上帝已为您预留了座位。方先生,一路走好!

周一渤 | IP 地址:219.144.11.* | 2012/03/01，00:23

逝者已去,安息! 生者珍重,节哀!

党明放 | IP 地址:113.143.128.* | 2012/03/01，00:31

沉重哀悼! 方先生,一路走好!

李仝子 | IP 地址:1.194.183.* | 2012/03/01，00:44

愿方先生在那个世界健康健壮。他是我看见的最坚强、从容的男人。

肖艺六 | IP 地址:222.240.187.* | 2012/03/01，00:48

老方:您一路好走!

张艺 | IP 地址:82.43.82.* | 2012/03/01，01:18

方先生一路走好。

应学俊 | IP 地址:113.17.119.* | 2012/03/01，03:15

如果可能,愿老方的妻子整理老方的博文,精选一下。以志纪念。

章因之 | IP 地址:81.70.209.* | 2012/03/01, 03:34

一路走好,我的令人敬佩的杭州老乡!

高金英 | IP 地址:110.111.21.* | 2012/03/01, 06:05

一路走好,我们尊敬的好博友!

访客 | IP 地址:14.117.19.* | 2012/03/01, 06:18

方先生一路走好。你对生命的尊重,对离去的从容,对病痛的淡定,合奏了一曲壮丽庄严的生命之歌,会永远回荡在世间,回旋在世人心头。问候方先生的家人。

访客 | IP 地址:14.117.19.* | 2012/03/01, 06:20

万宇

杨俊祥 | IP 地址:110.253.187.* | 2012/03/01, 07:08

沉痛哀悼,问候夫人,节哀!

刘春声 | IP 地址:114.249.222.* | 2012/03/01, 07:18

保重! 方太节哀!

橄榄树 899 | IP 地址:111.174.3.* | 2012/03/01, 07:27

老方一路走好啊～～～～～～ 方太请节哀! 我会永远记得你对生命的热爱!

宋鹏 | IP 地址:218.56.133.* | 2012/03/01, 08:14

默哀! 方老师一路走好!

郑景玲 | IP 地址:115.238.176.* | 2012/03/01, 08:24

泪……痛悼表哥,一路走好! 望表嫂和表侄节哀,向您致意!

汪刚强 | IP 地址:60.169.64.* | 2012/03/01, 08:48

逝者,一路走好;生者,节哀顺变!

徐修成 | IP 地址:117.68.38.* | 2012/03/01, 09:15

生命可贵,珍惜今天,痛悼方老师,一路走好!

访客 | IP 地址:119.181.159.* | 2012/03/01, 09:24

方玄冰是我最敬重的一位,带癌写博,精神不死!

陈盈国 | IP 地址:58.39.29.* | 2012/03/01, 09:34

一路走好……节哀顺变!

麦特小留 | IP 地址:115.206.196.* | 2012/03/01, 09:35

泪……记得给您递玉米时的笑容……您的很多东西都还在!

吴玉峰 | IP 地址:222.133.182.* | 2012/03/01, 10:03

又一位博友走了。一路走好,家人节哀。

杨霞丹 | IP 地址:61.161.67.* | 2012/03/01, 10:08

方先生是我最敬重的人!沉痛哀悼!夫人节哀!

张少毅 | IP 地址:124.164.11.* | 2012/03/01, 10:15

哀悼!

杨平 | IP 地址:115.204.109.* | 2012/03/01, 10:16

遗憾!方老师一路走好!

访客 | IP 地址:218.18.110.* | 2012/03/01, 10:21

走好,珍重~!

哀悼师母节哀

访客 | IP 地址:210.22.89.* | 2012/03/01, 10:23

一直默默关注着方总的博客,祝他安好。近年未曾去探望他,今斯人已逝,愧疚只能永远埋在我内心。方总是我从学校走向社会的第一位老师,在共同一年多,方总的教诲、同事的砥砺至今仍是我巨大的财富。愿师母节哀,愿师父在天堂永远微笑。——弟子宰高林

祁广杰 | IP 地址:222.171.179.* | 2012/03/01, 10:30

哀悼! 方老师一路走好~~~~~

王胜 | IP 地址:1.56.149.* | 2012/03/01, 10:40

刚看到很是感动,向方先生致敬!

访客 | IP 地址:172.17.215.50.* | 2012/03/01, 10:49

方老师,一路走好! 你是一个传说,更让我们明白了生命的意义及如何面对死亡! 安息……

访客 | IP 地址:120.32.7.* | 2012/03/01, 11:14

尽管有预感,但您离开这个世界还是让人痛心不已。您所留下的博文是您的精神遗产,我会珍存。愿方老师在另一个世界安息! 方夫人和儿子节哀顺变!

刘志强 | IP 地址:110.167.192.* | 2012/03/01, 11:17

老师,一路走好!

小余 | IP 地址:110.118.100.* | 2012/03/01, 11:17

一路走好……节哀顺变!

访客 | IP 地址:122.234.215.* | 2012/03/01, 11:29

方总一路走好,方夫人节哀,共同是我走向社会的第一份工作,方总和方夫人让我学到了很多东西,这将近五年的时间我一直在默默地关注方总的博客,方总非常值得敬佩,方夫人也很让人敬畏,逝者永生!

橘红色的天空 | IP 地址:221.122.123.* | 2012/03/01, 11:55

看到这个博文心情非常难过,愿方先生安息,愿方太太节哀!

郑景荣赵国萍 | IP 地址:101.66.180.* | 2012/03/01, 12:13

沉痛悼念表弟,你离我们远去使我们十分痛心,请一路走好! 家人节哀!!!

谢红俭 | IP 地址:221.131.43.* | 2012/03/01, 12:19

悼念方老师! 家人节哀!

访客 | IP 地址:220.250.30.* | 2012/03/01, 12:44

方老师,一路走好! 夫人节哀!

齐梅录 | IP 地址:110.228.117.* | 2012/03/01, 13:09

吊方玄冰
同在博联为博人,
我等未行君先行。
人生自古皆一死,
祝君一路顺水风!

李继红 | IP 地址:124.64.2.* | 2012/03/01, 13:25

真的很难过,方老师,我们想念您,我经常把您的博文讲给我周围的亲朋好友听,大家都非常敬佩您,您的精神一直在鼓励着有过各种痛苦的人,方老师,一路走好!

wuyunyao | IP 地址:111.128.241.* | 2012/03/01, 13:34

悼念方老师!

刘永兴 | IP 地址:60.4.146.* | 2012/03/01, 13:54

看到您的笑容,心里酸酸的,不过您留给人世间的是开心快乐!方老师一路走好……

庄俊杰 | IP 地址:60.191.37.* | 2012/03/01, 14:34

方总,本还想昨天下午去探望您,而前天的一见却成为诀别!永远记得您眼角的那一滴泪,那是您对生活无悔的泪,对病魔坚强的泪,对家人感谢的泪,对朋友坦诚的泪!方总,一路走好!苏总,保重身体!

访客 | IP 地址:182.122.35.* | 2012/03/01, 15:16

方先生,安息,哀悼!

邓玉平 | IP 地址:180.157.87.* | 2012/03/01, 15:29

方老师,一路走好!

王亚东 | IP 地址:124.132.65.* | 2012/03/01, 16:57

大悲,痛泣~~!方兄~~我想你,你的精神永远鼓励着我!~~老兄安息吧!默哀!!

问候方嫂及家人!

访客 | IP 地址:182.147.218.* | 2012/03/01, 17:45

老方,看您来了……

郑晓红 | IP 地址:60.164.111.* | 2012/03/01, 17:48

他走得那么安静……

他忍受了多大的苦痛?哀伤!

请生者珍重!珍重!珍重!

访客 | IP 地址:221.2.68. * | 2012/03/01, 18:25
人生苦短,人生无常,一路好走,安息吧。

秦永辉 | IP 地址:123.6.162. * | 2012/03/01, 18:36
节哀! 多保重!

蓝天 | IP 地址:222.79.27. * | 2012/03/01, 19:20
一路好走,安息吧。

访客 | IP 地址:58.100.118. * | 2012/03/01, 19:23
痛悼兄长,一路走好!

访客 | IP 地址:218.57.79. * | 2012/03/01, 19:49
南无阿弥陀佛! 愿您早日往生西方极乐净土!

曾到此 | IP 地址:59.61.219. * | 2012/03/01, 19:50
方老师,一路走好!

袁夏 | IP 地址:14.212.2. * | 2012/03/01, 20:24
只是睡去了……

访客 | IP 地址:116.21.22. * | 2012/03/01, 20:54
方老师,走好!
但愿您另一个世界更精彩!

潘春林 | IP 地址:60.185.239. * | 2012/03/01, 21:07
昨天晚上 9 点接到严兄来电告之您的离去。泪流满面,这二年我在另外的城市只是通过“阿 Q”小萝卜来为你祈祷。方总,一路走好! 方师母,节哀!

于向真 | IP 地址:125.34.211.* | 2012/03/01，21:12

洒泪送博友……望家属节哀!

石宝琇 | IP 地址:222.41.206.* | 2012/03/01，21:45

生和死的组合，才是生命的全部。明白人，必须知道死的意义，透析死的真谛，觉悟死的安逸。方玄冰先生，就是这样的人。默念他的名字，愿他的灵魂安逸!

访客 | IP 地址:218.108.78.* | 2012/03/02，17:59

支持石先生的观点。南无阿弥陀佛……

盛黎丽 | IP 地址:183.154.44.* | 2012/03/01，22:04

方老师一路走好!

方夫人节哀!

吴宇 | IP 地址:183.27.179.* | 2012/03/01，23:20

痛悼方老师，一路走好!

宋强 | IP 地址:120.12.33.* | 2012/03/02，07:18

山高水长! 愿方老师一路走好!

访客 | IP 地址:116.247.100.* | 2012/03/02，14:48

方老师，一路走好!

访客 | IP 地址:116.232.51.* | 2012/03/02，22:49

方老师，天堂的路一路畅通! 没有病痛!

访客 | IP 地址:183.149.83.* | 2012/03/03，09:15

方老师，一路走好!

访客 | IP 地址:221.213.28.* | 2012/03/03，13:29

好难过,仿佛看见我父亲的未来,没勇气了！愿生者保重,逝者安息。

访客 | IP 地址:124.131.80.* | 2012/03/03，22:35

方老精神永远激励着我们在人生的路上勇敢地前进,一路走好！

访客 | IP 地址:115.218.30.* | 2012/03/03，22:47

伟大的老方一路走好！温州小叶！

访客 | IP 地址:110.84.192.* | 2012/03/04，13:56

节哀,大家这些年都从方老师的博客中汲取了力量,感谢方老师！另一个世界不需要再努力坚持些什么了,只有无尽的放松……

一路走好

金贡文(jenny) | IP 地址:60.182.175.* | 2012/03/05，09:12

愿方老师一路走好,向方师母致敬！

王卫国 | IP 地址:59.50.128.* | 2012/03/05，12:31

一路走好……节哀顺变！

深切悼念

郑建强 | IP 地址:125.119.85.* | 2012/03/05，13:42

老同学我为你自豪,一路走好！

周飞琴 | IP 地址:218.16.176.* | 2012/03/05，16:37

深切悼念！

访客 | IP 地址:174.88.189.* | 2012/03/05，21:54

方老师走了,带着他的乐观豁达从容,天堂会因为他而更美好！夫人节哀顺变！加拿大访客！

访客 | IP 地址:106.3.240.* | 2012/03/05，21:56

方老师千古！您是好人！

赵迎九 | IP 地址:121.18.236.* | 2012/03/06，22:05

方兄一路走好。

牛玉芬 | IP 地址:113.225.175.* | 2012/03/07，20:40

方老师一路走好——

成文军 | IP 地址:27.128.168.* | 2012/03/12，01:09

哀悼！方老师的豁达让我感动!!!

访客 | IP 地址:115.192.194.* | 2012/03/14，15:19

一路走好!